용의 꼬리를 문 생쥐

Content_용의 꼬리를 문 생쥐

14
둥지를 벗어나는 병아리

축축하게 젖어 있던 공기 사이로 빗소리가 섞여 들어왔다. 잠자리에 들 생각도 못 한 채 밤을 지새우고 있던 이카르는 창문 쪽으로 고개를 돌렸다. 불빛이 비치는 유리를 따라 물 얼룩이 둥글게 흘러 내리고 있었다. 그는 제법 묵직하게 창을 두드리는 빗줄기를 바라보다가 의자에서 몸을 일으켰다. 발코니로 다가가 문을 열자 물기 어린 바람이 기다렸다는 듯 온몸을 덮쳐들었다. 계절도 계절이고 시간도 시간이니만큼 순간 뒷목이 섬뜩해질 정도로 차가운 습격이었다.

이카르는 약하게 몸을 한 번 떨고서 어두운 허공을 올려다보았다. 무심코 새어 나온 한숨이 하얗게 흐트러진다. 겨울이 머지않았음을 경고하듯 시리게 찬 공기 속에서 그는 수시간 전 있었던 일을 떠올렸다. 아리에스를 구해내 떠나겠다고 말한 자신과, 그것을 강압적으로 거부한 황제. 끝까지 고집을 꺾지 않겠다면 아리에스를 죽이겠다고 경고하던 노기 어린 목소리가 귓가에 생생히 맴돌았다. 황제의 말은 결코 엄포가 아닌, 진심이 담긴 겁박이었다.

'그 정도로 화내신 적은 한 번도 없었는데…….'

당시에는 반발심과 충격이 뒤섞여 가슴을 후려쳤지만 한 발 물러선 지금에서는 걱정과 불안이 슬그머니 고개를 치켜들고 있었다. 그뿐만 아니라…….

'……내가 잘못한 걸까.'

자신이 실수한 것이 아닐까 하는 생각마저 들었다. 기세 좋게 선언할 때는 언제고 이카르의 의지는 그새 힘없이 고개를 숙이고 있었다. 당연하다면 당연한 일이었다. 그의 좁은 세상에서 황제의 존재는 그 무엇보다 컸다. 강력한 보호자의 날개깃 아래에서 평생을 포근하게 감싸 안겨져 있다가 하루아침에 홀로서기를 하려는 것은 결코 쉬운 일이 아닌 것이다. 심지어 그 보호자가 막아서기까지 한다면 제아무리 단단한 각오라 해도 흔들리지 않을 수 없었다.

'……별문제 없이 해결될 수도 있는 거고.'

늘 그랬듯이. 둥지 속에 얌전히 웅크리고 있으면 부리 앞까지 먹이가 날려져 오듯, 그냥 입 다문 채 기다리고 있으면 황제가 알아서 아리에스의 일이든 황태후의 일이든 처리해주었을지도 모른다.

이카르는 그렇게 생각하는 자신의 태도에 신물을 내면서도 익숙하게 체념을 받아들였다. 어차피 손에 쥔 것 몇 없는 무력한 처지다. 다른 곳도 아닌 황궁에서 평민 출신 기사가 할 수 있는 일은 별로 없었다. 아니, 발목이나 안 잡으면 다행이다.

그는 연거푸 한숨을 내쉬며 빗물이 들이치는 발코니를 바라보았다. 그때, 어둠 속을 사선으로 가로지르던 빗줄기들이 기이하게 꺾였다. 어디선가 불어온 강한 바람이 빗발을 강하게 후려친 것이었다. 이카르는 난간 가까이 다가가 어두운 후원을 내려다보았다.

'케이어스 씨인가?'

돌연 휘몰아치는 자연적이지 않은 방향의 바람은 그에게 익숙한 것이다. 그 어떤 새보다 커다란 날개를 지닌 드레이크가 날아오르거나 착륙할 때면 이런 돌풍이 불어닥치곤 했다. 하지만 이런 밤중에, 심지어 비까지 내리는데 무슨 일일까. 어쩌면 황제가 무언가 일을 시킨 것일지도 모른다. 그리고 현 상황에서 케이어스가 나설 정도의 일이라면, 십중팔구 황태후나 아리에스와 관련된 문제일 것이었다.

이카르는 비에 젖는 것도 아랑곳 않고 난간 밖으로 좀 더 상체를 내밀었다. 조금 전의 바람이 이륙으로 인한 것인지 착륙으로 인한 것인지는 알 수 없었지만, 혹시라도 지금 돌아온 것이라면 무슨 일인지 물어보기 위해서였다. 후원에서 건물 안으로 들어가려면 뒷문을 통하든 앞문을 통하든 이 앞을 지나쳐야만 한다. 이카르는 눈을 몇 번 깜박여 어둠에 눈이 익도록 했다. 기다림은 그리 길지 않았다.

얼마 지나지 않아 후원 저편에서 누군가가 걸어왔다.

'……폐하?'

우산 하나 없이 내리는 비를 고스란히 맞고 있는 시커먼 인영은 다름 아닌 황제였다. 이카르가 당황하는 사이 금빛 눈동자가 2층 발코니로 향했다. 황제는 약간 찡그린 눈으로 이카르를 바라보다가 다시 걸음을 옮겼다.

"……진짜 무슨 일이지."

황제의 모습이 건물의 그림자 속으로 사라지고 나서야 이카르는 작게 중얼거렸다. 그는 약간의 머뭇거림 끝에 발코니를 빠져나갔다. 황제와 언쟁을 벌인 것이 바로 몇 시간 전이었기에 아직 꺼림칙함이 남아 있었으나 궁금증을 참을 수가 없었다. 게다가 이미 황제의 말에 따르기로 결심했으니 마주친다 하여도 또다시 큰소리가 날 일은 없지 않겠는가. 이왕 이렇게 된 거 자신이 잘못 생각했었다고 사과라도 하자. 그리 생각한 이카르는 더 망설이지 않고 방을 나서서 1층의 홀로 내려갔다. 막 황제가 안으로 들어섰는지 문이 여닫히는 소리가 들려왔다.

"……폐하."

이카르는 마지막 계단을 내려서며 황제를 불렀다. 사물을 겨우 분간할 수 있을 만큼 여린 불빛 아래로 검게 젖어든 바닥이 언뜻 비쳤다. 아무리 병치레를 하지 않는 황제라 할지라도 옷부터 갈아입는 게 좋지 않을까. 이카르는 그렇게 생각하며 홀을 가로질러 걸어가는 황제에게 다가갔다.

"저기, 오늘 일은……."

"마침 잘됐군."

솔레다토르는 서늘한 시선으로 눈앞에 선 청년을 바라보았다. 그의 옷자락과 머리카락 끝에서 끊임없이 빗물이 뚝뚝 떨어지고 있었다. 늦가을 밤의 비는 온몸을 차갑게 얼어붙게 하기 충분했으나 심장 안쪽은 불타는 듯 뜨거웠다. 그 열기의 대부분을 차지하는 것은 분노였기에 흘러나오는 목소리 또한 절대 곱다고는 할 수 없었다. 그런 솔레다토르의 태도에 이카르가 허둥지둥 눈을 숙였다.

"……아직 화나신 겁니까? 저는……."

"네놈도 궁금하기는 했겠지."

"……예?"

"친부모에 대한 것 말이다."

황제의 말에 이카르가 약간 당황하며 고개를 저었다.

"궁금하지 않다는 건 거짓말이겠지만…… 솔직히 그렇게까지 알고 싶은 건 아닙니다."

친부모가 누굴까, 어떤 사람일까 하는 의문을 떠올린 적은 있다. 하지만 그 정도뿐이었다. 친부모를 굳이 찾아내겠다거나 만나고 싶다는 생각은 한 적이 없었다.

"아마도 요정족의 영향이 큰 탓이겠지요."

요정족은 핏줄 구별 없이 공동육아를 하기에 부모 자식 간의 정이 전무하다시피 했다. 따라서 어릴 때부터 요정족의 마을에서 자라 난 이카르는 마경을 벗어나기 전까지 자신에게 부모가 없다는 사 실마저 당연한 일로 여겼었다.

"그런데 갑자기 제 친부모는 왜……."

이카르는 불안한 눈빛으로 자신의 보호자를 바라보았다. 이제 와서 친부모를 찾았다고 해도 별로 기쁘게 느껴지진 않을 것이었 다. 오히려 낯섦에 따른 거부감이, 그리고 황제와 더욱 멀어지게 될지도 모른다는 불안감이 더 컸다. 심지어 그와 다툰 후인 지금 으로서는 더더욱 반갑지 않은 화제였다. 자신에게 있어 황제 외의 보호자는 필요 없다. 친부모에게 돌아간다는 선택지 따위 생각조 차 하고 싶지 않았다.

"……혹 살아 있다고 해도 이제 와서 만나볼 생각은 없습니다."

약간 날이 선 목소리에 솔레다토르가 옅은 한숨을 내뱉었다.

"죽었다.

"아……."

"네 모친은 네가 어릴 적에 화재로 사망했다. 정확히는 자살이 라 해야겠지."

"……예?"

죽었다는 말은 예상한 바였지만 자살이라는 말은 의외였다. 갑 작스러운 사실에 당황해하는 이카르의 귓가로 더더욱 놀랄 이야 기가 들려왔다.

"그리고 네 부친은, 여러 번 마주쳤었다."

"……네? 마주쳤었……. 대체 누구…… 황궁에 있는 겁니까?!"

황궁에 들어오기 전에는 마경 외의 곳에서 오래 머무른 적이 없었다. 그러니 여러 번 마주친 인간이라면 황궁 사람뿐이었다. 아무리 관심이 없다고 해도 이렇게 가까운 곳에 친부가 있고 몇 번 마주치기까지 했다고 하면 조금은 마음이 흔들릴 수밖에 없었다. 황제는 어쩔 줄 몰라 하는 이카르를 씁쓸하게 바라보다가 입을 열었다.

"몇 년 전에 죽었지만."

"그, 그래요……? 그런데 왜, 제겐…….”

"황제다."

"예?"

"네놈의 아비가 죽은 선황제란 말이다."

뚝 떨어진 침묵 사이로 빗소리가 스며들었다. 이카르는 아무 말도 못 하고 마주 선 남자를 바라보았다. 머릿속이 뒤엉키다 못해 눅진눅진 녹아내리는 기분이었다. 이 어이없는 폭로 속에서 그가 가장 먼저 끄집어낸 건 놓치고 싶지 않은 연결고리였다.

"그, 그럼…… 폐하께서 제, 숙부님이시란 말씀입니까……?"

적자색 눈이 간절한 빛을 담아 깜박였다. 하지만 이카르의 희망은 여지없이 구겨졌다.

"선황제와 나는 친형제지간이 아니다. 피 한두 방울 정도는 섞였겠지. 그러나 남이라고 해도 좋을 정도의 거리다."

길디긴 시간 동안 수없이 뒤섞인 피다. 그 옅은 피를 가족의 테두리 안에 넣는다면 중앙귀족의 절반 이상이 그에 속할 것이었다.

타인이라 딱 자르는 말에 이카르의 표정이 실망으로 물들었다. 부친이 선황제라거나 자신의 신분이 천지차이로 뒤바뀌는 일 따위 그에게는 관심 밖이었다. 어차피 지금의 황제는 눈앞에 있는 남자였기에 황위가 자신과 관련이 있을 것이라곤 생각지 않았기 때문이다.

"……제게 친부모에 대한 사실을 감추신 것이 이런 이유 때문이었군요. 사실이 새어 나가기라도 하면 황태후가 틀림없이 절 죽이려 들 테니까요. 그밖에도 여러 가지로 복잡해질 테고…… 하지만 이대로 감추어두면 그만이지 않습니까. 저는 황위에도, 황족으로 대우받는 것에도 관심 없습니다."

진심이었다. 물론 평민 출신이라는 이유로 가해지는 차별대우에서 벗어날 수 있다는 점은 매력적이었지만, 황족이라는 지위에 딸려오는 단점이 너무도 컸다. 황태후에게 목숨의 위협을 당해야 함은 물론이고 귀족들의 정쟁에도 휘말리게 될 것이었다. 무엇보다도 황제와 그리고 아리에스와 지금의 관계를 유지할 수도 없게 될 터였다.

"저는 그냥 이대로……."

"이대로 둘 것이었다면 애초에 말을 꺼내지도 않았겠지."

황제의 목소리가 이카르의 도피를 단호하게 막아섰다. 그 말이 의미하는 것에 이카르의 얼굴이 창백해졌다.

"하, 하지만 폐하! 이제 와서 제가, 제가 무슨 일을 할 수 있겠습니까. 솔직히 말씀드려 저는 자신이 없습니다."

이제까지의 일상이 무너진다는 것도, 황족이라는 신분으로 궁정에 내던져진다는 것도 그로서는 두렵기까지 한 변화였다.

솔레다토르는 혼란에 잠긴 적보랏빛 눈동자를 들여다보았다. 자신의 보호를 계속해서 바라는 어린애의 모습에 동정심과 짜증이 동시에 솟아 서로 뒤섞였다.

"선황제는 황태후로부터, 당시의 황후로부터 제 자식을 보호하기 위해 내게 부탁해왔다."

"폐하, 께요?"

이카르는 입술을 얕게 깨물며 어지러운 머릿속을 어떻게든 정리하려 애썼다. 눈앞의 남자는 선황제의 형제가 아니라 말했다. 그럼에도 선황제로부터 아들의 보호를 요청받았을 뿐 아니라 황위에까지 올랐다. 그것이 가능한 존재를 도출해내는 것은, 의외로 어렵지 않았다. 마음 속 깊은 곳에서는 어렴풋이 짐작하고 있었기 때문일 터였다.

드레이크와 요정, 목령을 수하로 부리는 솔레다드 산맥의 지배자. 황궁에 들어오기 전까지는 배경지식이 없었기에 까맣게 몰랐다. 그저 자신의 보호자가 사람 밖의 존재일 것이라고 추측하는 정도였다.

그러나 황궁에 발을 들이고 황족의 핏줄에 대해 알게 되면서 희미한 의혹이 가슴 속에 스며들기 시작했다. 그럼에도 깊게 생각지 않은 것은 황제의 정체가 무엇이든 그에게는 아무런 상관이 없었기 때문이었다. 그냥 예전 그대로 강력한 보호자로서, 곁에 머물러주는 것으로 만족했다.

그렇기에 이카르는 이날 이때까지 깊은 진실에는 눈도 돌리지 않고 발도 들이질 않았다. 그럴 필요가 없었으니까.

"네 녀석도 짐작지 못한 건 아니겠지."

황제의 말에 가슴이 철렁 내려앉았다. 이카르의 목젖이 아래위로 움직이며 긴장으로 인한 마른침을 삼켜낸다.

"저는…….'"

"황궁에 들어오고 얼마 지나지 않아 눈치챘을 것이다."

스스로의 입으로 밝히지 않았을 뿐, 황제는 이카르에게 자신의 정체를 그다지 숨기지 않았다. 솔레다드 산맥의 주인, 솔레다토르. 그 사실을 이카르는 알고 있었다. 그저 가볍게, 아무렇지 않게 넘겨버렸을 뿐이다. 그리고 지금도. 굳이 되새기고 싶지 않았다.

"저는 폐하께서, 수호룡이라고 해도…… 상관없습니다."

인간이든 인간이 아니든, 신이든 악마든 아무 상관도 없다. 그러니 여기서 그만두어주길 바라는 간절한 눈길을 보냈지만, 황제는 무시했다. 모른 척 자신의 말을 이어갔다.

"본디 수호룡은 황제가 아닌 황족과 그 혈족을 공평히 대해야 한다. 그것을 무시하고 너를 거둔 것은 선황제와의 계약 때문이다."

계약이라는 단어에 이카르의 눈가가 참혹히 일그러졌다. 계약,

단순한 거래라는 뜻이다. 그가 괴로워하는 중에도 황제의 목소리는 끊이지 않고 무정하게 흘러나왔다.

"나는 황가가, 그에 엮인 인간들이 지긋지긋하다. 그러나 수호룡으로 묶여 있는 이상 황가를 벗어날 방도가 없다."

황제의 곁에 머물러야 하며 황가의 위험을 인지한 이상 무시하지 못한다. 황족을 호위하거나 스스로의 생명이 위태로울 때 외에는 황궁을 벗어나지 못하는 것이다.

까드득.

긴 세월의 기억이 떠오름과 동시에 솔레다토르의 잇새가 강하게 다물렸다. 짙게 퍼져 나오는 살기에 이카르의 어깨가 흠칫 움츠러들었다.

"그렇기에 편법을 쓰기로 한 것이다."

황제는 마음을 가라앉히며 말을 이었다.

"황궁 깊숙한 곳에 은신처를 마련하여 황제의 부탁 또는 명령으로 잠든다면, 황족이 알아내고 찾아오기 전까지는 황가와 관련되지 않을 수 있다."

황제가, 황가의 주인의 바람으로 잠든다면 다시 부름이 있기 전까지는 깨어나지 않는 것이 가능했다. 언제까지고.

"그렇게 잠든 채 끝까지 비밀이 지켜진다면, 나는 황가의 핏줄이 완전히 사라지거나 제국 자체가 멸망한 후에 자연스럽게 깨어나게 되겠지."

언제 끝이 올지 모르는 길고 긴 시간일 터였으나 황가에 묶여 지저분한 꼴을 보는 것보다는 훨씬 나았다. 솔레다토르의 상황에서는 그것이 수호룡의 사슬에서 벗어날 수 있는 유일한 방법이었다.

물론 정상적인 황제라면 그런 부탁을 받아들일 리 없었다. 가장 강력하고 쓸모 있는 카드를 스스로 파묻어 버리는 꼴이었으니. 그렇기에 선황제와의 계약은 처음이자 마지막 기회나 다름없었다. 만약 선황제가 제 자식의 목숨을 포기했더라면 수호룡을 되찾은 황가는 머잖아 굳건해졌을 것이고, 후대의 황제는 수호룡의 도움 없이도 제 자식을 보호할 수 있는 힘을 지니게 되었을 터였다.

그러나 선황제는 자신의 아이를, 이카르를 선택했고 그렇게 오늘날에 이르렀다. 계약의 대가를 받아낼 일만 남은 이 시점에.

"예정보다 오래 기다렸다."

황제는 목이 졸린 사람처럼 하얗게 질린 얼굴을 향해 내뱉었다.

"본래라면 황궁에 돌아온 즉시 너를 선황제에게 돌려주고 대가를 받아냈을 것이다."

이카르를 황태자로 공표하고 황위를 물려받게 한다면 계약은 끝이 난다. 그러나 그럴 시엔, 어리고도 무능한 황제는 황좌에 제 온기를 남기기도 전에 살해당하고 말 것이었다. 그렇기에 기다렸다. 이카르가 황궁에 익숙해지고 성장하기를. 기다렸지만, 황위를 대신 물려받아 가며 기다려주었지만 아이는 둥지를 떠날 생각을 하질 않았다. 완벽한 보호에 만족하여 둥지 바깥은 쳐다도 보지 않은 채 날개를 완전히 접고만 있었다.

성장하지 못한 아이는 여전히 여리지만, 이제는 끝내야 할 때다. 솔레다토르는 마음을 다잡고 가늘게 몸을 떨고 있는 이카르를 바라보았다.

"황위에 올라라."

"……!"

"카얄룬 공작이 도와주기로 약조하였으니 네 녀석으로서도 어려운 일은 아닐 것이다."

"하, 하지만……."

"그리고 계약을 이행해라."

이카르의 몸이 벼락에 맞은 듯 뻣뻣하게 굳었다.

"네 목숨을 살리고 보호한 대가를 지불하거라."

"대가, 입니까……."

메마른 입술이 바르르 떨리며 긁힌 목소리를 토해냈다.

"……계약이라고요……."

"그렇다."

이카르는 천 갈래 만 갈래 찢어지는 가슴을 부여잡고 황제를, 솔레다토르를, 자신의 보호자를 바라보았다. 계약이었다. 단순한 거래였다. 그가 자신을 보호해준 이유는.

"……그렇군요."

웃음이 나올 것 같기도, 울음이 나올 것 같기도 했다.

귀찮은 어린애를 굳이 거두어 돌보아온 것에는 미약하나마 애정이 깃들어 있을 것이라고, 제멋대로 착각하고 있었다. 아무런 정도 없었다면 혈육도 아닌 인간 어린애를, 어리광까지 받아주며 보호해줄 이유가 없었으니까.

그러니까, 기대하고 있었는데.

적자색 두 눈이 말갛게 젖어들었다. 역시 웃을 수는 없었다. 뺨을 타고 뜨거운 것이 흘러내린다. 이카르는 당장이라도 이 자리를 도망치고 싶은 마음을 억누르고 입을 열었다.

"예."

목구멍 안쪽으로 울컥한 감정을 밀어 넣으려 애쓰며 말을 이었다.

"바라시는 대로, 해드리겠습니다."

그가 자신을 단순한 계약의 대상으로 여긴다 해도, 자신은 그를 정말로 많이 좋아하니까. 이후 자신의 처지가 어떻게 되든, 할 수 있는 일이라면 무엇이라도 해주고 싶었다.

그렇게 결심했지만 마음이 까맣게 타들어 가는 것만큼은 어쩔 수 없었다.

결국은 버림받고 말았다. 계약이 이행되면 두 번 다시 만날 수조차 없을 것이다. 좁은 세상의 대부분이라 해도 과언이 아닌 상대에게 완전히 버림받고 말았다.

가슴이 꽉 막혀 숨을 제대로 쉴 수가 없었다. 이카르는 비틀거리는 걸음으로 솔레다토르 옆을 지나쳐 갔다. 어디로든 달아나고 싶었다. 그러나 둥지에서 내쫓긴 몸으로, 대체 어디로…… 그렇게 생각한 순간 떠오르는 얼굴이 있었다. 이카르는 짧게 헛웃음을 내뱉은 뒤 문을 밀치고 내리는 빗속으로 걸어 들어갔다.

"……"

침묵이 내려앉고 빗소리만이 끊임없이 이어졌다. 솔레다토르는 우두커니 선 채 한참 동안 열린 문을 바라보다가 몸을 돌렸다. 계단을 오르는 그의 걸음이 무거운 것은 비단 빗물을 잔뜩 머금은 옷가지 때문만은 아니었다. 물먹은 솜이 아니라 겹겹이 감싼 철판이라 해도 그의 발목을 잡아챌 수는 없었다.

무거운 것은 몸뚱이가 아닌 그 안쪽이다.

솔레다토르는 침실과 이어진 거실로 들어섰다. 생쥐는 이미 잠들었을 터였지만 불은 훤히 밝혀져 있었다. 그는 소파에 몸을 파묻고 긴 한숨을 내쉬었다.

"……어린 놈."

약해빠진 내 어린애. 그저 적당히 보호해주다가 때가 되면 황궁으로 돌려보내면 될 것이라 생각했었다. 그러나 결국 손에서 놓지 못한 채 여기까지 끌고 왔다.

커다란 손이 제 얼굴을 덮고 천천히 쓸어내렸다. 문득 이카르를 데리고 황궁에 막 돌아왔을 때의 일이 떠올랐다. 젊은 시절의 모습은 온데간데없이 나이에 비해 더 늙고 메말라버렸던 선황제. 그 몰골을 본 순간 예정과 달리 이카르를 내놓을 수가 없었다. 궁에서 태어나 이리저리 치이면서 자란 사내조차 저 꼴이 되었는데, 항상 보호만 받아온 어린애가 과연 얼마나 버틸 수 있겠는가.

앞이 훤히 보였다. 그래서 제 자식에게 알은체하고 싶어 하던 선황제를 차갑게 밀어냈다. 황태후, 당시의 황후를 처리하기 전까지는 돌려줄 수 없노라고 잘라 말했다. 제아무리 친부라 해도 제대로 돌보지 못할 것이 뻔한데 소중한 아이를 내어줄 수는 없었다.

제 자식의 안전을 위하여 애끓는 마음을 감추고 침묵을 지킨 채 주위만 맴돌던 선황제를 떠올린 솔레다토르는 쓴웃음을 지었다. 그때는 그저 보호기간이 조금 더 늘어날 뿐이라고 생각했었다. 1년이 2년이 되고 다시 3년이 되는 것은 금방이었다. 그러는 사이 선황제가 병사했다. 여전히 불안정한 그 자리는 자신이 대신 메웠다. 어린애를 손에서 놓는 것을 미루고 또 미루어, 오늘까지.

결국 이렇게 쫓아내고 말 것을.

울듯이 일그러지던 이카르의 얼굴이 눈앞에 어른거렸다. 기어이 떨어지던 눈물이 선명하게 떠올랐다. 황위에 올라, 과연 얼마나 멀쩡히 버틸 수 있을까. 더는 미룰 수 없다고 판단하여 공작까지 끌어들였지만 그래도 불안했다. 불안하다 못해 차라리 수호룡으로서 나설까 하는 생각마저 들었다.

'……본말이 전도된 꼴이군.'

수호룡으로서의 의무를 피하기 위해 이카르를 돌보기로 계약했건만 그를 보호하기 위해 수호룡으로 나설 생각을 하고 있다.

웃기지도 않은 꼴이었지만, 혹한다는 것이 문제였다.

수호룡이 다시 돌아온다면 황가의 위신은 급격히 높아진다. 이카르의 적통성이 확고해지고 황태후 또한 드래곤의 보호를 받는 황제를 쉬이 해칠 수 없을 터였다.

그렇지만, 버틸 자신이 없었다. 이카르는 물론이고 그 아이까지는 귀여울 것이다. 어쩌면 손자까지도 눈에 마음에 들지도 모른다. 하지만 100년이 지나고 또 100년, 100년…… 계속해서 흐르는 시간 속에 황가의 인간들은 또다시 지긋지긋하다 못해 증오스러워지고 말 것이었다.

솔레다토르는 가슴께를 손으로 움켜쥐었다. 흉터가 남은 바로 그 부분이었다. 모친으로부터 이름을 물려받고 처음 황궁에 들어섰을 때는 괜찮았다. 그들은 친절했으며 젊은 용을 더없이 위해주었다. 그러나 시간이 흐를수록 순수한 호의는 퇴색되고 진득한 욕망만이 바닥없는 늪처럼 주위를 감싸갔다. 그런 일이 또다시 반복되지 않으리란 법은 없었다. 아니, 틀림없이 반복되고 말 것이다. 지금도 황궁은 수많은 욕심의 덩굴들이 얽히고설키어 서로 가시를 내밀어대고 있었으니.

그러니 안 된다. 사랑스러운 아이를 돌보는 것도 이걸로 끝이다. 그렇게 결론지었지만 솔레다토르의 안색은 편치 못했다. 아직 늦지 않았다. 지금이라도 연약한 어린 것을 다시 품 안으로 끌어들이라는 속삭임이 귓가를 연신 맴돌았다. 아리에스의 안위에만 눈을 감으면 다시 일상을 되찾을 수 있다. 소중한 사람을 잃은 슬픔도 영원하지는 않으니 이카르도 그리고 생쥐도 언젠가는 회복할 터였다.

그러니 잠시만 귀 막고 눈 감아 우는 소리도 젖은 눈동자도 모른 체한다면…….

"……폐하."

그때 가냘픈 목소리가 들려왔다. 솔레다토르는 고개를 들어 빠끔히 열린 문틈을 바라보았다. 잠옷 차림의 작은 소녀가 문에 매달리다시피 해 있다가, 눈이 마주치기 무섭게 이쪽으로 쪼르르 다가온다.

"폐하."

생쥐는 고개를 약간 기울인 채 솔레다토르를 살펴보았다. 그녀를 향하는 황금빛 눈동자가 여느 때와 비교할 수 없을 정도로 약한 기색을 띠고 있었다. 깜짝 놀랄 정도로 기운이 없다. 어째서일까, 의아해하면서도 생쥐는 굳이 묻지 않았다. 캐물어 듣는다고 해도 자신이 할 수 있는 일은 별로 없을 것이었다. 황제조차 해결 못 하고 있는 일이라면 더더욱. 스스로의 무력함을 뼈저리게 잘 알고 있었기에 그녀는 긴말 대신 눈앞의 남자를 향해 천천히 손을 뻗었다.

"제가 할 수 있는 거라면 뭐든지 다 해드릴게요."

무슨 일인지는 알 수 없었지만, 안다고 해도 힘이 되어줄 수는 없겠지만 어떻게든 위로해주고 싶었다. 그렇기에 모순되는 말을 꺼내어 바쳤다. 할 수 있는 것은 거의 없지만, 그래도 무엇이라도 다……

전부.

　진심으로 무엇이라도. 이미 목숨 끝자락까지 모두 내어주겠노라 몇 번이나 말하여, 더 내어줄 것도 없었지만 그래도 말했다. 그 간절한 마음을 담은 손끝이 빗물의 흔적이 미미하게 남은 뺨에 닿았다. 온기 하나 없는 차가운 피부의 감촉에 생쥐의 눈썹이 조금 찌푸려졌다. 그녀는 충동적으로 남은 손을 마저 뻗어 솔레다토르의 얼굴을 감쌌다. 작은 두 손바닥 또한 이내 서늘해졌지만, 사라진 만큼의 온기가 손아래의 살갗에 전해진다.

　"폐하."

　"……이제는 그렇게 부를 필요 없다."

　황제의 자리는 이카르에게 넘어갈 것이다. 양위한다 해도 상황(上皇)이니 호칭에는 큰 변화가 없겠지만, 계속해서 황가에 얽매인 이름으로 불리고 싶지 않았다. 그의 말에 생쥐가 고개를 갸웃 기울였다.

　"이제는 폐하가 아니세요?"

　"그래."

　"그럼…… 전에 나갔을 때처럼 불러요?"

　"……그래."

　생쥐는 잠시 머뭇하다가 다시 입을 열었다.

　"솔…… 씻고 옷 갈아입으셔야 할 것 같아요. 노체 할머니께 목욕물을 준비해달라고 할까요?"

"······나중에."

"예? 하지만······."

끝을 맺지 못하고 목소리가 끊겼다. 가녀린 손목이 붙잡히고 강하게 당겨진 탓이었다. 생쥐의 몸이 눈앞의 소파로, 그곳에 앉아 있는 남자의 품 안으로 쓰러졌다. 가을비의 습기 어린 차가움이 전신에 오싹 닿아온다. 물먹은 옷자락에 마른 옷자락이 비벼져 물기를 삼켜내는 것은 결코 기분 좋은 느낌이 아니었지만, 생쥐는 얌전히 용의 무릎 위에 몸을 맡기고 뺨을 그 가슴에 대었다. 귓가에 곧장 흘러 들어오는 심장의 고동소리는 피부에 닿는 축축함을 감수할 가치가 있었다.

솔레다토르는 자신의 품에 조용히 안겨 있는 소녀를 내려다보았다. 문득 그녀를 처음 만났을 때가 생각났다. 자신이 어린애가 아니라고 주장하던 비썩 마른 계집애. 소중한 사람을 위해 제 목숨을 내놓는다는 것이 기뻐 미소 짓던 얼굴이, 놀랄 만큼 선명히 눈앞에 떠올랐다.

하지만 이제는 오로지 자신을 안고 있는 용을 위해 모든 것을 내주겠다고 말하고 있다. 솔레다토르는 여전히 가는 등을 손으로 쓸어내리며 소리 없이 옅게 웃었다.

"꼬마."

"네."

"너는 내 거다."

"네."

망설임 없이 돌아오는 대답은 언제 들어도 만족스러웠다. 끝없이 바닥을 치고 내려가던 기분이 부드럽게 풀어지는 것을 느끼며 솔레다토르는 소녀의 몸을 팔로 지탱해 좀 더 위로 들어 올렸다. 연녹색 커다란 눈동자가 황금빛 짐승의 눈과 높이를 나란히 한다.

비스듬히 기울어진 목의 살결은 어둠 속에 금방이라도 녹아들듯 새하얬고 달큰한 냄새를 풍기고 있었다. 솔레다토르는 눈앞의 소녀가 여자라는 사실을 새삼스럽게 깨달았다. 작고 메마른 어린애가 아닌 첫 월경을 마치고 아이를 가질 준비가 끝난 암컷.

그는 눈가를 미미하게 찌푸렸다가 흰 목덜미에 입술을 묻었다. 더 이상은 손대지 않고 그대로, 가만히 끌어안고 있었다.

나비궁을 도망쳐 나온 이카르의 발길이 향한 곳은 황후 후보들이 모여 있는 솔비른궁이었다. 조심성 없이 흐트러진 움직임은 경비에게 들키지 않는 것이 신기할 정도였으나, 밤의 어둠과 굵은 빗줄기가 그의 모습도 소리도 감추어주었다. 황태후가 솔비른궁의 경비를 느슨히 해놓은 덕 또한 컸다.

힘없는 걸음마다 흙탕물이 신을 덮다 못해 옷자락에까지 튀어오른다. 이미 젖을 대로 젖은 옷이 무거울 만도 했건만 이카르는 아무런 감각을 느끼지 못하는 시체처럼 묵묵히 걸어갔다. 실상 반쯤 죽어버린 것도 같은 기분이었다.

그렇게 솔비른궁의 본채에 도착하여 멍하니 어둠에 잠긴 건물을 올려다보았다. 무턱대고 오긴 왔지만 찾는 이의 침실이 어디인지는 까맣게 몰랐다. 그나마 붙잡고 따라가던 실 가닥 하나마저 놓쳐버리고 만 것이다. 이대로 풀썩 주저앉아버릴 것만 같은 그때.

"어라? 이카?"

지붕 위쪽에서 낯익은 목소리가 들려왔다. 이카르는 좀 더 고개를 꺾어 지붕을 올려다보았다. 그곳에는 우산을 쓴 라지예가 아슬아슬한 자세로 서 있었다. 라지예는 아래로 가볍게 뛰어내려 아리에스의 침실 발코니에 올라섰다.

"아리에스 보러 온 거야? 올려줄까?"

"그……."

목소리가 잘 나오지 않았다. 이카르는 두어 번 콜록댄 후 겨우 말을 입 밖으로 끄집어내었다.

"살타토르 양의 거처가……."

"여기야. 올려줘?"

이카르는 무거운 고개를 끄덕였다. 평소 같으면 혼자서 충분히 올라갈 수 있는 높이였지만 지금은 정신적으로 완전히 기진맥진한 상태였다. 라지예는 이카르가 발코니 위로 올라올 수 있도록 도와준 뒤 다시 지붕 위로 돌아갔다. 빗물이 간간이 들이치는 발코니는 어둡고도 고요했다.

"……."

유리문 너머를 가만히 들여다보았지만 커튼으로 가려져 있어 아무것도 확인할 수 없었다. 이카르는 긴 망설임 끝에 손등으로 유리문을 두드렸다. 빗소리에 파묻혀 안에까지 들릴까 의심스러울 정도로 작은 노크였다. 문이 잠겨 있지 않으니 얼마든지 열고 안으로 들어갈 수 있었지만, 그럴 용기가 나질 않았다.

이미 한 번 버려졌다. 무턱대고 들어갔다가 또다시 쫓겨날까 봐 두려워서, 이카르는 알아주길 바라는 마음 반, 끝까지 모르길 바라는 마음 반으로 소심한 인기척을 냈다.

그러기를 반시간쯤, 포기해야 하나 싶을 때.

차악!

늘어져 있던 커튼이 거칠게 젖혀졌다. 얇은 잠옷 차림에 숄을 걸친 아리에스가 냉랭한 시선으로 유리문 너머 서 있는 남자를 훑었다.

"어머나, 쫄딱 젖은 새끼고양이 꼴이네."

고운 어투는 아니었다. 오히려 가시가 도드라지게 솟아난 목소리다. 예상 이상으로 차가운 반응에, 위로를 구하여 그녀를 찾아온 이카르의 표정이 흠칫 굳어졌다. 그 하얀 얼굴을 빤하게 쳐다보던 아리에스가 커튼을 도로 휙 당겨 쳤다.

······물러나야겠다. 명백한 거부의 몸짓에 그렇게 생각하기 무섭게 커튼 너머에서 명령에 가까운 목소리가 흘러나왔다.

"거기서 얌전히 기다리고 있어요."

이카르는 눈을 크게 끔벅였지만, 그녀 말대로 발코니의 난간에 얌전히 몸을 기대어 섰다. 아리에스가 자리를 떠나고 그리 길지 않은 시간이 흘렀다. 떨어지는 빗방울의 기세가 여전히 줄지 않은 가운데, 낙숫물 소리에 섞여 부드러운 발소리가 유리문 앞으로 다가온다. 이내 다시 벌컥, 커튼이 걷히고 이어 발코니의 문짝이 열어젖혀졌다. 이카르는 반사적으로 문을 열어젖힌 우아한 손끝을 바라보았다. 유리에 맺힌 물방울이 연분홍 손톱 위로 장식하듯 스며든다.

"뭘 봐요?"

"······아, 아뇨."

"쳐다만 보고 있을 거예요? 이 멍청한 강아지가."

강아지, 라고 했지만 어감은 그와 의미가 같은, 그러나 훨씬 천박한 단어를 내뱉은 듯했다. 그러니까 개새끼. 멍청하다는 소리를 듣고서도 이카르는 어찌할 바를 몰라 정말로 멍청히 그녀를 바라만 보았다. 잠시간 빗소리만 들린다. 화장기가 없음에도 보기 좋게 발그레한 입술 사이에서 옅은 한숨이 새어 나왔다.

"정말이지 완전히 젖어서, 뺨도 그렇게 창백한 채로. 뭐 해요? 들어오지 않고서."

"하지만······."

"어서요! 추우니까."

아리에스가 어깨를 감싼 숄을 끌어 올렸다. 분명 이런 날씨에는 추위를 느낄 만한 차림새였다. 이카르는 당황하며 유리문 쪽으로 다가갔다. 그가 안으로 들어서기 직전 아리에스가 또다시 짧게 소리쳤다.

"신발 벗고요! 진흙투성이잖아요."

저 상태로 들어오면 흔적을 지워내기 힘들다. 아리에스의 잔소리에 이카르가 허둥대며 신을 벗었다. 고분고분 명령을 따르는 모습에 딱딱하게 굳어 있던 아리에스의 표정이 살며시 풀어졌다. 그녀가 몸을 돌려 안쪽으로 걸어 들어갔다.

"따라오세요."

"……예."

이카르는 잔뜩 주눅 든 채 아리에스의 뒤를 쫓아갔다. 벽의 등불 하나만 켜진 어스름한 거실을 가로지르는 가냘픈 뒷모습이 두 눈에 못 박히듯 크게 들어온다. 흠뻑 젖은 몸이 추위로 가늘게 떨려왔지만 몸속은 반대로 서서히 따스해져 갔다. 어쨌거나, 이번에는 내쫓기지 않은 것이다.

안도의 한숨을 내쉬는 사이 아리에스가 문을 열었다. 그와 동시에 환한 빛과 함께 훈훈한 공기가 쏟아져 나왔다. 이카르는 눈을 가늘게 떴다가 한 번 깜박였다. 문 너머로 보이는 것은 욕실이었다. 그곳에는 1인용 흰 자기 욕조가 온수를 가득 품고서 옅은 수증기를 흘려내고 있었다.

"저기……."

비에 젖었으니 씻으라는 걸까. 부러 신경 써준 마음 씀씀이가 고마워 무어라 감사를 표하고 싶었지만 말이 쉽게 나오지 않았다. 아리에스는 욕실로 들어가 욕조에 손끝을 넣어 물의 온도를 확인했다. 그러곤 문 앞에 서 있는 이카르를 돌아보았다.

"들어오세요."

"아, 예."

이카르는 욕조 옆에 서 있는 아리에스의 앞으로 다가가 고개를 숙여 보였다.

"배려에 감사드립니다. 하지만 어차피 돌아가 봐야 하니까……."

"뭐라고요?"

"……예?"

"지금 무슨 개소리예요?"

명백히 화가 난 목소리에 이카르의 가슴이 덜컹 내려앉았다. 밤 중에 갑자기 찾아온 것 때문에 그녀의 심기가 불편해진 것이라 생각했었는데, 돌아간다는 말에 도리어 더 크게 화를 내고 있다. 그로서는 도무지 이해가 잘 가질 않는 상황이었다. 또다시 쫓겨나기 전에 차라리 먼저 달아날까 고민하는데,

"윗!"

아리에스의 손이 이카르의 멱살을 틀어쥐었다. 그러곤 깜짝 놀랄 만큼 거칠게 욕조 쪽으로 당겨졌다가 밀려났다.

첨벙!

물이 높게 튀고 수증기가 한 움큼 물씬 피어오른다. 딱 기분 좋을 정도의 온수가 순식간에 몸을 감싸 안아온다. 이카르는 다리는 밖으로 걸친 채 상체를 머리까지 전부 물에 처박혀 허우적거리다가 겨우 몸을 끌어 올려 욕조 안에 바로 앉았다. 물을 먹어 몇 번 콜록거리곤 고개를 든 그가 화들짝 다시 시선을 수면으로 내렸다.

"사, 살타토르 양…… 그, 옷이……."

젖었다. 튀어 오른 물에 군데군데 젖어든 얇은 천이, 피부에 달라붙어 속을 희미하게 비추고 있었다. 상체를 반쯤 가리고 있던 숄도 어느새 사라지고 없어 부푼 젖가슴의 윤곽이 뚜렷하게 드러나기까지 한 채였다.

"저어, 씻을 테니까요……."

나가서 옷을 갈아입으시라고 말하려는데 잔잔해진 수면 위로 불쑥 그림자가 드리워졌다. 이어 금빛 도는 붉은 머리카락이 스르륵 눈앞으로 흘러내린다. 이카르는 물에 닿아 흐트러지는 적금발을 홀린 듯 멍하게 바라보았다.

"고개 들어요."

"하, 하지만……."

"당장."

아직 노기가 가시지 않은 목소리가 귀를 찔렀다. 이카르는 머뭇거리면서도 천천히 시선을 올렸다. 가장 먼저 눈에 들어온 것은 깊게 파인 가슴골이었다. 한 손으로 욕조 가장자리를 붙잡고 몸을 숙인 아리에스의 자세 탓에 뽀얀 앙가슴이 비스듬하게 내비친 것이었다.

"헉!"

이카르는 기겁하며 눈을 외로 피했다. 그렇잖아도 온수에 잠겨 데워지고 있던 피부에 열이 확 오른다.

"왜 또 눈을 피해요?"

"그게, 그……."

아리에스는 차마 솔직히 대답하지 못하고 안절부절못하는 이카르에게 한쪽 손을 뻗었다. 그녀의 손끝이 희미하게 붉어진 뺨에가 닿자 화들짝 어깨를 움츠리는 모양새에 무심코 미소가 새어 나왔다. 다 큰 사내가 제 몸 하나 추스르지 못하고 엉망인 몰골로 나타난 것에 대한 답답함 섞인 화도 거의 녹아내렸다. 자신을 앞에 두고서 겁에 질린 듯 미적대는 태도에 대해서는 여전히 불만스러웠지만.

"이 밤중에 여기까지는 왜 온 거예요? 비까지 죄다 맞고서."

"전에……."

마른침을 한 번 삼키고 목소리가 이어졌다.

"버림받아서, 갈 곳이 없어지면……."

한 번 더 끊어졌다가 겁먹은 기색을 띤 채로 다시금 이어진다.

"……받아주겠다고, 하시지 않았습니까."

적자색 눈동자 위로 드리워진 금빛 속눈썹이 파르르 떨렸다.

아리에스는 완전히 풀죽은 남자를 묘한 표정으로 바라보았다. 방금 버림받았다, 라고 말했다. 예상치 못한 소리에 그녀가 고개를 갸웃 기울였다.

"조금 더 자세히 들어봐야 할 것 같은데요?"

캐묻는 말에 이카르는 잠시 침묵을 지켰다가 느릿느릿 입을 열었다.

"폐……하께서, 그러니까……."

단순한 계약 관계, 라는 현실이 떠오르자 또다시 목이 꽉 메어왔다. 말로 내뱉기는커녕 머릿속으로 생각조차 하기 버거워, 결국 대충 얼버무려 말을 이었다.

"이제 저를, 곁에 두지 않으시기로…… 하셨습니다……."

틀린 말은 아니었다. 황위를 물려받게 된다면 전처럼 황제와 함께 다니는 일은 없어질 것이다. 자신은 황제를 위한 궁에, 그리고 현 황제는 물러나 선황제궁으로 가게 되겠지. 그리되면 하루 한 번도 마주치기 어려워질 터였다. 눈시울이 화끈 뜨거워지며 눈물이 넘쳐흘렀다. 아리에스가 보는 앞에서 운다는 것이 창피하게 느껴졌지만 무너질 대로 무너진 마음을 다잡기가 힘들었다.

"……그러셨군요."

아리에스는 다정한 손놀림으로 연신 젖어드는 뺨을 쓰다듬었다. 황제가 무슨 바람이 불어 그리 싸고돌던 이카르를 내치기로 했는지는 알 수 없었다. 너무도 갑작스러운 상황이었기에 궁금증이 일었지만 그렇다고 이 이상 이카르의 상처를 헤집을 수는 없는 노릇이었다. 자세한 이야기는 후에 천천히 달래가며 들어도 된다.

"걱정 마세요."

일단 눈앞의 남자를 거두는 것이 먼저였다. 남이 버린 것을 줍는다는 건 자존심 상하는 일이었지만, 지금으로서는 그런 것쯤 아무래도 상관없었다. 어쨌거나 눈앞의 남자가 고스란히 자신의 것이 된다는 뜻이 아니던가. 자존심이고 뭐고 얼마든지 주워주겠다.

뺨을 쓰다듬던 손이 아래로 미끄러진다. 매끈한 목덜미를 타고 내려가 목깃을 만지작거렸다.

"저는, 약속한 건 반드시 지킨답니다."

뻔뻔하게 거짓말을 입에 담았다. 약속 같은 거야 불리하다 싶으면 깜박 잊은 척할 수도 있다. 하지만 지금은 없는 약속도 만들어내야 할 때다.

"그러니까 마음 푹 놓으세요."

아리에스는 달콤한 목소리로 말을 건네며 목깃 아래의 단추를 손가락 끝으로 풀어내었다.

"도망칠 곳이 제 곁밖에 없다면, 얼마든지 받아드릴 테니까요."

다만 한 번 발을 들인 이상 풀어줄 생각은 추호도 없다. 질기고도 부드러운 끈으로 목줄을 매어 옆에 묶어둘 것이다.

아리에스의 손가락이 하나씩 하나씩 옷의 여밈을 풀고 젖혀내며 이카르의 가슴 가운데까지 내려갔다.

곱게 다듬은 손톱 끝이 천 자락 아래에 감추어져 있던 살결을 꾹 찍어 누른다. 다분히 성적인 의미를 담은 손길에, 이카르의 목 안이 바싹 타들어갔다.

"……살타토르 양."

"이름으로 부르는 것도 괜찮다고 생각하는데요. 여기는 우리 둘밖에 없잖아요."

이카르는 고혹적인 선을 그리는 붉은 입술을 홀린 듯 바라보았다. 딱 좋은 온도라 생각했던 물이 피부가 따끔할 정도로 뜨겁게 느껴진다.

"이번에는, 키스해주시겠어요?"

수줍은 듯 웃는 얼굴에, 물에 젖은 손이 가 닿았다. 새하얀 뺨을 스치고 동그란 귓가를 어루만지면서 노을빛 머리카락 사이로 손가락을 파묻는다.

이어 두 사람의 입술이 마주 닿았다가 가볍게 떨어지고, 다시 더욱 깊게 서로를 파고들었다. 찰랑찰랑 욕조의 물이 가볍게 흔들리는 소리 사이로 뒤섞인 숨결이 흘러내렸다.

날이 희미하게 밝아왔음에도 평소와 달리 아리에스의 침실로 접근하는 시녀는 없었다. 어젯밤 목욕 준비를 부탁하면서 감기 기운이 있어 내일은 정오까지 푹 쉴 것이니 깨우지 말라 말해두었기 때문이다. 아리에스는 작게 기지개를 켜며 몸을 일으켜 앉았다. 소매가 없는 얇은 네글리제 차림이었던지라 덮고 있던 이불이 스르륵 흘러내림과 동시에 새하얀 어깨와 길게 뻗은 가느다란 팔이 고스란히 밖으로 드러났다. 아무리 자신의 침실 안이라고 해도 시집도 안 간 귀족 아가씨로서는 단정치 못한 모습이었다.

그녀는 손등으로 눈가를 살짝 비비며 자신의 침대 옆자리로 시선을 돌렸다. 여느 때라면 텅 비어 있었을 그 자리에 금빛 머리카락이 흩어져 있다. 아리에스는 약간 복잡한 심경으로 깨는 기색 하나 없이 깊이 잠들어 있는 이카르를 바라보았다.

'……조금 성급했을까.'

정확히 말하자면 충동적이었다. 원하던 것이 갑작스럽게 손에 들어오자, 그것이 자신의 소유임을 확실히 표시해두고 싶어졌다. 또다시 빼앗기거나 놓쳐버리지 않게끔. 거기에 더해 성숙한 척 굴어도 아직 어리고 젊은 감정의 폭풍우 또한 한몫했다. 말하자면 봄날 청춘의 거침없는 불길이라는 거다. 분위기 좋고 방해할 사람도 없는데 혹시 모르니까 여기까지 하죠, 아 네 그럴까요, 라며 얌전히 풀었던 단추를 잠그기에는 둘 다 너무 혈기왕성한 나이였다.

'뭐어, 아무렴 어때.'

아리에스는 고민을 멈추고 어깨를 으쓱했다. 예상치 못하게 사고를 치긴 했지만 어차피 결혼할 거라면 상관없지 않은가. 미래를 약속한 연인끼리 손잡고 입술 맞대는 것 이상으로 진도를 나가는 일은 제법 흔했다. 그러다가 자칫 파혼이라도 하게 되면 여자 입장이 난감해지긴 했지만 이카르는 그럴 사람이 아니니까. 그러니 걱정할 일은 별로 없다.

'아버지에게는 감춰야겠지만.'

물론 다른 이들에게도 알려져서 좋을 건 없는 일이긴 하다. 정확히는 여자인 자신에게는 말이다. 남자에게는 별다른 흠이 되지 않는 일이건만. 태생적인 불공평함에 조금 억울해져 아리에스는 잠들어 있는 남자를 슬쩍 흘겨보았다.

"이카."

아리에스는 손을 뻗어 베갯잇 위로 흐트러진 금발을 만지작거렸다.

"언제까지 잠들어 있을 건가요?"

머리카락을 넘어 귓가와 뺨을 살짝 간질이자, 감겨 있던 두 눈이 살그머니 틈을 벌린다. 초점이 흐린 적자색 눈동자가 멍하게 아리에스를 올려다보았다. 이어 이카르의 얼굴 위로 아리에스가 대체 왜 여기 있는 건가, 하는 의문이 떠오른다. 그녀는 분명 황후 후보로 선정되어 나비궁을 떠났었…….

"……아."

잠시 잊고 있었던 어젯밤의 기억이 되살아남과 동시에 이카르의 목덜미가 붉게 달아올랐다.

"저, 저기, 아리에스, 그게…… 앗!"

그는 허둥지둥 몸을 일으켜 앉다가 그대로 굳어버리고 말았다. 덮고 있던 이불이 흘러내리며 맨살이 드러났기 때문이었다. 이카르는 잔뜩 당황하며 얼른 이부자락을 붙잡아 목 근처까지 끌어 올렸다. 옷을 입지 않았다는 것을 깜박했다. 어젯밤, 흠뻑 젖은 옷을 입은 채 잠을 잘 수는 없었거니와 이곳에 갈아입을 만한 남자 옷이 있을 리도 만무했기에 지금 이불 아래의 몸뚱이는 벌거벗은 채였던 것이다.

"어…… 제 옷은……."

아리에스는 어쩔 줄 몰라 하는 이카르를 귀엽다는 듯 바라보며 미소 지었다.

"아직 젖은 채랍니다. 마르려면 시간이 좀 더 걸릴 거예요."

"괜찮습니다……."

"제가 안 괜찮아요. 날도 꽤 추워졌는데 흠뻑 젖은 채로 돌아다니는 건 어젯밤으로도 충분합니다."

"하지만…… 계속 이렇게 있을 수는……."

"뭐 어때요."

아리에스의 미소가 짓궂게 변했다.

"이제 와서 그런 거 신경 쓸 필요 없지 않나요?"

"그, 그건, 그게……."

목덜미만 발그레하던 것이 어느새 뺨까지 붉게 물이 들었다.

"……너무 태연하신 거 아닙니까."

"호들갑 떨 일은 아니잖아요? 자연스러운 일인걸요."

"그렇긴, 하지만요……."

"걱정 마세요. 제가 책임져드린다 했잖아요. 약속은 지킨답니다."

"그건 제가 해야 할……."

이카르는 말을 끝맺지 못하고 혀끝을 잘근 씹었다. 까맣게 잊고 있었던 사실이 떠올랐기 때문이었다. 그는 창백해진 표정으로 생글생글 웃고 있는 아리에스를 바라보았다.

"……아리에스."

"네?"

"죄송합니다."

그 한마디에 아리에스의 얼굴 또한 딱딱하게 굳어졌다. 죄송하다니, 이 무슨 마른하늘에 날벼락 같은 소리란 말인가. 지금 이 상황에서 사과가 나올 만한 이유는 몇 떠오르지 않았다. 그리고 그 모든 이유는 결코 반갑지 않은 내용이었다. 아리에스는 약간 떨리는 목소리로 입을 열었다.

"……무슨 뜻인가요."

"당신을 속일 생각은, 결단코 없었습니다……. 저도 바로 어제 알게 되었던 거라……."

"미적거리지 말고 당장 털어놓으세요! 숨겨진 약혼녀라도 있었어요?!"

"예? 아, 아뇨, 그런 게 아니라……."

이카르는 고개를 저으며 대답했다.

"그러니까 제가……."

말해도 괜찮을까. 순간 그런 생각이 들었지만 고민은 길지 않았다. 아리에스라면 믿을 수 있다. 그렇게 확신하며 목소리를 낮추어 말을 이었다.

"황족입니다."

"……네?"

"저도 까맣게 몰랐었는데, 평민이 아니었어요."

정말로 몰랐었다며 재차 강조를 더했다. 아리에스는 멍해진 표정으로 고개를 갸웃 기울였다.

"어…… 음…… 황족이시라면, 폐하께서 거짓말을 하신 건가요? 진짜로 황제 폐하의 숨겨진 아들이셨던 건가요?"

"아뇨, 그건 아니고요……."

이카르는 조금 풀죽은 목소리로 말했다.

"선대황제 폐하의…… 아들이라고 폐하께서 말씀해주셨습니다."

"아…… 예……."

아리에스는 혼잣말처럼 멍하게 중얼거렸다. 상상했던 최악의 상황은 모면했지만 그렇다고 이 갑작스러운 고백이 당황스럽지 않은 것은 아니었다. 오히려 예상에서 완전히 빗나가버린 사태인지라 생각을 정리하기가 더더욱 어려웠다.

"그러면, 현 황제 폐하께서 숙부님이 되시는 건가요……?"

"……예."

그녀를 믿는다고 하여도 황제의 허락 없이 수호룡에 대한 사실을 밝힐 수는 없었다. 이카르의 대답에 아리에스가 느릿하게 눈을 깜박였다.

"그래서 폐하께서…… 이카르 경을 감싸고 도셨던 거군요. 네, 확실히 그런 거라면 이해가 가요. 그리고 선황제 폐하께 황녀 외에도 황자가 한 분 계셨었다는 이야기는 저도 들은 적이 있어요. 아니, 정확히는 둘이었죠."

"둘이요?"

"네. 사산도 포함을 한다면 말이에요. 무사히 태어난 황자 전하는 어릴 때 화재로 변을 당했다고 알려져 있고요."

사산되었다는 형제가 있었다는 말에 이카르의 표정이 살짝 어두워졌다. 자기 자신에 관련된 일이건만 사교계 데뷔 전의 소녀보다도 아는 것이 적다.

"……화재로 죽었다는 황자가, 아마 저일 겁니다. 그때 현 황제 폐하께 제가 맡겨진 것이겠지요. 그러니까…… 황태후를, 당시 황후를 피하기 위해서요."

"황후에게 있어서 자신의 소생이 아닌 황자는 반드시 처리해야 할 장애물로 느껴졌겠지요."

그렇게 말하며 아리에스가 긴 한숨을 내쉬었다.

"사정은 대충 알겠습니다만, 솔직히 말해 아직 실감이 잘 나질 않네요. 너무…… 갑작스러워요."

평민 출신 기사라고만 알고 있었던 상대가 난데없이 황족, 그것도 선황제의 죽은 줄 알았던 아들이란다. 쉽게 아 그렇군요 하며 고개를 끄덕이기는 힘든 소리였다. 난감해하는 아리에스의 모습에 이카르가 머리를 푹 숙였다.

"죄송합니다……. 어젯밤에 말씀드렸어야 하는 거였는데……."

"네, 확실히 그러셨어야 했어요."

아리에스는 재차 한숨을 흘리며 죄인처럼 안절부절못하는 이카르를 바라보았다.

"어째서 곧장 말씀해주시지 않으신 건가요? 제가 못 미더웠습니까?"

"아닙니다!"

급한 고갯짓에 금빛 머리카락이 잘게 흔들거렸다.

"그랬더라면 지금까지도 입을 다물고 있었겠지요. 혹여 밖으로 말이 새어 나간다면 황태후가 가만히 있지 않을 테니까요."

"그러면 무엇 때문이었나요? 진정하고 목소리 낮춰서 말씀하세요. 시녀들을 막아놓긴 했으나 혹 모르니까요."

적진 가운데 들어앉아 있는 셈이니 최대한 조심하는 편이 좋다. 이카르는 고개를 끄덕이곤 마른침을 꼴깍 삼켰다.

"우선은, 차분히 이야기를 꺼낼 경황이 없었습니다."

어젯밤의 자신은 정상이라고 말하기 힘든 상태였다. 황제와의 일을 말로 꺼내기는커녕 머릿속에 떠올리는 것조차 힘들었으니까.

"하지만 그런 상황이 아니었다고 해도, 저는 쉽게 입을 열지 못했을 겁니다."

이카르는 숙이고 있던 시선을 올려 아리에스와 눈을 마주쳤다.

"아리에스, 당신에게 버림받고 싶지 않습니다. 황자는, 황족은 당신이 원하는 남편감이…… 아니니까요."

사냥터에서 부상을 입었을 때 아리에스가 결혼을 요구하며 했던 말들을 지금도 똑똑히 기억하고 있었다. 그녀가 원하는 것은 백작가를 이을 수 있는 데릴사위다. 그러나 황족은 그것이 불가능하다. 여자라면 혹 모를까, 직계의 남자 황족이 일개 백작가로 들어간다는 것은 말도 안 되는 일이었다. 그렇기에 혼란스러운 상황이 아니었다 하더라도, 망설이지 않고 솔직히 털어놓을 수는 없었을 것이었다. 아리에스마저 잃고 싶지는 않았기에.

이카르의 고백에 푸른빛 두 눈이 살짝 가늘어졌다.

"그럼 지금 솔직하게 말씀하시는 것은…… 갈 데까지 갔으니까 돌이킬 수 없을 거라 안심해서인가요?"

"……예? 아, 아뇨! 당연히 아닙니다!"

"목소리가 커요."

"앗, 네……. 안심해서가 아니라, 책임감을 느껴서입니다. 어떤 결정을 내리시든 무조건 따르겠습니다."

"버림받고 싶지 않다면서요?"

"지금의 저로서는 매달릴 면목이…… 없지 않습니까……."

힘없는 목소리에 아리에스가 어쩔 수 없다는 투로 어깨를 으쓱했다.

"만점은 아니지만 합격점은 줄 수 있겠네요. 좋아요, 제가 양보하죠."

"아리에스……."

"하지만."

아리에스는 짧게 한숨을 내쉬곤 한동안 생각에 잠겼다. 무언가 골똘히 고민하던 그녀가 다시금 입을 열었다.

"황족과 결혼하게 된다면 자연히 살타토르 백작가를 물려받는 건 불가능하게 되겠죠. 그러나 저는 백작가를 포기하고 싶지 않습니다. 이제 와서 얼굴도 몇 번 못 본 먼 친척이나 생판 남에게 넘겨줄 생각은 추호도 없거든요."

"그러면 어떻게……."

"제 딸에게 물려받게 하는 거예요."

"……딸이요?"

"네. 아버지께서 아직 정정하시니 그 정도는 버텨주시겠지요."

아리에스는 자신 만만한 표정으로 말했다. 이카르가 황족이라고 해도 황위를 물려받을 가능성은 별로 없다. 현재로서야 황위계승권

1순위라지만 현 황제에게 적자가 생기면 자연히 뒤로 밀려나게 되는 것이다. 그렇게 황제가 되지 못한 황족의 자식이라면 백작가로 보내는 것도 불가능해지는 않았다. 여아라면 더더욱 쉬울 터였다.

"황족의 피를 수혈할 수 있다는 건 백작가로서도 반가운 일이니까요. 아쉽지 않다곤 말 못 하겠지만, 참을 수 있어요."

그녀의 말에 이카르가 크게 당황하며 더듬거렸다.

"그, 그게, 아리에스……."

"신녀의 점괘도 영 엉터리는 아니었네요. 황후는 아니지만 황자비면 엇비슷하긴 하죠."

"……황후가 맞습니다."

"네?"

이카르는 울상이 되어 털어놓았다.

"폐하께서, 제게 황제 자리를 양위하신다고…… 하셨거든요……."

"무, 무슨……."

아리에스의 입이 크게 벌어졌다.

"그게 무슨 개 같은…… 아니, 말도 안 되는 소리인가요?!"

그녀는 이카르에게 조용히 하라 잔소리한 것도 까맣게 잊고 크게 소리쳤다. 이내 흠칫, 다시 목소리를 줄이긴 했지만 경악은 가시지 않은 채였다.

"양위라니, 진짜예요?"

"……네. 선황 폐하께 약속을 하셨다고…… 합니다. 제가 성장하면 황위를 물려주기로요."

"고작 약속 때문에요? 세상에…… 폐하 성격을 생각하자면 있을 수 있는 일이긴 하지만……. 그래도 세상에나…… 귀족가문에서도 잘 지켜지지 않는 종류의 약속이잖아요."

귀족가의 가주가 일찍 세상을 떠날 시 가주의 형제나 친척이 어린 적장자가 성장할 때까지 대신 가문을 돌봐주는 경우는 종종 있었다. 다만 그 대리가주 노릇은 대부분 잠깐으로 끝나지 않았다. 대리가주들은 갖은 수단으로 자신의 자리를 굳건히 다져 정당한 후계자를 가문에서 밀어내곤 했다. 상대적으로 권력이 작은 귀족가문도 그러할진대 까짓 약속 좀 했다고 황제 자리를 순순히 내어놓은 사례는 제국은 물론이요, 타국의 역사상에도 존재하지 않았다.

"어린 조카를 왕위에서 쫓아냈다는 이야기는 들어본 적 있어도, 그 반대라뇨. 기가 막히고 어이가 없을 정도예요."

"폐하께서는 황제 자리에 욕심이 없으시니까요."

"그렇다고 해도 무턱대고 양위라뇨. 아무런 기반도 잡혀 있질 않은데, 정말이지……."

아리에스는 어젯밤 이카르가 왜 버림받았다며 찾아왔는지 알겠다는 뒷말을 내뱉지 않고 삼켰다. 지금의 이카르에게 황위를 물려주겠다는 건 검도 갑옷도 없이 맨몸으로 전장에 내던지는 것과 다름없었다.

그 자신은 물론, 환경적으로도 아무런 준비가 되어 있지 않은 상태가 아니던가. 그러나 그런 황제의 태도에 이카르가 상처받았다는 것을 잘 알기에 소리 내어 투덜거리지 않고 한숨으로 삼켰다.

"제 능력은 솔직히 미약합니다만, 아주 도움이 없는 것은 아닙니다."

"도움이요?"

"예. 폐하께서 카얄룬 공작이 협조해줄 거라고 말씀하시더군요."

"카얄룬 공작이라고요?"

아리에스가 눈을 동그랗게 치떴다.

"연속으로 놀랄 일투성이네요. 폐하께서 공작과 손을 잡으셨다니…… 결국 이렇게 될 거 그동안은 대체 왜 고집을 피우셨대요?"

"자세히 듣진 못해서 잘 모르겠습니다."

"어쨌거나 그나마 다행이긴 한데요……."

말꼬리를 흐리며 미덥지 못해하는 시선이 이카르를 향했다.

"그 공작이 아무런 대가없이 도움을 주겠다고 했을 가능성은, 솔직히 별로 없어요."

황가를 제 아래로 얕잡아 보는 것으로 유명한 카얄룬 공작이다. 그런 그가 이제 와서 순수한 호의나 선의로 황제를 도와줄 것이라 생각하기는 어려웠다. 아리에스의 말에 이카르의 안색이 약간 어두워졌다.

"아무래도 그렇겠지요. 공작이 폐하께 무언가 요구를 하였을까요?"

혹 과한 조건이라도 내건 것은 아닐까, 걱정하는 기색이 역력한 그 모습에 아리에스는 속으로 혀를 쯧 찼다. 바로 어젯밤에 징징 울면서 기어들어 와놓곤 그새 까맣게 잊은 양 저를 버린 사람을 걱정하고 앉아 있다.

"폐하가 아니라 이카 당신에게 요구할지도 몰라요. 훨씬 더 만만하기도 하니까요."

"아…… 그럴까요?"

"그럴까요가 아니잖아요! 폐하보다 자기 일 걱정부터 하세요. 솔직히 황제 폐하를 걱정할 일이 뭐가 있나요. 최악의 사태가 발생한다 해도 스스로의 목숨 정도는 충분히 지키고도 남을 분이신데."

황족이라고 해도 용혈이 흐르는 티는 조금도 나지 않는 평범한 인간인 이카르와 그는 다르다. 심지어 강력한 마수인 드레이크까지 거느리고 있으니 그의 신변이 위험해질 일은 없다고 보아도 무방했다.

"주먹만 한 새끼고양이가 저보다 수십 배 더 큰 사자 걱정하는 꼴이라고요. 카얄룬 공작의 속셈도 걱정이고, 죽자고 덤벼들 게 뻔한 황태후도 걱정이고, 하이에나처럼 몰려들 다른 귀족들과 앞으로 익히고 배워야 할 수많은 일 등 걱정거리가 이미 산더미이건만 뭣하러 쓸데없는 걱정까지 덧붙이고 있어요?"

"그……렇긴 하죠……."

아리에스의 투덜거림에 이카르가 시무룩 고개를 숙였다.

그녀의 말대로 자신은 황제를 걱정하고 나설 깜냥이 되질 못했다. 지금부터 닥쳐올 일들을 감당하는 것조차 벅찬 형편이 아니던가. 그리 생각하자 안 그래도 낮은 편인 자신감이 더더욱 바닥을 치는 기분이 들었다.

"……너무 앞서서 고민하진 말자 이거예요."

풀죽은 이카르의 모습에 아리에스가 말을 대충 얼버무렸다. 앞일이 까마득하긴 했지만, 걱정하며 끙끙 앓는다고 안 될 일이 술술 풀리는 건 아니다. 게다가 지금의 이카르에게는 채찍보다 당근이 더 우선이었다. 무슨 일이 있더라도 쉽게 기죽지 않고 당당해질 수 있도록, 용기를 북돋워줄 필요가 있었다. 그녀는 이카르 쪽으로 몸을 당겨 다가가며 상냥한 미소를 머금었다.

"그보다는, 무얼 하고 싶은지 생각해보는 건 어때요? 카얄룬 공작이 도와준다면 황제의 자리에 오르는 건 거의 확실시 된 일이잖아요."

황태후 파와 카얄룬 공작 파의 두 세력이 궁정에서 서로 맞서고 있다곤 하지만, 둘 중 우세한 측을 묻는다면 백이면 백 공작이란 대답이 돌아올 것이었다. 이런 상황에서 황제가 공작의 손을 들어준다면, 황태후의 패배는 확정된 것이나 다름없었다. 물론 얌전히 패배를 인정할 황태후가 아니지만, 발버둥을 친다고 해도 발목이나 잠시 붙잡을 뿐 이카르가 즉위한다는 결과에는 변함이 없을 터였다.

"다른 것도 아니고 무려 황제예요. 이 거대한 제국에서 가장 높은 자리라고요? 그 누구에게도 고개 숙일 필요가 없는 신분이 되는 거랍니다."

비록 젊다 못해 어리고 능력도 부족한 황제라고 해도 눈앞에서만큼은 모두가, 카얄룬 공작까지도 굽히고 들어가야만 하는 위치다. 수많은 사람들이 선망하고 바라 마지않는 권력의 정점인 것이다.

"원하는 건 어지간해서는 다 손에 넣을 수가 있다고요. 하고자 하는 일이 있다면 직접 나설 필요도 없이 몇 마디 명령으로 처리할 수도 있죠."

물론 행동 하나하나 샅샅이 지켜보고 참견해대는 사람들이 한둘도 아니고 수십 수백이 되겠지만 그런 우울한 이야기는 잠시 접어두었다.

"그뿐만 아니라 과거에 무례하게 굴었던 자들에게 엄벌을 내릴 수도 있어요. 여기저기 돌아다니며 억울하다고 우는 소리를 해대는 헤세시 후작이 이 사실을 알게 되면 기겁해 입을 딱 다물걸요?"

이카르를 공격했다가 황제에게 살해당한 드보시오의 부친 헤세시 후작은 자식의 죄를 납득하지 못한 상태였다. 드보시오에게는 용혈 짙은 황제를 해할 능력도 이유도 없으니, 이카르를 상처 입혔다는 별것 아닌 이유로 억울하게 아들이 목숨을 잃었다고 주장하는 중이었다. 기사 간의 다툼으로 사형당하는 것은 확실히 과한 처벌이었기에 후작을 옹호하는 이들도 제법 많았다.

그러나 이카르의 신분이 밝혀진다면 형세가 역전될 터였다. 비록 몰랐다고 하지만 드보시오 헤세시는 졸지에 진짜 반역자가 되고 말 것이었으니.

"생각해봐요, 여러 궁정인들이 제풀에 겁먹고 벌벌 떨걸요? 당신에게 무례하게 굴었던 자들은 처음부터 숙이고 들어올 수밖에 없다 이거죠. 잘만 이용하면 소소하나마 쓸 만한 세력을 만들 수 있을 거예요. 그리고 또, 황제는 후궁을 둘 수 있으니까 예쁜 아가씨들이 많이들 접근해올 텐데……."

아리에스의 눈이 샐쭉하니 가늘어지며 이카르를 쏘아본다.

"후궁 들일 거예요?"

"예?"

"후궁 들일 거냐고요, 후처, 첩."

가시가 살짝 돋친 목소리에 이카르가 얼른 고개를 저었다.

"아뇨, 그런 거 생각해본 적도 없습니다."

"예전에야 못 들이니까 생각해볼 필요조차 없었겠죠. 하지만 이제는 다르잖아요? 가만히 있어도 온갖 미인이 바쳐질 텐데, 진짜로 구경만 하고 돌려보내게요?"

"미인이면 오히려 더 부담됩니다."

"……그 말, 저는 미인이 아니라는 뜻인가요."

"그럴 리가요. 제가 당신 앞에서 얼마나 쩔쩔맸었는지 잘 알고 계시잖아요. 처음에는 도망치고 싶었을 정도라고요."

도망치고 싶었다는 말에 아리에스의 입술이 조금 삐죽거렸으나 불만스러운 표정은 아니었다.

"그 정도로 예쁘게 비춰졌다고 생각해드릴게요. 하지만 이카, 카얄룬 공작이나 그와 비슷한 세도가가 자신의 핏줄을 후궁으로 들여보내고 싶다 한다면…… 받아들이세요."

"싫습니다."

이카르는 눈가를 찌푸리며 단호하게 대답했다. 아리에스가 신경 쓰이기도 했지만 세도가 출신의 귀족 여성을 가까이하고 싶지 않은 마음 또한 컸다. 그런 여자들은 아리에스 이상으로 드셀 것이라는 일종의 편견 때문이었다. 솔직히 말해 눈앞의 아가씨 하나로도 힘에 겨웠다.

"싫어도요. 살타토르 백작가는 유서 깊은 수도 귀족가문이긴 하지만 세도가라 할 정도는 아닙니다. 그리고 그건 당신 외가 쪽도 마찬가지고요."

"……제 외가요?"

"예. 자세히는 모르지만 유력가는 아니라고 알고 있어요. 그래서 황태후, 당시 황후에게 목숨까지 위협받았던 거고요. 외가도 처가도 큰 도움이 못 될 형편이니, 가능하면 세도가와 혼약을 맺어두는 게 유리합니다."

"……"

이카르의 표정이 딱딱하게 굳어졌다. 그는 입을 꾹 다물고 있다가 한참 만에 답답한 한숨을 내쉬었다.

"······반드시 필요한 일이라면, 받아들이겠습니다. 하지만 피할 수 있다면 피하고 싶습니다. 솔직히 말해, 한 사람 이상을 마음에 담을 자신이 없어요. 전 그런 포용력 같은 거 가지고 있지 않습니다. 후궁을 들인다면 그녀에게 신경을 쓰기는 하겠지요. 그러나 거짓으로라도 살갑게 대하지는 못할 겁니다. 이제껏 봐오셔서 짐작하시겠지만, 저 사람 대하는 거 서투릅니다. 출신이라는 장벽이 있었다곤 하지만 궁정에 한두 해 머문 것도 아닌데 사귄 사람 하나 없는걸요. 심지어 생쥐와도 친하다고는 말할 수 없는 사이고요. 그러니까 저는······."

잠시 말이 멈추고 재차 긴 한숨소리가 새어 나왔다.

"후궁이면, 그래도 제 부인이고 가족인데, 제대로 돌봐줄 자신이 없습니다. 어쩌면 정략결혼이라는 선입관 때문에 무심코 차별하고 냉대하게 될지도 모릅니다."

"그럴 거라고 생각진 않아요."

"확실한 건 아리에스, 당신보다 훨씬 덜 소중한 사람이 될 거라는 거겠죠. 그게 싫어요. 이곳 궁정과는 어울리지 않겠지만 결혼은 역시 사랑하는 상대와 하는 것이 맞다고 생각합니다. 영원히 두 번째로 남거나 혹은 두 번째조차 되지 못하는 건 슬프잖아요."

경험해보았기에 잘 알고 있었다. 자신은 솔레다토르의 아이가 아니다. 그를 아버지처럼 따르며 진짜 부친이기를 희망해보았지만 그런 헛된 소망이 이루어지는 건 불가능한 일이었다. 애초에 진짜가 아니었던 관계조차 이렇게 가슴이 아픈데 정식으로 결혼한 배우자로부터 인정받지 못한다면, 정략결혼을 각오했다 해도 쓸쓸하지 않을 수 없을 것이었다.

"……이카."

아리에스는 팔을 뻗어 이카르의 머리를 끌어안았다. 순순히 품으로 이끌려오는 금빛 머리를 쓰다듬으며 상냥하게, 하지만 조금쯤 안타깝게 속삭였다.

"당신에게 황제의 자리는, 어울리지 않아요."

"……저도 알고 있습니다. 애초에 바라지도 않았어요. 도망칠수 있다면, 도망치고 싶을 정도입니다."

"폐하께서 마음을 바꾸실 가능성은 없을까요?"

"없으실 겁니다. ……절대로요."

단순한 약속이 아닌 계약이라 했다. 선황제와 한 계약이라지만 그 중심에 자신이 있었으니 벗어나긴 어려울 것이다. 게다가, 솔레다토르의 바람이 이루어질 수 있는 유일한 길이 자신이 황제가되는 것이라면.

"……아리에스. 저는 황제가 되어야만 합니다. 자신은 없지만, 되고 싶습니다."

"폐하께서 원하시니까요?"

"그런 것도 있지만 그분을 도와드리고 싶은 마음이 더 큽니다.

황제가 되면 폐하께 도움이 될 수가 있어요. 자세히는 말할 수 없지만 저를 필요로 하고 계십니다."

아리에스는 결 좋은 금발을 느릿하게 쓰다듬으며 씁쓸한 미소를 머금었다.

"네. 그렇게 하세요. 폐하께서는 어린 당신을 구하여 지키고 돌보아주셨으니 당연히 보답을 해드려야지요."

"굳이 보답이 아니더라도……."

"그냥 그렇다고 치세요. 지금 조금 질투나려고 하니까."

"……예."

떨떠름하게 대답하는 이카르의 뺨에 아리에스의 입술이 살짝 닿았다. 이어 그녀의 손이 이불 안쪽으로 슬금슬금 파고들었다.

"폐하께서 황후 간택전을 어떻게 처리하실지 궁금하군요. 황위 양위를 곧장 해버릴 수는 없을 테고, 일단 황태자로 인정받게 한 후 양위해야 할 테니까요. 음, 이왕 이렇게 된 거 황후가 아닌 황태자비 간택으로 바꿔버리는 것도 괜찮을지도요."

"좋은 생각인 것 같습니다만, 어, 저기 아리에스?"

"네에."

"손이……."

"손이 왜요?"

"……제가 지금, 옷을 안 입고 있거든요……."

"알아요. 어제 제가 벗겨드렸잖아요."

뭘 새삼스럽게 구느냐는 태연자약한 대답에 이카르의 두 뺨이 붉어졌다.

"……조금쯤은 부끄러워해주실 수 없는 겁니까."

"누군가가 제몫까지 부끄럼을 타서 말이에요. 저까지 꼬리 뺐다 간 늙어 머리가 새하얘질 때까지 손만 잡고 잘 판이니 어쩔 수 없잖아요?"

"그, 그 정도는 아닙니다!"

"말만 잘했지 여전히 움츠러들어…… 어머, 아니네."

"아리에스, 잠깐, 소, 손에 힘 빼요!"

"만져보는 건 처음이에요. 아, 물론 본 것도 어젯밤이 처음이었지만요."

"저도 처음, 어, 아니, 그러니까……."

"아직 시간 여유가 좀 있으니 천천히 이야기해보죠."

황위를 물려받는 것에 대해서든, 지금 손에 쥐고 있는 것에 대해서든. 이카르는 난감해하면서도 결코 싫진 않은 표정으로 고개를 끄덕였다.

이카르가 나비궁으로 돌아간 것은 정오를 약간 지나서였다. 두 번 다시는 안 돌아올 것처럼 뛰쳐나갔다가 며칠도 아닌 고작 하룻밤 만에 기어 들어오자니 꽤나 쪽팔렸다. 하지만 피할 수 없는 일이었기에 부끄러움을 무릅쓰고 솔레다토르를 찾아갔다. 그는 마치 자기 자리라는 듯 황제의 무릎 위에 앉아 있는 생쥐와 황제를 바라보다가 입을 열었다.

"폐하를 돕고 싶습니다."

솔레다토르는 뚱한 눈초리로 건방진 소리를 내뱉고 있는 이카르를 쳐다보았다. 어젯밤에는 질질 짜면서 나가더니 언제 울었냐는 듯 팔팔해져서 돌아온 꼴이 마음에 들지 않았다. 십중팔구 그 여자의 영향이겠지. 그렇다고 해도 말만으로 달랬다 하기에는 회복이 과히 빠르다. 솔레다토르는 시큰둥하게 내뱉었다.

"잤나 보군."

"……예?!"

툭 던진 한마디에 이카르가 불에 덴 듯 깜짝 놀라며 뒷걸음질 쳤다. 그의 목덜미가 이내 붉게 물이 든다.

"아뇨, 그게……."

"맞아요!"

그때 라지예와 사지예가 불쑥 끼어들었다.

"이카랑 아리에스랑 같이 잤대요~."

"그러게 그랬대요~."

"머, 멋대로 떠들지 마!"

목덜미를 넘어 얼굴까지 시뻘게진 이카르가 바락 소리쳤다.

"너희들이 그걸 어떻게 알아?!"

"들었으니까~."

"사지예가 들었대~."

"어젠 라지예였어."

"아무튼 들었대~."

"다 들렸거든~."

사지예가 자신의 귀가 있는 쪽을 손가락으로 가리키며 말했다.

"빗소리가 방해되긴 했지만 그 정돈 들을 수 있거든? 그러니까 밖에서 아리에스를 지키지. 아무튼 다 들었거든~."

"다 들었대요~."

"게다가 아침에도~."

"하지 마! 그만하라고!"

"걱정 마~. 소문 안 낼게~."

"그럼그럼, 인간들은 이런 거 잘 안 떠들고 다니더라?"

"아냐, 뒤에서 소곤소곤 퍼뜨리는 건 잘하던데?"

"그럼 우리도 소곤소곤해야 하나?"

"소곤소곤이고 수군수군이고 말하지 말라고!"

이카르는 깍깍대는 요정들을 방에서 쫓아냈다. 나름 여러 가지로 고민한 끝에 결심하고 온 것이건만 저것들이 분위기를 죄다 망쳐

놓았다. 요정들을 밀어낸 뒤 문을 쾅 닫아 잠근 그가 길게 한숨을 내쉰 뒤 다시 솔레다토르를 돌아보았다.

"그러니까 저는……."

"아리에스 언니와 섹스했어요?"

산 넘어 산이다. 이카르는 말을 하다 말고 딱딱하게 굳어버렸다. 생쥐는 차마 대답을 하지 못하는 이카르 대신 황제에게 순진무구한 얼굴로 물었다.

"잤다는 게 그 뜻 맞죠?"

"그래."

"폐, 폐하!"

이카르가 놀라 소리쳤으나 생쥐는 들은 척도 하지 않고 아쉬운 표정을 지었다.

"그럼 언니와 이카가 결국 결혼하겠군요."

"그렇겠지."

"아리에스 언니가 아깝지만, 그래도 언니는 이카를 좋아한다고 했으니까요. 그럼 언제 결혼식 하는 거예요?"

"저놈 즉위한 뒤에."

솔레다토르의 말에 생쥐가 고개를 갸웃하며 쪽팔려 죽겠다는 얼굴로 서 있는 이카르를 바라보았다. 즉위라는 말의 뜻은 알고 있다. 하지만 왜 이카가, 하고 생각하다가 어젯밤에 들은 말이 떠올랐다.

"폐하께서, 그러니까 솔이 이제 폐하가 아니라고 하셨잖아요. 대신 이카가 황제가 되는 겁니까?"

"그렇다. 이해가 빠르군."

커다란 손이 칭찬하듯 생쥐의 머리를 쓰다듬었다. 그 손길 아래서 생쥐가 기쁘게 미소를 머금었다.

"그럼 아리에스 언니도 황궁에 계속 살겠군요! 황제인 이카와 결혼하면 언니는 황후가 될 테니까요. 아, 이젠 이카를 폐하라고 불러야 하나요?"

"양위 전이니 황태자 전하쯤 되겠군."

"황태자 전하요?"

"여기서는 그냥 이카라고 불러도 된다."

"다른 궁정 사람들이 있을 때는 깍듯이 전하라고 불러야 한다는 것이지요?"

"그래."

둘이 대화를 나누는 모습이 퍽 다정하다. 이카르는 무심코 질투 섞인 시선을 둘에게로 향했다가 화들짝 헛기침을 했다.

"……저기, 폐하. 제 말도 좀 들어주시지요."

"말해."

생쥐에게서 눈을 떼지도 않은 채 툭 던져온 허락에 이카르의 입술 사이에서 또다시 한숨이 흘러나왔다. 황제에 대한 기대를 접었다곤 해도, 그럼에도 차별대우에 심란해지는 것만큼은 어쩔 수 없었다.

"일단, 아리에스에게 제 신분에 대해 사실대로 털어놓았습니다."

"화냈겠군."

"어, 생각보다는 아니었습니다. 당황함이 더 컸지요. 물론 폐하에 대한 것까지는 말하지 않았습니다. 폐하께서……."

말을 하다 말고 생쥐를 바라보는 이카르의 태도에 솔레다토르가 입을 열었다.

"알고 있다."

"……예."

이카르는 짧게 고개를 끄덕였다. 생쥐 또한 황제의 정체에 대해 알고 있다. 그럴 것이라 예상은 하고 있었지만 사실로 드러나니 역시 속이 씁쓸했다. 만난 지 얼마 되지도 않은 소녀가 자신보다 더 믿음직스러운 것일까. 그런 상념들을 억지로 밀어내며 끊어졌던 말을 이어갔다.

"폐하께서 수호룡이라는 사실은 밝혀지지 않는 편이 나을 테니까요."

"그건 나보다는 네놈 때문이다만."

"네?"

"겨우 돌아온 수호룡이 얼마 지나지도 않아 종적을 감춘다면 황가의 권위는 바닥으로 떨어지고 말 테이니, 네 녀석이 무사하긴 힘들겠지."

과거 수호룡을 잃은 황제는 그 책임을 지고 폐위되어 연금당했다.

그때보다 황권이 약한 지금이라면 폐위는 물론이고 목숨까지 위협받을지도 모른다. 자신을 신경 써주는 말에 이카르의 안색이 약간이나마 밝아졌다.

"그러나 폐하께서도 귀찮아지시겠지요."

"황태후가 알게 된다면, 확실히. 나는 황족을 보호해야 하는 의무가 있으니 그 점을 이용하려 들겠지. 예를 들어……."

솔레다토르는 잠시 머뭇했다가 말을 이었다.

"스스로의 목숨을 인질로 나를 협박한다거나 하는."

그 말에 이카르가 깜짝 놀라 소리쳤다.

"그게 가능합니까?!"

"황가에 위협이 되지 않는 일이라면 요구해올 수 있다."

황족이 수호룡에게 협박까지 해가면서 원하는 일이라면 황가와 관련되어 있을 가능성이 높다. 그렇기에 넓어 보이지만 실상은 좁은 범위의 조건이기는 했다. 이카르가 걱정스러운 표정을 지어 보였다.

"제게 그런 걸 말씀하셔도 괜찮은 겁니까."

"네 목숨을 걸고서라도 내게 원하는 것이 있나."

"……아니요."

사실 없는 것은 아니었다. 다만 그런 식으로 얻어내서는 무의미할뿐더러 이카르의 머릿속에는 눈앞의 남자를 협박한다는 선택지 자체가 존재하지 않았다. 부탁이라면 할 수 있겠지만.

"그렇다고 해도, 폐하께 너무 불리한 조건이 아닙니까."

"꼭 그런 것은 아니다. 만약 요구가 황가에 일정 이상 위협이 되는 것이라면 나는 협박해온 황족을 살해할 수 있다. 또한 기회는 한 번뿐으로 두 번째는 없어."

덕분에 긴 시간 동안 직접적으로 목숨을 걸고 위협해온 황족은 몇 없었다. 다만 간접적으로 상황을 만들어 이용하는 일은 드물지 않았다. 이카르와 황녀라면 모를까, 황태후라면 충분히 가능한 방법이었다. 그렇기에 이카르의 안전 때문만이 아니더라도 수호룡의 정체를 밝힐 생각은 조금도 없었다.

"어쨌거나 들키지 않으면 그만이다."

"그건 그렇지요."

사실상 황제가 용으로 현신이라도 하지 않는 이상 그가 수호룡일 것이라 의심하는 사람은, 카얄룬 공작이라는 예외를 제외하고는 전무할 터였다. 그러니 지금으로서는 크게 걱정할 필요 없는 일이었다.

"아리에스가 황후 간택전을 어찌 처리할 생각이신지 여쭈어봐 달라 했습니다."

"그 여자는 뭐라고 말했지."

"어…… 이렇게 된 거 황후가 아닌 황태자비 간택으로 바꾸어 버리는 게 어떻겠느냐고 말하였습니다만. 그러니까 우선 폐하께서 황후를 결정하겠다 말씀하신 뒤 간택하는 자리에서 저에 대한 것을 밝히면서…… 실은 황후가 아닌 황태자비를 고른 것이라고 하는 식으로요."

"괜찮군."

나쁘지 않은 방법이다. 황후를 선정하겠노라 하여 황태후를 안심시키고 사람들을 모은 뒤 그 앞에서 이카르의 신분을 밝힌다면, 숨겨왔던 황태자에 대해 알리는 것도 가능한 데다 아리에스의 안전이 보장되며 황후 간택전도 무마시킬 수 있다.

"그렇게 진행하는 것이 좋겠지. 아리에스를 빼내지 않고 네 신분을 드러낸다면 황태후가 그녀를 가만히 둘 리 없으니까 말이다."

"……예. 사실 지금도 불안합니다. 이렇게 된 거 몰래 빠져나와도 저와 함께 있었다고 하면 괜찮지 않겠냐고 설득해보았지만…… 듣질 않더군요."

"그 여자로서는 조금의 흠이라도 만들고 싶지 않은 것이겠지."

황후 위를 코앞에 두고 있으니 더더욱 몸조심을 하려 들 것이 분명했다.

"내일 카샬룬 공작을 만나 논의하도록 하지. 황후 후보들의 안전을 위해서라도 빠르게 진행하는 것이 좋을 터이니."

"예. 그럼 저는…… 어떻게 해야 할까요."

이카르가 약간 난감해하며 말했다. 황제가 되겠노라 결정은 내렸지만 막상 일이 코앞에 닥쳐든다 생각하자 어찌해야 할지를 몰랐다. 줄 끊긴 꼭두각시처럼 허둥대는 그를 솔레다토르가 한심하게 쳐다보았다.

"어차피 네 녀석에게 많은 것을 바라지는 않는다."

"그, 그렇습니까……."

"일단은 주위에서 시키는 대로 움직여라. 카얄룬 공작도 있고 아리에스도 있으니 크게 문제 될 일은 없겠지. 그 후 홀로서기를 시작할지 끝까지 보호 아래 있을지는, 네 노력 여하에 달려 있다."

배우고 익혀 스스로 생각하고 행동하는 황제가 될지, 끝까지 몸도 마음도 편한 꼭두각시로 남을지는 이카르 그 자신의 의지로 결정되는 것이다. 환경은 충분히 마련되었다. 황태후를 꺾고 카얄룬 공작의 지지를 받아 황위에 오른 황제는 예전과 달리 충분한 권위를 지니게 될 것이다. 용혈이 짙은 선황제가 뒤를 받쳐주고 있는 데다 솔레다토르의 정체를 아는 공작이라면 섣불리 이카르를 조종하려 들지도 않을 터이니, 스스로 하고자 하는 마음만 있다면 얼마든지 제대로 된 황제가 될 수 있었다. 하지만.

"어느 쪽이든 상관없다."

솔레다토르는 진심으로 말했다.

"네가 원하는 대로 해라."

예전이라면, 황제로서 능력을 갖추지 못한 경우 두 세력 사이에서 이리저리 괴롭게 휘둘리고 말았을 것이다. 하지만 지금은 다르다. 카얄룬 공작을 끌어들인 이상 꼭두각시 황제라 하여 나쁠 것은 없었다. 이카르의 성격으로는 오히려 그편이 더 적성에 맞을지도 모른다. 물론 노력하여 자리에 합당한 힘을 지니는 것도 괜찮다. 대부분의 사람은 후자를 선택해야 한다 말하겠지만, 솔레다토르로서는 어느 쪽이든 상관없었다. 중요한 것은 제국도 황실의 권위도 아닌 이카르의 바람과 안전이다.

"저는⋯⋯."

이카르는 조금 우물거리다가 시선을 똑바로 들었다.

"저는, 말씀드린 대로 폐하를 돕고 싶습니다. 원하시는 바를 이뤄드릴 수 있는, 힘을 가지고 싶습니다."

"⋯⋯적당한 때에 은신처로 보내주기만 하면 된다만."

"부끄럽지만 긴 시간 비밀을 유지할 수 있는 은신처를 마련하는 것도 지금의 저로서는 역부족이지 않습니까."

"⋯⋯하긴 그렇군."

솔레다토르가 떨떠름하게 긍정했다. 카얄룬 공작의 도움을 받을 수도 있겠으나 가능하면 아무도 모르게 진행하기를 바랐다. 남모르게 비용을 마련하고 사람을 모아 은신처를 만든 뒤 입막음한 다음 긴 시간 비밀이 유지될 수 있도록 뒤처리까지 끝내는 수완을, 지금의 이카르로서는 아직 지니질 못했다.

"그러니 노력하겠습니다. 시간이 좀 걸리기는 하겠지만, 반드시 폐하께서 원하시는 바를 이루어드리겠습니다."

"⋯⋯그래."

솔레다토르는 어색한 목소리로 대답했다.

바로 어젯밤만 하여도 못 미덥게 울고만 있던 어린애가 저런 얼굴로 저런 말을 하고 있다는 사실이 낯설게까지 느껴졌다. 고작 하룻밤이 지났을 뿐이건만.

"……그 여자가 대체……."

"예?"

"아무것도 아니다."

황제는 짧게 한숨을 내쉬곤 자신의 무릎 위에 얌전히 앉아 있는 생쥐의 머리를 쓰다듬었다. 손바닥 아래로 매끄럽게 감겨드는 머리칼의 감촉과 온기에 기분이 조금은 나아진다.

"네가 원래의 자리를 찾기 전까지 아리에스에게 찾아가는 건 금지다."

"하지만!"

"어차피 곧 결혼할 테니 참아."

"아니, 그런 것 때문이 아니고요……."

말은 아니라고 하지만 얼굴을 붉히고 있는 꼴을 보니 속마음은 다른 듯했다. 솔레다토르가 못마땅하게 혀를 쯧 찼다.

"가봤자 그 여자도 싫어할 거다. 한 번이 두 번 되고 세 번 네 번 되면 아무리 조심한다 해도 눈치챌 사람이 있을 터이니."

"그, 그건 그렇겠죠……."

"네 여자의 안전과 명예를 생각해서라도 허벅지나 찌르고 있어라."

"정말로 그런 게 아닙니다!"

이카르가 강하게 부정했지만 황제는 들은 척도 하질 않았다. 젊은 남녀가 갓 눈이 맞았는데 한 번의 불장난으로 만족할 리가 있겠는가. 꿀단지 뚜껑만 핥다 만 양 더 애나 타겠지.

"공작에게 가정교사를 구해달라 할 터이니 공부나 하도록."

"……공부요?"

"그래. 앞으로는 어떠한 자리에서도 뒤로 슬슬 빠져 모른 척할 순 없을 터이니."

"예에……."

황제의 말에 이카르가 시무룩하게 고개를 끄덕였다.

"배워야 할 게 정말…… 많겠군요."

눈앞이 깜깜해졌지만 그는 애써 우는 소리를 목구멍 안으로 밀어 넣었다. 피할 방법이 있음에도 스스로 선택한 길이다. 약한 소리를 할 자격도 없거니와 벌써부터 겁내기에는 길고 긴 여정에 이제 겨우 한 발 들였을 따름이었다.

해가 저물고 밤이 무르익자 생쥐는 평소처럼 잠잘 준비를 했다. 깨끗이 씻고 잠옷으로 갈아입은 뒤 침대에 올라앉아 황제를 기다렸다.

그러나 어째서인지 닫혀 있는 침실 문이 열릴 기미가 보이지 않았다. 평소라면 이미 잠자리에 들었을 시간인데 다가오는 기척조차 없었다.

생쥐는 고개를 갸웃갸웃 기울이다가 침대에서 내려섰다. 일이 있어 늦는다면 사람을 보내 먼저 자라 알려주곤 했는데, 오늘은 그마저도 없다. 대체 무슨 영문인 걸까 의아해하며 침실 문을 열고 밖으로 나가자, 소파에 앉아 있는 솔레다토르의 모습이 보였다. 테이블 위에 빈 커피 잔을 놓아 둔 채 생각에 잠긴 표정이었다.

"폐하…… 아니, 솔."

소파로 다가오는 생쥐를 솔레다토르가 고개를 돌려 바라보았다.

"안 주무세요?"

솔레다토르의 앞에 우뚝 선 채 생쥐가 물었다.

"먼저 자라."

"아직 남은 일이 있으세요?"

"없다."

"그런데 왜 안 주무세요?"

"먼저 자라고 했다만."

"하지만 솔과 함께 자고 싶습니다. 별다른 일이 없으시다면 기다릴래요."

앞으로 한 시간이나 두 시간 정도라면 충분히 기다릴 수 있다. 아니, 밤이라도 새울 수 있었다.

생쥐는 고집스럽게 대답하곤 황제의 옆자리에 엉덩이를 붙였다. 그러곤 작게 하품한 뒤 등받이에 푹 파묻히도록 몸을 기댔다.

"혹시 제가 졸면 깨워주세요."

"……그냥 자라."

"싫습니다. 아무 이유 없이 혼자 자고 싶지 않아요."

예전이었으면 불만을 속으로 감추고 예, 얌전히 대답했겠지만 이제는 달랐다. 생쥐는 서슴없이 자신의 속마음을 드러내 보이며 옆에 앉은 남자를 올려다보았다.

"기다렸다가 같이 자겠습니다."

그렇게 말하곤 상체를 비스듬히 기울여 솔레다토르의 몸에 툭 대었다. 이대로 둔다면 그리 기댄 채 소파에서 잠들어버릴 태세다. 억지로 침실에 밀어 넣는다 해도 묶어두지 않는다면 다시 침대를 빠져나올 것이요, 문을 잠근다면 그 앞에 쪼그리고 앉아 밤새 열어달라 두들겨댈 게 분명했다.

수면제라도 먹일까. 솔레다토르는 그렇게 생각하며 자신에게 기대어 반쯤 꿈나라에 발을 들인 소녀를 내려다보았다. 그 작은 몸에서 익은 열매 같은 향이 흘러 나오고 있었다. 전부터 조금씩 짙어지고 있던 그 냄새는 조그만 소녀 또한 「여자」라는 인식을 한 순간, 뚜렷하게 자기주장을 해오기 시작했다.

바로 그것이 귀찮다.

솔레다토르는 짧게 혀끝을 찼다. 이름을 지닌 용에게는 후계자가 필요하다. 번식에 대한 욕구는 본능이자 의무이기도 했다. 특히 그는 나이도 찼거니와 한 번 목숨의 위협을 당한 적이 있었기에 그 욕구가 더욱 강해진 상태였다.

　물론 평소에는 간간이 초조함 같은 것만이 느껴질 뿐, 일상생활에 별다른 지장까진 없었다. 그러나 수면을 취할 때는 거슬린다. 바로 곁에서 적당한 상대가 새근새근 무방비하게 잠들어 있어서야 무심코 의식을 해버리기 때문에 편히 잠들 수가 없는 것이었다.

　'……하필 날도 추워졌고.'

　솔레다토르의 미간 사이에 주름이 팼다. 황제의 자리를 지키느라 벌써 몇 년째 동면도 하지 못한 처지다. 날이 따뜻할 때야 짧은 눈 붙임만으로도 괜찮았지만, 이제는 제대로 수면을 취하지 못한다면 몸의 상태도 기분도 저조해진다. 다른 때라면 모를까 중요한 거사를 앞두고 있는 지금으로선 달갑지 않은 일이었다.

　황제는 한숨을 내쉰 뒤 옆에서 졸고 있는 생쥐를 번쩍 안아 들었다. 연녹색 눈이 졸음을 그득 품고서 자신을 안아 든 남자를 올려다보았다.

　"……폐하?"

　"알았다. 같이 잘 테니 들어가자."

　그의 말에 생쥐가 방긋 미소 지었다. 고작 같이 잔다는 것일 뿐인데 뭐가 그리도 좋은 건지 모르겠다. 솔레다토르는 생쥐를 품에 안은 채 침실로 걸어갔다.

침대 위에 가볍게 내려진 소녀는 데구루루 몸을 굴려 자신이 늘 잠자던 위치에 꼬물꼬물 자리를 잡았다.

"솔도 빨리 누우세요."

"……그래."

그냥 윽박지르거나 화를 내어 떼어놓는 방법도 있건만, 솔레다토르는 그런 거친 수단은 떠올리지도 못한 채 순순히 생쥐의 옆자리에 몸을 누였다. 생쥐가 깊이 잠이 들면 조용히 빠져나갈 생각이었다.

그런 황제의 속마음은 까맣게 모른 채, 생쥐는 기쁘고도 만족스럽게 이불 속으로 몸을 묻고 이내 단잠에 빠져들었다.

햇살이 침대 근처로 스며들 때까지 느긋이 잠들어 있다가 깨어난 생쥐는 반사적으로 손을 뻗어 옆자리를 더듬거렸다. 만져지는 시트의 주름 결은 온기 하나 없이 서늘하기만 했다. 이 정도는 자리의 주인이 일찍 일어났나 보다, 생각할 수 있었다. 생쥐는 반쯤 감긴 눈으로 꼬물꼬물 몸을 뒤집어 어린 짐승처럼 엎드렸다. 그러고는 주인 없는 자리에 코끝을 파묻고 한껏 숨을 들이마셨다.

"……안 나."

배어 있어야 할 냄새가 없었다. 씁쓸한 맛을 떠올리게 하는 풍만한 커피 향이. 일찍 자리를 떠났다고 해도 이곳에서 잠들었다면 밤새 밴 향이 아직 남아 있어야만 했다. 그런데도 없다. 늘 주위를 맴도는 익숙한 냄새가 오늘은 감쪽같이 사라지고 없었다.

"……왜 없지."

차가운 시트 위에 웅크려 엎드린 채로 생쥐가 멍하게 중얼거렸다.

"왜 안 나는 거지……."

잠기운에서 벗어나 맑아진 머릿속이 이내 이유를 도출해냈다. 황제는 이곳에서 잠들지 않았다. 같이 자준다고 말했는데, 결국 도중에 나가버린 것이다.

하지만 어째서.

"……왜?"

무엇 때문에 자신을 버리고 가버렸단 말인가. 거짓말까지 하면서. 연녹색 두 눈이 불안을 담고 깜박거렸다.

"……폐하."

바뀐 호칭 대신 익숙한 호칭이 입술 사이에서 흘러나왔다. 생쥐는 비틀비틀 몸을 일으켜 침대 밖으로 나갔다. 방 안을 한 바퀴 돌고 문을 열고 나가 거실을 기웃기웃 살피고 복도로 향했다. 마치 목적 잃은 유령처럼 여기저기를 배회하고 다니던 도중에 라지예와 마주쳤다.

"생쥐야, 여기서 뭐 해? 아침 가져다줄까?"

생쥐는 아직 잠에서 덜 깬 듯 멍한 얼굴로 라지예를 올려다보았다.

"……폐하는요?"

"솔레다토르는 이카랑 같이 나갔어. 무슨 공작을 만나러 간다던데?"

나갔구나. 이곳에 없구나. 그렇잖아도 힘이 없던 생쥐의 어깨가 축 늘어졌다. 그런 그녀의 상태에 라지예가 고개를 갸웃 기울였다.

"왜 그래? 어디 아파? 감기라도 걸렸어?"

"……아뇨."

"그럼 아침 먹자~. 방에 가서 기다리고 있어. 금방 가져다줄게~."

라지예는 가볍게 말하곤 몸을 돌렸다. 생쥐는 그 뒷모습이 복도 끝 계단 아래로 완전히 사라질 때까지 넋 놓고 바라보다가 돌연 추위를 느끼곤 두 팔로 스스로의 상체를 감싸 안았다.

왜 갑자기 함께 자려 하지 않는 것일까. 왜 거짓말을 한 것일까. 아무리 머리를 굴려보아도 생쥐로서는 이유를 찾아낼 수 없었다. 대체 왜. 영문 모를 갑작스러운 변화에 두려움마저 밀려들었다. 솔레다토르가 자신을 속이고 떠나버렸다. 생쥐는 짧게 한숨을 토해내곤 다시 침실로 돌아갔다. 흐트러진 이불을 걷어내고 자신이 누워 있던 바로 옆자리에 몸을 웅크렸다. 그렇게 잠시 꼬물거리다가 머리끝까지 이불을 뒤집어썼다.

"생쥐야~."

잠시 뒤 아침 식사를 가지고 온 라지예가 침실 문을 벌컥 열었다. 그러나 보이는 것은 조그만 소녀 대신 볼록 솟아오른 이불뿐이었다.

"생쥐야?"

재차 불러보았지만 동그란 이불 덩어리는 꼼짝도 하질 않았다. 라지예는 침대로 다가가 동그랗게 솟은 것을 손가락으로 쿡 찔렀다.

"생쥐지? 뭐 하니?"

"……."

"생쥐야? 왜 그래?"

"……."

"생쥐야? 살아 있지?"

작은 숨소리는 또렷이 들려오고 있었건만 대답은 여전히 없었다. 라지예가 당황하며 다시금 이불 덩어리를 툭툭 두드렸다.

"왜 그래? 어디 아파? 생쥐야?"

걱정스럽게 묻자 그제야 희미한 목소리가 새어 나온다.

"……아뇨. 아무것도 아니에요."

"그럼 왜 그래? 왜 안 나와?"

"……그냥 이렇게 있을래요."

"아침 안 먹어?"

"……네."

"으응, 알았어. 아픈 건 아니지?"

"네, 괜찮아요……."

라지예는 고개를 끄덕하곤 침대에서 물러섰다. 생쥐의 낯선 행동이 신경 쓰이긴 했지만 아픈 건 아니라니까. 사실 요정족의 관점으로는 그리 이상한 모습도 아니었다. 살다 보면 하루쯤 이불 속에 동그랗게 파묻혀 지내고 싶다는 충동이 들 수도 있는 일 아니던가.

"아침은 테이블에 놓고 갈 테니까 배고프면 먹어~."

그렇게 말하곤 라지예가 침실을 나섰다. 생쥐는 이불 속에서 멀어지는 발소리에 귀를 기울이다가, 완전히 조용해지자 머리를 떨구어 시트에 뺨을 묻었다.

어떻게 해야 할지를 모르겠어서 그냥 무작정 숨어버리고 말았다. 배 속은 텅 비었지만 밥을 먹고 싶다는 생각이 들질 않았다. 아니, 식사는 물론이고 다른 어떠한 행동도 하고 싶지가 않았다. 사실 이렇게까지 우울해할 필요는 없는 일이다. 거짓말을 하는 사람은 무척이나 많다. 약속했다고 해도 반드시 곁에서 자야 할 이유 또한 없었다. 갑자기 자리를 비워야 하는 일이 생길 수도 있으니까. 머리로는 그렇게 생각하면서도, 가슴은 욱신욱신 아파졌다.

'……다른 사람은 괜찮아. 하지만, 솔이 거짓말하는 건 싫어…….'

누군가에게 속은 적은 여러 번 있었다. 식당 주인만 해도 툭하면 생쥐에게 거짓말을 던졌다. 그 외의 주위 사람들 또한 마찬가지였다. 자기 일을 대신 해주면 먹을 것을 주겠다던 하녀에 식기를 빼돌리곤 생쥐에게 죄를 덮어씌운 요리사, 식당 주인과 아는 사이라고 속여 무전취식한 여행객 등등 거짓을 늘어놓는 자들은 수없이 보아왔다. 그러니 새삼스럽게 놀라거나 슬퍼할 일 없을 정도로 익숙해졌었는데.

'……왜 거짓말하셨어요?'

이곳에 없는 사람에게 마음속으로 물었다. 설사 황제가 자신을 버린다고 해도 불만 없이 받아들여야 한다고 생각하고 있었는데, 그런데 고작 거짓말 한마디에 원망이 솟아났다. 많이 가까워졌다고 느껴졌던 그가 한 발 크게 뒤로 물러나버린 듯한 기분이 들었다. 이런 마음 가질 자격이 없는데도. 무슨 짓을 당하든 그냥 네, 하고 따르기만 하면 되는 위치인데도. 어느새 황제에게, 솔레다토르에게 자신이 좀 더 중요하게 자리 잡기를 바라고 있었다. 거짓말로 가볍게 떼어놓을 정도의 상대가 아니기를 원했다.

'폐하께서 하는 거짓말은 아프고, 조금, 조금 미워요…….'

생쥐는 차오르는 눈물을 꿀꺽 삼키며 이불 속에 파묻힌 채 솔레다토르가 돌아오기만을 기다리고 또 기다렸다.

솔레다토르는 이카르와 함께 본궁의 집무실로 향했다. 그곳에는 연락을 받은 카얄룬 공작이 먼저 당도해 기다리고 있었다.

"어서 오십시오, 폐하."

카얄룬 공작은 극히 정중한 태도로 황제를 향해 인사 올렸다. 반면에 뒤따라 들어온 이카르에게는 눈길 한 번 주질 않았다. 황태자라는 지위쯤 별다른 가치가 없다는 듯한 태도였다.

"원하신다면 언제든지 황위를 양도하실 수 있으시게끔 준비를 끝마쳐놓았습니다."

"고작 하루가 지났건만 자신 만만하군."

"황태자의 신분만 증명하면 되니 어려울 것 없는 일이지요."

"가짜라 해도 얼마든지 황태자로 만들 수 있다는 뜻인가."

솔레다토르의 일침에 주름진 얼굴 위로 미소가 떠올랐다. 카얄룬 공작은 그를 아는 사람이라면 눈을 의심할 정도로 공손하게 대답했다.

"그럴 리가 있겠습니까. 가장 중요한 것은 폐하의 보증입니다. 선황제의 아우가 인정하는 조카를 감히 누가 의심하겠습니까. 신은 그저 몇몇 주제를 모르는 불손한 자들을 처리하는 역할을 맡을 뿐이지요."

과할 정도로 스스로를 낮추는 공작의 태도에 황제의 미간이 슬며시 찌푸려졌다. 눈앞의 늙은 이리가 대체 무슨 속셈으로 이리 굽실거리는지 쉬이 짐작하기 어려웠다.

"······일단 황후를 맞이할 것이라 공표하겠다."

"아리에스 살타토르 영애입니까."

"그래."

말하는 투를 보아하니 아리에스와 이카르의 관계도 대충 파악하고 있는 모양이었다. 솔레다토르가 약간 물러나 서 있는 이카르를 돌아보았다. 그제야 공작의 시선 또한 이카르에게 향해 품평하듯 그를 훑어 내린다.

"살타토르 영애를 황후로 선택하는 자리에서 이카르의 정체를 밝히겠다. 황후가 아닌 황태자비의 간택이라 할 수 있겠지. 머잖아 황후가 되기는 하겠지만."

"참으로 적절한 자리로군요. 훌륭한 계획이십니다."

"······어울리지 않는 아첨은 적당히 해라."

완전히 딴사람처럼 느껴지는 카얄룬 공작의 태도가 눈에 심히 거슬렸다. 황제의 타박에도 노인은 그저 싱글벙글 웃기만 했다.

"소신은 진심으로 감탄하는 것입니다."

"적당히 하라 말했다만."

"예. 그러면 황태후에게 폐하께서 황후를 정하시기로 하셨다 알리겠습니다. 아마 뛸 듯이 반가워할 것입니다. 짧은 기쁨이 되겠지만요."

"아니, 황태후에게는 내가 직접 말하겠다. 대신 저 녀석을 가르칠 믿을 만한 교사를 구해줄 수 있겠나."

"물론입니다. 곧 적당한 사람을 나비궁으로 보내드리겠습니다."

카얄룬 공작은 나이에 비해 꼿꼿하니 곧은 허리를 솔레다토르를 향해 정중하게 굽혔다.

"소신을 필요로 하시는 일이 있으시다면 언제든지 불러주십시오. 기꺼이 달려오겠습니다."

"……알겠다."

끝까지 공손하다 못해 비굴함마저 느껴지는 태도를 버리지 않는 공작이 방을 벗어나자 이카르가 의아해하며 입을 열었다.

"카얄룬 공작과 길게 마주한 건 처음입니다만, 소문과는 많이 다르군요."

"다르니까 오히려 곤란한 거다."

솔레다토르가 길게 한숨을 내뱉었다.

"대체 무슨 꿍꿍이속이기에 저렇게까지 나오는 건지."

이번 일에 있어서 카얄룬 공작의 도움은 분명 큰 힘이 될 터였다. 그런데도 제 공을 내세우기는커녕 되레 은혜를 입는 사람처럼 굽실거리니 껄끄럽게 느껴질 수밖에 없었다.

"공작은 폐하의 정체에 대해 알고 있다 말씀하시지 않았습니까. 혹 그와 연관해 바라는 바가 있는 것이 아닐까요."

"황족이 아닌 이상 나를 통해 얻을 수 있는 것은 없다. 황족의 목숨을 대가로 무언가 요구해오는 것이 가능은 하다만, 인질을 손에서 놓는 순간 내 손에 살해당하게 될 터이니."

다른 이를 대신 내세운다 해도 관련자임이 들통 나는 순간 목숨을 부지하지 못한다. 황위를 두고 경쟁하는 같은 황족이 아니고서야 황가를 위협하는 그 순간 수호룡의 제거 대상이 되는 것이다.

"그럼 단순히 폐하를, 그러니까 원래의 폐하를 존경한다거나 하는 것일지도요."

"엉뚱한 소릴."

"하지만 따지고 보면 한참 윗줄이시잖아요. 그러니까 제국 초기의……."

"조용히."

솔레다토르의 말에 이카르가 입을 딱 다물었다. 그리고 잠시 후, 짧은 노크 소리가 들려왔다.

"들어와라."

허락이 떨어지자 문이 열리고 젊은 청년이 안으로 들어왔다. 다름 아닌 황제의 호위기사 중 하나인 마노스 레브어트였다. 그는 황제를 향해 먼저 인사 올린 뒤 이어 이카르에게도 정중히 고개를 숙였다.

"카얄룬 공작의 부름을 받고 찾아왔습니다."

"공작의?"

"예. 이카르님에게 호위가 있는 편이 좋을 것이라 말하였습니다."

"감시가 아니라?"

"아닙니다. 또한 신분상 당연한 일입니다."

두 사람의 대화를 듣고만 있던 이카르가 당황하며 끼어들었다.

"잠깐만요, 그, 레브어트 경. 저에 대해 알고 있는 겁니까?"

"말씀을 낮추십시오."

"아니, 하지만…… 공작은 대체 어디까지 퍼뜨리고 다니는 거랍니까?"

물론 일의 진행을 위해 믿을 만한 측근에게는 말해두었을 것이다. 그러나 마노스는 정치와는 크게 관련이 없는 직위인 호위기사이다. 게다가 호위야 신분이 밝혀진 다음에 두어도 되는 일이 아니던가. 이카르의 투덜거림에 솔레다토르가 입을 열었다.

"저놈 공작의 혈육이다."

"……예?"

"아마 공작의 장자인 마노로스의 사생아쯤 되겠지."

이카르는 깜짝 놀라며 마노스를 돌아보았다. 그러고 보니 이름도 비슷하다. 마노스가 약간 쓰게 웃었다.

"말씀하신 그대로입니다. 완벽히 감추었다고 생각하였는데 짐작하고 계셨군요."

"비슷했으니까."

"아버지를 닮지 않았다고 생각하였는데, 아니었던 모양입니다."

정확히는 외모가 아닌 냄새로 알아본 것이었지만 황제는 굳이 사실을 말해주지는 않았다. 대신 마노스가 출신을 숨기고 호위기사가 된 연유를 캐었다.

"카얄룬 공작이 혈육을 호위기사로 만든 것은 내 감시를 위해 서였겠지."

"조금 다릅니다."

"다르다고?"

"예. 공작은 폐하가 아닌 이카르님에 대해 면밀히 살피고 보호하라 명하였습니다."

"감시 대상이 이카였나."

두 사람의 시선이 동시에 이카르를 향했다.

"그래서 그때 저놈을 곧장 도와줄 수 있었던 거였군."

"그전에도 몇 번 더 있었습니다. 목숨이 위태로울 정도의 악의는 아니었지만요. 황공하오나 폐하께서는 이카르님의 위치가 어느 정도로 질시의 대상이 될 수 있는지 잘 모르시는 듯 보이더군요."

마노스의 말에 이카르가 당황을 금치 못하며 입을 뻐끔거렸다.

"……예전부터 감시하듯 지켜본다고 생각은 했지만……."

"폐하의 곁에서 떨어져 계실 때면 최대한 지켜보기는 했습니다. 죽은 헤세시 경과도 일부러 붙어 다녔고요. 가장 위협이 될 만한 상대라고 판단했거든요."

"그럴 수가……."

꿈에도 생각지 못한 사실들에 기막혀하는 이카르의 뒷머리를 황제가 가볍게 두드렸다.

"너도 이제부터는 저 정도 일은 할 수 있어야 한다."

"……누굴 감시하고 다니기라도 하라고요?"

"카얄룬 공작처럼 적재적소에 사람을 쓰고, 그렇게 쓸 인재를 갖추어야 한다는 뜻이다."

"그, 그걸 당장에 해내기에는 좀……."

"눈앞에 있는 사람부터 끌어들여 봐."

"……이미 카얄룬 공작의 사람이잖습니까."

"빼 올 줄도 알아야지."

말은 쉽다. 이카르는 대답 대신 한숨을 눌러 삼켰다. 각오는 하고 있었지만 앞으로 짊어져야 할 것들을 생각하자면 눈앞이 아득해지는 것이다. 제아무리 마음을 다잡고 노력한다 해도 결과물은 항상 노력에 비례하는 것이 아니기에 더더욱 가슴이 답답해졌다.

그러나 여기까지 온 이상 도망칠 수는 없다. 이카르는 마노스를 향해 손을 내밀었다.

"앞으로 잘 부탁하겠……네."

얼마 전만 하여도 동료기사였던 상대에게 하대를 하려니 어색했다. 그러나 이것도 익숙해져야 할 태도였다. 이제 그에게 있어 말을 높여야 할 대상은 황제와 어머니뻘인 황태후 외엔 전무한 것이다.

마노스는 쭈뼛쭈뼛 악수를 청해 오는 이카르를 잠시 바라보다가 손을 맞잡는 대신 한쪽 무릎을 꿇었다. 그러곤 격식에 따라 이카르의 손등에 입을 맞추었다.

"황송하옵나이다, 전하."

"아, 아니……."

이카르는 당황하며 황제를 돌아보았다가 다시 마노스에게로 시선을 옮겼다.

"……일어나게."

"예."

일으켜 세우긴 했으나 그다음엔 무슨 말을 해야 할지 모르겠다. 평생을 명령 받는 입장에서 살아왔지 명령을 하는 입장이 되어본 적은 없었기 때문이다. 어쩔 줄 몰라 하는 이카르를 보다 못한 황제가 입을 열었다.

"둘 다 나비궁의 별채에 가 있어라. 나는 황태후를 만난 뒤 돌아가겠다."

"아, 예. 폐하."

"알겠습니다, 폐하."

대답을 하고서 문을 열고 밖으로 나가려는 이카르를 마노스가 막아섰다. 그러곤 대신 문을 열어주고 옆으로 물러난다.

"어…… 고마워."

"그렇게 말씀하시면 안 됩니다."

"그, 그런가?"

"앞으로 손수 바깥과 통하는 문을 여시는 것은 금물입니다. 항시 호위기사나 시종이 먼저 문을 열어 안전을 확인하여야 합니다."

"……폐하께서는 그냥 여시던데."

"현 황제 폐하께서는 용혈이 짙으시니까요."

그를 해칠 수 있는 사람이 없기에 호위기사도 제대로 거느리지 않고 마음 내키는 대로 움직였지만 이카르는 다르다. 평범한 인간인 황제는 신경 써야 하는 문제가 훨씬 더 많은 것이다.

어색해하며 마노스와 함께 밖으로 나가는 이카르의 뒷모습을 바라보며 솔레다토르가 긴 한숨을 내쉬었다.

"……저래서야 언제쯤 익숙해질 수 있을지."

앞날이 멀다. 아리에스의 말대로 과보호가 심했던 것일까.

황제는 고개를 절레절레 흔들며 황태후에게 가기 위해 발걸음을 옮겼다.

"어서 오십시오, 폐하. 이리 기별도 없이 찾아오시다니, 혹 반가운 소식이라도 가지고 오신 것이신지요."

갑작스러운 방문이었지만 황태후는 마치 기다렸다는 듯이 황제를 환영하며 맞이해주었다.

그녀의 말에 솔레다토르는 마치 내키지 않는 걸음을 한 것처럼 표정을 굳혀 싫은 기색을 뚜렷이 내보이며 입을 열었다.

"그대에게는 반가운 소식이겠지."

"하오면…….."

"황후를 맞이하겠다."

바라 마지않던 대답이었으나 황태후는 섣불리 기쁨에 잠기지 않았다. 대신 신중하게 확인을 요구했다.

"분명 반가운 소식이오나, 폐하의 말씀을 진정으로 믿고 받아들여도 될는지요."

당장의 위기를 극복하기 위한 입바른 말인 것은 아닌지. 의심의 시선을 던져오는 황태후에게 솔레다토르가 한숨을 섞어 말했다.

"황후를 간택하겠노라 대대적으로 알리고 사람을 모아라. 만일 그 앞에서 내가 말을 번복한다면 황태후, 그대가 대신하여 황후를 고를 수 있는 명분이 서겠지."

황제의 말대로였다.

황가를 든든히 할 후손을 생산하는 것은 황제의 의무 중 하나다. 그러나 현재 황제에게는 자식은커녕 후궁조차 어린 소녀 단한 명밖에 없다. 그것에 대해 불만이 새어 나오고 있는 와중에 수많은 사람 앞에서 말을 바꾼다면, 황태후가 황후 간택권을 빼앗아 가는 것도 충분히 가능할 터였다.

그의 말에 황태후가 더없이 온화하게 미소 지으며 머리를 살짝 숙여 보였다.

"온 힘을 다해 폐하께서 흡족해하실 만한 자리를 마련해드리겠습니다."

"……기대하지."

"실례가 되지 않는다면, 혹 어느 여식을 선택하실 것인지 미리 들을 수 있겠습니까?"

황태후의 물음에 솔레다토르의 눈가가 약간 찌푸려졌다.

"알려줄 생각은 없다만 짐작은 하고 있겠지."

"생각이 닿는 곳이 없지는 아니하나, 그 아가씨는 폐하의 호위 기사와 염문이 있는 것으로 알고 있습니다만."

역시 아리에스에 대해 상세히 조사를 해놓은 모양이었다. 여기 서 부정한다고 해도 넘어갈 황태후가 아니었기에 솔레다토르는 변명을 꺼내는 대신 경고의 말을 입에 담았다.

"그런 건 내가 알 바 아니다. 그러니 쓸데없이 손을 쓰는 일이 없기를 바라겠다. 이미 몇몇에게 이야기가 되어 있기에 그녀가 잘 못되기라도 한다면 황후 선정을 충분히 무효화할 수 있으니."

"걱정하지 마세요. 살타토르 양에게는 손끝 하나 대지 않겠습니다. 황후를 간택하는 그날까지 무척이나 안전하게 지낼 수 있을 것이랍니다. 물론 다른 아가씨들도 말이지요."

황후 후보들이 살해당하는 일은 더 이상 없을 것이라는 뜻이었다. 황제는 자신의 범죄행각을 우회적으로 고백하는 여자를 식은 눈으로 바라보았다.

이카르의 일이 아니더라도 오래 마주하고 싶지 않은 꺼림칙한 상대다.

"······황후 간택과 관련하여 필요한 일이 생긴다면 사람을 보내도록. 가능한 한 협조하지."

"일부러 신경 쓰실 일은 조금도 없을 것입니다. 최대한 빨리 날짜를 정한 뒤 연락드리겠습니다."

황후 간택 날에 벌어질 일은 꿈에도 상상치 못한 채 황태후는 승리에 찬 만족스러운 미소를 머금었다.

나비궁의 본채로 들어서던 솔레다토르가 문득 발걸음을 멈추었다. 건물 전체에 희미한 단내가 떠다니고 있었기 때문이다. 눈에 보이지도 않는 거리까지 단내가 풍겨 오려면 초콜릿이든 사탕이든 상당한 양을 쌓아놓은 것일 터였다. 그런 생각이 들자 그의 미간이 미미하게 찌푸려졌다.

'쓸데없이 많이 들고 들어오지 말라 했건만.'

눈에 보이면 먹고 싶어지는 법이다. 그렇기에 생쥐가 머무는 본채에는 일정량 이상의 과자는 금지해놓았다.

한데 지금 이렇게 단내가 넘쳐흐르고 있는 것을 보면 보나 마나 요정들의 짓일 게 분명했다. 황제는 곧장 냄새의 근원지로 발걸음을 옮겼다.

계단을 돌아 올라가자 단내가 화악 진해졌다. 코가 아플 정도로 진득한 그 냄새는 다름 아닌 침실에서 흘러나오고 있었다. 생쥐와 솔레다토르가 사용하는 바로 그 방이다. 황제는 걸음을 빨리해 침실 안으로 들어갔다.

"네 녀석들……."

"생쥐야, 정말로 안 나올 거야?"

"이거 지인짜 맛있는데! 너 아침도 점심도 안 먹었잖아."

"배고프지 않아? 배고프지? 응? 배고프지?"

"한 입만 먹자, 조금만. 응? 목은 안 말라?"

침실 안에서는 두 요정이 침대 옆에 온갖 간식거리들을 쌓아놓고 열심히 떠들어대고 있었다.

대화 내용을 듣자 하니 생쥐가 아침부터 아무것도 먹지 않고 고집을 피우는 모양이었다. 황제는 화를 내려던 것을 멈추고 침대 쪽으로 시선을 옮겼다. 침대 위로 둥글게 부푼 이불 덩어리가 그의 눈에 들어왔다.

"……무슨 일이냐."

저 둥근 이불 덩어리 속에 생쥐가 웅크리고 있는 모양이었다. 솔레다토르의 물음에 요정들이 한숨을 푹푹 내쉬며 대답했다.

"생쥐가 아침부터 저렇게 동그라니 말려선 나오지 않고 있어요!"

"밥도 하나도 안 먹었는데!"

"억지로 끌어내리려고 들면 울어요!"

"솔레다토르, 쟤 왜 저래요?"

"……나도 모른다."

아침에 나비궁을 나섰다가 이제 막 돌아온 황제로서는 당연히 이유를 알 길이 없었다. 어제만 해도 아리에스가 계속 황궁에 살게 되었다고 기뻐하고 있었건만. 솔레다토르는 고개를 갸웃하며 침대 옆으로 다가갔다. 바닥에 흩어져 있던 포장된 사탕들이 그의 발끝에 치여 데굴데굴 구른다.

"꼬마."

"……."

이불 뭉치가 작게 움찔거렸으나 대답은 돌아오지 않았다. 황제는 꼼지락거리는 이불 뭉치를 눈앞에 두고 고민에 빠졌다. 이걸 그냥 끌어내도 될 것인가, 설득을 해야 할 것인가. 요정들이 말하기론 억지로 끌어내리려 했더니 울었다고 했다.

고작 우는 것일 뿐이지만…… 생쥐의 눈물은 별로 보고 싶지 않았다.

"나오지 않을 거냐."

이번에도 이불 덩어리는 침묵을 지켰다. 솔레다토르의 입술 사이에서 작게 한숨이 새어 나왔다.

"원하지 않는다면 손대지 않겠다. 그리고 있어도 돼. 그러나 이유 정도는 말해다오."

강압적이지 않은 부드러운 목소리에 이불 뭉치가 더 크게 흔들렸다. 이어 작은 새소리 같은 가느다란 음성이 새어 나온다.

"……사지와 라지는, 나가라고 해주세요."

"나도 듣고 싶은데!"

"꼭 나가야 해?"

황금색 냉랭한 시선이 두 요정을 향했다. 그 무언의 재촉에 사지예와 라지예는 투덜거리면서도 침실을 빠져나갔다. 열렸던 문이 쾅 소리 내며 닫히자 황제가 다시 이불 뭉치를 돌아보았다.

"둘 다 나갔다."

잠깐의 침묵이 흐르고 둥그스름하게 솟은 이불이 들썩거리기 시작했다. 이어 연회색 머리통이 밖으로 불쑥 튀어나왔다. 생쥐는 퉁퉁 부은 눈두덩을 손등으로 문지르며 침대 옆에 서 있는 남자를 올려다보았다.

"……솔."

"무슨 일이냐."

황제는 그렇게 물으며 손을 뻗었다. 제 발로 기어 나온 소녀를 품에 안아 들기 위함이었다. 그러나 생쥐는 평소와 달리 몸을 약간 틀어 다가오는 손길을 피했다. 거절당하리라곤 생각지 못한 두 손이 허공에서 움찔 굳어버렸다.

황제는 생쥐에게 거절당한 충격이 의외로 크다는 것에 놀라며 내밀었던 손을 거두었다.

"……말해봐라."

"……왜, 거짓말하셨어요……?"

"뭐?"

갑자기 웬 거짓말이란 말인가. 황제는 기억을 더듬으며 되물었다.

"무슨 거짓말 말이냐."

아리에스에 관한 일을 속인 적 있긴 하지만 그건 이미 해결되었다. 이제 와서 문제가 될 일이 없는 것이다. 그 외에는 생쥐가 신경 쓸 만한 거짓말은 없었다. 자신의 정체까지 밝히지 않았던가. 솔레다토르의 말에 생쥐가 머리를 푹, 시트에 닿으리만치 깊게 숙였다.

"……안 주무셨어요."

"뭐라고?"

"밤에, 저랑 같이 안 주무셨습니다."

"그건……."

황제는 속으로 당황을 금치 못했다. 분명 생쥐가 깨지 않도록 조용히 빠져나왔건만 어떻게 눈치챘단 말인가. 침실을 나설 때까지도 깨는 기색은 조금도 없었다. 자는 도중에 눈을 떴던 것일까.

"……좀 일찍 일어났을 뿐이다."

"조금이 아니잖아요. 아주 많이 일찍 나가셨습니다."

생쥐는 우울하게, 하지만 또박또박 반박했다.

"······도중에 깬 건가······?"

"아뇨. 냄새가 안 났어요."

생쥐의 손바닥이 황제가 누워 있던 자리를 팡팡 내리쳤다.

"커피 향이요. 잠에서 깨어나면, 솔이 이미 일어나고 없어도 항상 났었는데. 그런데 조금도 없었습니다. 흔적도 없었어요. 정말로 주무셨을 때는 사지와 라지가 시트를 갈 때까지 향이 남아 있었는데······."

시트와 이불은 매일 갈았기에 매일 새로이 커피 향이 스며들곤 했었다. 그런데 오늘은 아무것도 없었다. 생쥐는 울먹이며 머리를 시트에 파묻었다. 천에 가로막힌 목소리가 웅얼웅얼 새어 나온다.

"싫으면요, 싫다고 말씀하시면 돼요. 싫다고 하시면 괜찮은데, 참을 수 있는데······ 그런데 왜 거짓말을 하셨어요? 싫다고 해도 제가 계속 조를 거 같았어요?"

"아니, 나는······."

그냥 급한 일이 생겼었다고 말하면 된다. 그렇게 변명하면 쉽게 속여 넘길 수 있을 터인데 어째서인지 입이 틀어막힌 듯 아무 말도 나오지 않았다.

솔레다토르는 짙은 당혹감 속에서 훌쩍이기 시작하는 소녀를 내려다보았다.

"······내가 잘못했다."

"아니에요, 그냥, 흑, 말만 해주셨으면……. 그런데 왜 그러셨어
요……?"

"……."

솔레다토르는 대답하지 못하고 입을 다물었다. 사실대로 말한
다면 생쥐가 어떻게 나올지 불 보듯 뻔했기 때문이다. 「여자」로
서 그녀가 신경 쓰이는 탓이라 말한다면, 틀림없이 자신을 여자로
대해달라며 매달려오겠지. 그가 침묵을 지키자 잠깐 들렸던 고개
가 또다시 침대에 처박혔다. 픅픅 숨을 내쉴 때마다 가느다란 두
어깨가 움찔움찔 들썩거린다.

"저랑 같이 주무시는 거, 싫으세요?"

"그건 아니다."

"그런데 왜 그러셨어요?"

"그러니까, 그냥 잠이 오지 않았을 뿐이야."

"……잠이요?"

"그래. 그냥 그래서였을 뿐이다."

황제의 어설픈 변명에 생쥐가 다시금 고개를 들었다. 말갛게 젖
은 연녹색 두 눈이 황제를 올려다본다. 엎드려 있던 몸을 천천히
바로 세워 앉은 그녀가 눈앞의 남자를 향해 두 팔을 뻗었다. 솔레
다토르는 그 몸짓이 품은 뜻을 곧장 알아채고는 생쥐를 품에 안아
들었다. 약간 발개진 뺨이 너른 가슴에 어리광 부리듯 비벼진다.

"저를 버리고 가신 줄 알았습니다."

"그럴 일은 없다. 꼬마 너는 내 거니까."

"네에."

생쥐는 황제의 품속으로 마음껏 파고들며 만족 어린 한숨을 내뱉었다.

"솔, 저 배고픕니다."

"조금만 참아라. 여기 있는 건 죄다 단것들뿐이니. 식당으로 데려다주마."

솔레다토르는 생쥐를 고쳐 안고 침실 밖으로 걸음을 옮겼다. 품 안에서 느껴지는 온기 속에서, 문득 그는 자신이 머잖아 잠들 것이라는 사실을 떠올렸다. 가능한 한 시기를 늦춘다 하더라도 이 조그만 소녀의 수명이 다하기 전에 자신은 잠들 것이다. 다시 말해 결국.

'……버리게 되는 건가.'

의도치 않았다 해도 생쥐 곁을 떠날 수밖에 없다. 그리되면 이 소녀는 또다시 거짓말을 했다며 눈물짓게 되는 것일까. 아직 먼 미래의 광경을 억지로 머릿속에서 지워내며, 솔레다토르는 쓰디쓴 한숨을 삼켰다.

"어서 오십시오, 폐하."

아리에스는 한밤중에 자신의 침소를 방문한 솔레다토르를 공손하게 맞이했다.

"이제는 아버님이라고 불러드려야 할까요?"

"헛소리."

"황가가 아니었다면 맞는 말이 아닌가요. 그게 싫으시다면, 작은아버님?"

황제는 생글생글 고운 웃음을 흘려대는 그녀를 못마땅하게 바라보았다.

"속였다고 날뛸 줄 알았더니, 황후 자리가 탐이 나긴 하는 건가."

"어머나, 그런 말씀 마시옵소서. 딸려오는 것이 없었더라면 대번에 걷어찼을 거랍니다. 솔직히 말씀드려 사기당한 기분이었어요."

아리에스는 미간을 살짝 좁히며 소파로 가 앉았다. 황제보다 먼저 착석하는 무례한 태도였으나 그것을 탓할 이는 이곳에 없었다.

"사실 저로서는 여러 가지로 손해가 극심하답니다. 과거 수많은 사람들이 사랑이라는 열풍에 휩쓸려 나락으로 떨어지곤 하였지요. 저도 그 전철을 밟고 있는 기분이에요."

"이카르가 아니었다면 황후 자리를 걷어찼을 것이라고."

"두말해서 뭣하겠어요? 소녀가 원한 것은 데릴사위였지 황제가 아니었답니다."

푸른색 두 눈동자가 일순 냉정한 빛을 띠었다.

"그것도 어리고 무능력한 황제지요."

"평이 짜군."

"폐하께서도 그리 생각하고 계시지 않으신가요? 그렇기에 이날 이때까지 이카를 둥지 밖으로 내보내지 않고 품고만 계셨던 것이 겠지요."

"……이카?"

경도 아니고 이름 석 자도 아닌 애칭이다. 황제의 의문에 아리에스가 뻐기는 듯한 표정으로 말했다.

"곧 결혼할 연인 사이잖아요? 심지어 다들 그렇게 부르고 있는데 저만 왜 딱딱하게 굴어야 하나요."

틀린 말은 아니었다. 다만 저 의기양양한 태도가 마음에 들지 않았다. 솔레다토르는 불편한 기색을 숨기지 않은 채 아리에스의 맞은편 소파에 자리했다. 그가 자리에 앉기가 무섭게 분홍빛 입술이 열렸다.

"제 요구를 말씀드리겠어요."

"언제는 사랑 때문이라더니."

"감정은 감정이고 이성은 이성이죠. 챙길 건 챙겨야 하지 않겠어요? 무엇보다 지금의 저는 제대로 된 갑옷도 방패도 없이 전쟁터에 던져지는 꼴이니까요."

남편이 될 이카르가 믿음직한 것도 아니고, 친정 세력이 강한 것도 아니다.

말은 태연히 하고 있었지만 아리에스의 가슴 안쪽에서는 불안이 휘몰아치고 있었다.

과연 자신이 궁정의 중심에 서서 꿋꿋이 버텨 나갈 수 있을 것인가, 솔직히 장담할 수는 없었다.

"일단, 카얄룬 공작이 도와줄 것이라고 들었습니다만."

아리에스의 물음에 황제가 고개를 끄덕였다.

"전적으로 협조해줄 것이라 약조하였다."

"불행 중 다행이로군요. 하오나 확실히 신뢰할 수는 있는 것인가요? 이카도 이카지만 공작이 자신의 세력 내에서 황후를 배출하고 싶어 하는 건 아닐는지요."

카얄룬 공작의 합세는 뛸 듯이 반가운 일이었다. 그와 황제가 손을 잡는다면 황태후를 견제할 수 있을뿐더러 아예 내리누르는 것 또한 가능할 터이니. 그러나 아리에스로서는 공작이 과한 욕심을 내지 않을까 걱정할 수밖에 없었다.

젊고 심약한 황제의 정비라는 것은, 충분히 탐낼 만한 가치를 지니고 있었으니.

영리하고 기가 센 여자를 들여보낸다면 얼마든지 이카르를 조종할 수가 있는 것이다.

"만약 목숨에 위협을 받는다면, 저를 넘어서서 살타토르 백작가에까지 피해가 가게 된다면, 소녀는 황후 자리를 포기할 수밖에 없습니다."

딱딱하게 굳은 목소리가 말했다. 사랑이 가슴을 불태운다 하더라도 자신의 생명과 가문의 안위까지 제물로 바칠 수는 없다.

연애놀음도 살아 있어야 할 수 있는 것 아니던가.

"카얄룬 공작은, 일단은 믿을 수 있다."

황제가 나직이 말을 이었다.

"또한 그는 황후 자리에는 조금도 관심이 없더군."

"의외네요."

"황후 위에 제 사람을 밀어 넣지 않더라도 이카 녀석 정도는 쉽게 다룰 수 있다는 것일지도."

"……부정 못 한다는 것이 슬퍼요, 정말로."

"으음."

두 사람은 비슷한 심정이 되어 짧게 침묵했다.

"그러면 황태후는 어떠한가요. 그녀는 이미 황후 후보 중 한 사람을 살해하였습니다. 제가 황후 후보가 된다면, 실은 이카가 황태자라 지금의 폐하가 아닌 그의 황후가 된다는 것을 알게 된다면, 과연 얌전히 지켜만 보고 있을까요?"

실상 지금 가장 위협이 되는 것은 이곳 솔비른궁을 손아귀에 넣고 있는 황태후였다. 아리에스의 물음에 황제가 대답했다.

"황태후와는 이미 만나보았다만, 어째서인지 네가 황후 후보라는 것을 반기는 기색이더군."

"……반겨요?"

"그래. 이유는 모르겠다만 협조하겠다고 하였다. 그러나 이카에 대해 알게 된다면, 태도가 바뀌겠지. 예전엔 어린 황자를 살해하려 들었던 그녀이니."

"그럼 지금 당장은 괜찮을지 모르나 간택일 후에는 목숨 걱정을 해야 한다는 뜻이로군요."

"내가 황위를 양위하기 전까지는 이카도 너도 나비궁에 계속 머물 터이니 위협을 받을 일은 없을 것이다. 그 후로는…… 카얄룬 공작의 도움을 받아야겠지."

언제까지고 두 사람을 품 안에 넣고 보호할 수는 없다. 아리에스 또한 그것을 잘 알고 있었기에 작게 고개를 끄덕였다.

"황태후와 확실히 결착 지을 때까지는 숨죽이고 살아야겠네요."

"정 걱정되면 선황제궁으로 와 있든지. 결혼 전까지는 굳이 이카의 곁에 머물 필요가 없지 않나."

"고려해보겠어요."

아리에스는 짧게 한숨을 내쉬곤 주제를 틀었다.

"아무튼, 제가 원하는 건 두 가지입니다."

"말해봐라."

"하나는 혼인 예물이에요. 살타토르가의 재물이 넉넉하기는 하나 황후 혼례품을 감당키는 힘듭니다. 못 할 것까진 없지만 타격이 크겠지요."

"그건 내가 준비해주겠다."

황제의 말에 아리에스가 눈을 반짝 빛냈다.

"내탕금을 쓸 수는 없는 일인데, 따로 감추어둔 자금이 있으신 것인가요?"

"조금은."

물론 황제로서 따로 축적해둔 금품은 거의 없다. 그러나 수호룡으로서는 얼마만큼의 재물을 쌓아두었는지 헤아리기도 힘들었다. 수호룡에게 바쳐진 온갖 귀중품들이, 예전 모친이 받은 것까지 더해 솔레다드 산맥 구석에 적당히 쌓여 있는 것이었다.

"금괴 열 상자 정도 보내주면 되겠지."

금화나 은화 같은 자잘한 것은 없지만 금괴는 커다란 방 하나를 가득 채울 정도의 양이 있었다. 금괴 열 상자라는 말에 아리에스가 반색했다.

"그 정도면 충분하죠. 언제쯤 주실 수 있으신가요?"

"언제든지."

"그러면 제 부친과 먼저 상의한 뒤 말씀드리겠습니다. 아버지께 연락을 해드려야 할 텐데, 황후 간택 날짜는 정해졌나요?"

"아직 확정되지는 않았지만 황태후가 열심히 준비하겠다더군."

"저런, 아무것도 모른 채 남 좋은 일만 하게 생겼군요. 황태후 마마도 안됐어요."

말은 안타까움을 표방하고 있었지만 입술에는 미소가 그득하다. 아리에스는 손끝으로 자신의 입을 살짝 가리며 눈웃음을 지었다.

"얼마나 깜짝 놀랄지, 간택일이 여러모로 기다려지네요."

"두 번째 요구는 뭐지."

황제의 재촉에 아리에스가 흥이 깨졌다는 표정을 지었다. 그래도 순순히 대답은 했다.

"제 딸로 하여금 살타토르 백작가를 이을 수 있게끔 도와주세요."

"……뭐?"

예상 밖의 청에 솔레다토르의 눈가가 찌푸려졌다.

"네 딸이면 황녀가 될 것이다만."

"예, 알고 있습니다."

"황녀가 귀족가로 시집을 가는 것은 흔한 일이다. 하나 귀족이 황녀를 양녀로 들이는 것은 유례없는 일이다."

"알고 있습니다. 그러니 이리 따로 청을 드리는 것이 아니겠습니까."

말도 안 되는 일이라는 것은 잘 알고 있다. 하지만 아리에스는 이런 억지를 부려서라도 살타토르 백작가를 포기하고 싶지 않았다. 어릴 적부터 자신의 것이 되리라 믿어 의심치 않던 가문이다. 이제 와 엉뚱한 자의 손에 넘겨주고 싶은 마음은 추호도 없었다.

"딸을 낳을 수 있을지조차 알 수 없을 것인데."

"그때에는 생쥐의 아이를 백작가로 보내고 싶어요."

"……제멋대로 말하는군."

어이없는 소리였지만 솔레다토르는 별다른 토를 달지 않았다.

어차피 생쥐의 아이는 태어나지 않을 것이니.

"좋다, 가능한 한 도와주지. 정 안 되면 이카 녀석처럼 죽었다고 발표하고 밖으로 빼돌려도 될 테니."

"그건 좀 과한데요."

아리에스가 어깨를 으쓱하곤 말을 이었다.

"기본적인 안전은 따로 요구하지 않아도 지켜주시는 거겠지요?"

"한동안은. 언제까지고 뒤를 봐줄 수는 없다."

"자리 잡도록 노력하겠습니다, 만 남편까지 잘 챙길 수 있을지는 자신이 좀 없네요."

"포기할거라면 미리 말해라. 듣자하니 황후 후보 중에 괜찮은 여자도 몇 있다 하더군. 이카 놈이 뒤늦게 알면 징징거리겠지만 어쩔 수 있나."

"어머, 그럼 안 되겠네요. 제 일로 울리고 싶지는 않거든요."

하는 수 없다는 듯 손사래를 치며 양 입술 끝을 살짝 추켜올린다.

"할 수 있는 데까지는 해보겠습니다."

"기대하지."

짧은 말을 남기고 황제가 몸을 일으켰다. 아리에스 또한 따라 자리에서 일어났다.

"더 전하실 말씀은 없으신가요?"

"아직은. 이카르는 한동안 못 올 거다. 그럴 듯한 몰골로 만들어놓으려면 손이 많이 갈 터이니."

"고생이겠네요. 힘내라고 전해주세요."

솔레다토르는 고개를 끄덕이곤 발코니 쪽으로 빠져나갔다.

15

황자의 귀환

황태후가 몸소 발 벗고 나선 덕분에 황후 간택을 위한 준비는 빠르게 진행되었다. 날짜가 잡히고 황제가 직접 황후를 선택할 것이라는 사실이 널리 알려졌으며, 유력한 귀족가문에 초청장이 당도하고 간택이 거행될 너른 홀이 화려하게 단장되었다.

드디어 황후가 정해진다는 희소식에 귀족들은 물론, 수도에 거주하는 대부분의 사람들이 솔비른궁의 후보 중 과연 누가 선택될지에 대해 점치고 떠들어대었다. 덕분에 솔비른궁에서 있었던 불운한 사고는 모두의 머릿속에서 빠르게 잊혀갔다.

"……내일이로군요."

이카르가 마른세수를 하며 말했다.

표정에서도 목소리에서도 벌써부터 긴장한 티가 역력했다. 생쥐를 무릎에 앉힌 황제가 가만히 앉아 있지 못하고 방 안을 이리저리 오가는 그를 한심하게 쳐다보았다.

"원래의 네 자리를 되찾는 것일 뿐이다. 벌써부터 긴장해대니 황위에 오를 때는 아예 기절을 하겠군."

"저는 지금이 더 긴장됩니다! 황태자가 황제가 되는 건 당연한 수순이라 할 수 있지만, 일개 호위기사가 황태자가 되는 건 농담으로라도 믿기 힘든 일이 아닙니까. 당사자인 저조차도 아직 실감이 잘 안 나는걸요!"

바로 얼마 전까지만 하더라도 평민 출신인 주제에 황제의 총애를 받는다고 별별 시기를 다 받았었건만. 그런데 이제는 그 시기심의 원인인 황제가 될 거란다. 남의 일이었으면 무슨 말도 안 되는 이야기냐며 웃어넘겼을 소리다.

이카르는 연신 손바닥으로 얼굴을 비비며 한숨을 내쉬었다.

"생각해보니 황실 호위기사들이 이제는 저를 지켜야 하는 거잖습니까. 와, 진짜 기가 막히네요. 절 하찮은 벌레 취급이나 하던 인간들이 대부분인데!"

"그래서 친하게 좀 지내보라고 한 거였다만."

"그 인간들이 먼저 시비 걸어왔거든요! 저한테 추근대던 귀부인들은 또 어떻고요. 아쉬워하려나요? 호위기사들만 아니라 귀족들 중에서도 헛소리 해온 놈들 더러 있었는데!"

황제의 애완동물쯤으로 취급했던 상대가 미래의 황제란다. 이 사실이 밝혀지면 사람 여럿 뒷목 잡겠다 싶었다. 그중에는 목덜미가 서늘해지는 인간들도 제법 있을 것이었다. 물론 이카르로서는 사사로운 복수를 할 생각이 전혀 없었지만, 아리에스가 말했던 것처럼 저 혼자 찔끔 겁을 먹겠지.

"드보시오 놈이 죽어버린 게 아쉬울 정도인데요? 제가 황태자라는 걸 알게 되면 어떤 표정을 지을지 궁금합니다."

"복수라도 하고 싶은 거냐."

"그건 아니고요. 아니, 그놈에게는 조금 보복하고 싶긴 하지만…… 황위에 오르면 복수고 뭐고 할 시간도 없어질 거 같긴 하고요. 으윽, 저 진짜 잘할 수 있을까요……."

잠시 멈추었던 이카르의 발이 또다시 우왕좌왕 헤매기 시작한다. 그때 사지예와 라지예가 다과를 들고서 안으로 들어왔다.

"이카 쟤 아직도 저러네."

"꼬리 밟힌 다람쥐처럼 굴지 말고 이거 마시고 진정해~."

"아니면 찬물이라도 부어줄까?"

"찬물로 되겠어? 얼음물로 하자!"

"얼음물에 풍덩 밀어 넣어버리자!"

"바보 같은 소리 하지 마! 바로 내일이 간택일인데 감기라도 걸리면 어쩌려고!"

"바보는 감기 안 걸린다던데?"

"그럼 이카는 감기 안 걸리겠네?"

"으윽, 내가 말을 말지……."

요정들과 길게 말다툼해봤자 이쪽만 머리 아프다. 이카르는 고개를 절레절레 흔들며 찻잔을 받아 들었다. 이어 황제와 생쥐의 앞에도 다과가 놓였다.

"내일이면 아리에스 언니를 볼 수 있는 거예요?"

황제로부터 과자를 건네받으며 생쥐가 말했다. 이카르는 한 번, 황제와 요정들은 여러 번 아리에스를 만났지만 생쥐는 솔비른궁에 가보기는커녕 나비궁조차 벗어나질 못했다. 아리에스를 마지막으로 본 것이 벌써 한참 전의 일이었다.

"그래. 너도 참석할 테니까."

원래라면 황후를 선정하는 장소에 후궁이 나타나서는 안 되었지만 어차피 현 황제의 황후를 뽑는 것은 아니다. 궁정인들이 좋지 않게 본다 한들 이카르의 신분이 밝혀지고 나면, 후궁이 황후 간택장소에 나타난 것쯤 이내 잊히고 말 터였다. 모두의 기억에 남는 것은 황태자의 등장뿐이겠지.

"언니와 만나는 것은 진짜 오랜만이에요!"

"내일부터는 예비 황태자비마마라고 불러야 한다. 머잖아 황후마마가 될 거고."

"그런가요? 언니도 빨리 결혼식을 했으면 좋겠습니다. 이카랑 결혼하는 건 여전히 마음에 들지 않지만요."

생쥐는 이카르를 슬쩍 흘겨보며 말했다. 요즈음의 이카는 전보다 더더욱 그녀의 눈에 차지 않았다. 내내 피곤해하고 불안에 빠져 안절부절못하는 모양새가 참으로 못 미더웠기 때문이었다. 지금도 저렇게 한심할 정도로 전전긍긍하고 있질 않는가.

"이카가 술 정도는 되었으면 좋겠어요."

"저놈은 죽었다 깨어나도 무리다."

솔레다토르의 말에 이카르가 불만스러운 표정을 지었으나 입 밖으로 투덜대지는 않았다. 그도 자신이 황제에 비해 한참 못 미덥다는 사실을 인정하고 있기 때문이었다.

"그리고 아리에스는…… 자신이 휘두를 수 있는 남자를 더 좋아하지."

"언니가요?"

"그래. 저 녀석이 내 반만 되었어도 거들떠보지도 않았을걸."

성격상으로는 꽤 잘 맞는 커플이기는 했다. 한쪽은 모든 일을 자신이 주도해야 직성이 풀리는 성격이고 다른 한쪽은 앞에 나서기보다는 누군가 이끌어주기를 바라는 성격이었으니. 황제의 말에 생쥐가 고개를 갸웃 기울였다.

"이카가 믿음직스럽지 못해서 아리에스 언니가 좋아하는 것인가요."

"그런 셈이지."

"……저는 잘 모르겠습니다."

생쥐의 좁은 세상에서는 이해하기 힘든 이유였다. 결혼할 상대는, 특히 남자는 든든해야 좋은 것이 아니던가. 빈민가에서 기가 약해 이리저리 치이는 남자는 여자를 데리고 오기도 힘들었지만, 설사 결혼에 성공한다 하더라도 좋은 가장은 절대 되질 못했다. 자신을 지켜주고 보호해주는 강한 남자가 좋은데, 아리에스 언니는 다른 것일까.

생쥐는 황제의 한쪽 손을 끌어다 꼭 감싸 잡으며 작게 말했다.

"저는 솔이 좋아요. 이카나, 다른 남자들은 싫습니다."

"……으음."

솔레다토르는 조금 떨떠름한 소릴 내었다. 생쥐의 그런 말이 싫은 것은 물론 아니었지만, 묘한 기분이 들었기 때문이었다. 딱 잘라 표현하자면 낯간지럽다. 숫기 없는 성격과는 거리가 한참 멀었건만 지금 이 순간만큼은 평소처럼 무덤덤하게 넘어가기가 힘들었다. 그렇기에 그는 긴말 대신 연회색 머리카락을 다정하게 쓰다듬어주었다.

"솔."

그러나 생쥐는 화제를 돌릴 생각이 없어 보였다. 고개를 젖히며 연녹색 눈이 황제를 빤히 올려다보았다.

"솔은 어떤 여자가 좋아요?"

"……뭐?"

"어떤 여자를 좋아하는지 궁금합니다."

물어보는 얼굴에는 어떠한 대답이 나오든 그에 걸맞은 여자가 되도록 노력하겠노라는 강한 의지가 서려 있었다. 그 표정을 보자 더더욱 쉽게 대꾸하기가 힘들어졌다. 솔레다토르는 생쥐의 초롱초롱한 눈길을 슬쩍 피하며 입을 열었다.

　"……그다지."

　"그다지 뭐요?"

　"좋아하는 타입은, 없다."

　"왜 없으세요? 하나도 없으세요? 딱 하나만이라도요!"

　재잘재잘하는 간절한 목소리에 솔레다토르의 미간에 골이 살짝 팼다. 대충 대답했다가는 귀찮게 될 가능성이 높았다. 그렇다고 이대로 무시한다면 겉보기보다 훨씬 끈질긴 이 소녀가 언제까지 매달려올지 알 수 없었으니…….

　"……일찍 자고 일찍 일어나는 여자."

　"아, 저 일찍 잡니다! 가끔 늦잠 자기도 하는데……."

　"조금쯤 늦게 일어나는 건 괜찮아."

　"그렇군요! 그리고요?"

　"……밥 제때 잘 챙겨 먹고."

　"그건 쉬워요! 잘할 수 있습니다."

　"혼자 멋대로 돌아다니지도 마라."

　"네. 혼자 안 돌아다닐게요! 그리고요?"

　"그리고 또……."

속닥속닥 대화를 나누는 남녀를 유심히 지켜보던 이카르가 두 요정을 돌아보며 작게 말했다.

"폐하께서 어째…… 생쥐에게 많이 약해지신 거 같은데."

이상형을 말하랬더니 생쥐의 건강과 안전을 챙기고 있다. 게다가 혹여 대충 답했다가 생쥐가 괜히 신경 쓸까 봐 엉뚱한 조건을 늘어놓고 있는 것이 뚜렷하게 티가 난다. 저렇게까지 세심하게 남을 챙겨주는 사람이, 아니 용이 아니었는데. 이카르의 말에 라지예와 사지예가 동시에 어깨를 으쓱했다.

"뭐 어때서? 상관없잖아?"

"그래, 상관없잖아?"

"아니, 나는 그냥…… 좀 변하신 거 같다고."

"변할 수도 있지 뭐."

"근데 변했나?"

"글쎄 모르겠는데?"

요정들의 무성의한 대답에 이카르는 더 길게 대화하는 것을 포기하고 다시 황제와 생쥐를 쳐다보았다. 무슨 할 말이 그리도 많은지 아직도 둘이서 소곤소곤하고 있다.

'……조금 부럽기는 하네.'

이카르는 눈가를 살짝 찌푸리며 속으로 중얼거렸다. 문득 아리에스가 무척이나 보고 싶어졌다.

은실로 아름답게 수를 놓은 순백의 드레스가 침대 위에 넓게 펼쳐져 있었다. 섬세한 레이스를 따라 작은 보석이 아낌없이 줄을 잇고, 어깨부터 가슴까지 늘어진 은회색 여우 털 아래로 정교한 금세공 장식이 흔들거린다.

  아리에스는 일개 백작 영애로서는 손에 넣기 힘듦은 물론, 걸치기조차 부담스러운 화려한 드레스를 복잡한 심경으로 바라보았다. 이 드레스는 다름 아닌 황태후가 직접 보내온 것이었다. 드레스의 걸맞은 구두와 각종 장신구도 포함해서 말이다.

  최근 황태후는 그녀에게 살갑다 해도 좋을 정도로 친절히 대해주었다. 아리에스로서는 그것이 잘 이해가 가질 않았다. 자신의 딸인 로제시아 공주를 황후로 밀어 넣으려 애써왔던 황태후가 아니던가. 한데 그녀와 아무 관련이 없는 자신이 황후가 될 예정이건만 막기는커녕 오히려 반기는 듯한 태도를 보이고 있는 것이다.

  '……아무리 생각해봐도 모르겠네.'

  아리에스는 고개를 갸웃 기울이며 흰 드레스를 뚫어져라 쳐다보았다.

그때 황제로부터 황태후가 자신이 황후가 되는 것을 달갑게 여긴다고 듣기는 했지만, 솔직히 반신반의하고 있었다. 그러나 지금으로서는 그 말을 믿을 수밖에 없었다. 다만.

'이유를 모르겠어, 이유를.'

열심히 머리를 굴려보아도 그럴듯한 답이 떠오르질 않으니 답답함과 동시에 불안함이 치솟았다. 심지어 바로 내일이 황후 간택일이다.

정말 이대로 괜찮은 것일까.

"후우……."

아리에스는 심호흡하듯 긴 한숨을 내쉬었다.

"……황후라."

내일 발표되는 것은 황태자비였지만, 그것은 머잖아 황후로 바뀌게 된다. 살타토르 백작가를 이을 포부 정도만 품고 있던 소녀가 난데없이 제국 여성 제일의 자리에 끌어올려지고 마는 것이다.

"내가 잘할 수 있을까……라고 걱정해봐야 변하는 건 없지만."

피식 작게 웃음 지었다. 물러서고 싶지는 않으니, 앞으로 나아가는 수밖에. 아리에스는 두근거리는 가슴을 살짝 내리누르며 순백의 드레스 자락을 손끝에 쥐었다.

황후 간택 당일, 흰 실베닌 홀이 사람들로 가득 찼다. 오랫동안 기다려왔던 황후가 탄생하는 장면을 보기 위해 새벽부터 준비를 하고 궁으로 들어온 사람들이 제각기 유망한 후보를 입에 담으며 나직이 수군거렸다. 황제도 황태후도 그리고 황후 후보들도 아직 누구 하나 나타나지 않았으나, 궁정의 고위층들은 단 한 명도 빠지지 않고 참석하여 상석에 자리를 잡고 있었다. 그중에는 오랜 시간 궁정사에 직접적으로는 개입하지 않던 카얄룬 공작의 모습도 보였다.

　홀 가장 안쪽의 높은 단과 그 주위에서는 궁인들이 마지막 마무리에 한창이었다. 단 아래로 부드러운 카펫을 길게 깔고 황제와 황태후가 자리할 의자를 단상 한쪽에 놓은 뒤 궁인들이 물러나자, 드디어 단 가까이에 위치한 문이 열어젖혀졌다.

　"황후 후보들의 입장입니다!"

　이어 화려하게 차려입은 젊은 여인들이 차례차례 홀 안으로 걸어 들어왔다. 흰 얼굴들에 옅은 미소가 걸리고 혹시나 모를 기대를 품은 눈빛들이 별무리처럼 반짝반짝 빛나고 있었다.

물론 단 한 명, 아리에스 살타토르는 예외였다. 그녀는 긴장한 기색을 감추려 애를 쓰며 조심조심 주위를 살펴보았다. 모여 있는 군중들을 지나 단 근처 상석으로 옮겨간 아리에스의 시선이 약간 무료한 빛을 띤 카얄룬 공작의 눈과 마주쳤다. 아리에스는 그의 눈길을 피하지 않고 보일 듯 말 듯 미미하게 고개를 숙여 보였다.

잠시 뒤 소수의 시녀를 거느린 황태후가 등장했고, 약간의 사이를 두고 황제 일행도 모습을 나타내었다. 황후를 선정하는 자리에 어울리지 않는 후궁과 제복 차림이 아닌 호위기사의 등장에 짧은 소요가 일었다. 황제가 준비된 자리에 가 앉자 생쥐와 이카르가 그 양옆으로 섰다.

'아리에스 언니!'

단 앞에 줄지어 서 있는 황후 후보들 사이에서 아리에스를 발견한 생쥐가 작게 입을 뻐끔거렸다. 오랜만에 보는 그녀의 모습에 당장 기쁨의 소리를 치며 달려가고 싶었지만 꾹 참았다. 대신 커다랗게 뜬 두 눈 가득 호의를 담아 아리에스를 바라보았다.

반면에 이카르는 아리에스가 서 있는 쪽을 제대로 쳐다보지도 못했다. 새하얀 드레스 차림의 그녀를 한 번 힐끔거렸다가 고개를 홱 돌리곤 안절부절못했다.

"길게 끌 거 없겠지."

황제가 좌중을 훑어보며 입을 열었다.

"이미 정해져 있으니 간략히 발표만 하겠다."

솔레다토르는 쏟아지는 시선을 한 몸에 받으며 자리에서 일어났다. 그가 단상 중앙으로 걸어 나가자 황후 후보들의 얼굴 위로 긴장감이 옅게 드리워졌다. 혹시 모를 기대를 품는 소녀도 있었으며, 자신의 가문을 믿고 당당하게 어깨를 펴는 아가씨도 있었다. 반대로 약간 수줍게 고개를 숙이거나 고운 치맛자락을 무심코 꽉 쥐어버린 영애도 보였다. 그런 그녀들을 내려다보며 황제가 담담하게 선언했다.

"살타토르 백작의 장녀, 아리에스 살타토르를 황태자비로 선정하겠다."

그의 말에 가장 먼저 반응한 것은 황태후였다. 그녀는 자신의 귀를 의심하며 벌떡 몸을 일으켜 목소리를 높였다.

"폐하, 황공하오나 말씀을 잘못하셨습니다."

황태자비라니. 다른 이들 역시 황태후와 비슷한 반응을 보이고 있었다. 꼿꼿하게 서 있는 아리에스를 힐끔거리는 자들도 있었지만 대부분은 황태자비라는 단어에 더 집중했다. 황제는 귀찮다는 티를 감추지 않으며 대꾸했다.

"잘못된 것은 없다."

"하오나 오늘 이 자리는 황태자비가 아닌 황후를……."

"황태자비가 맞다."

솔레다토르는 황태후의 말을 잘라내며 천천히 시선을 옮겼다. 그의 눈길이 닿은 곳에는 긴장한 표정의 이카르가 서 있었다.

황제의 시선 끝을 확인한 황태후가 두 손을 꽉 맞잡아 떨었다. 그녀의 가슴속으로 불길한 기운이 스며들었다.

"……폐하. 어찌하여 황태자비라 말씀하시는 것입니까. 폐하께는 아직 후손이 없지 않으십니까."

"내게는 없지. 그러나 선황제, 내 형님에게는 있었다."

황제는 고개를 돌려 황태후의 창백해진 얼굴을 바라보았다. 눈치 빠른 여자다.

이미 사태를 파악하고 저리 표정에 드러낼 정도로.

"황태후, 그대도 알고 있을 터인데?"

"……황자는, 테네르 황자는 어릴 적 화재로 사망하였습니다!"

떨리는 목소리가 소리쳤다. 그에 반박하는 목소리는 냉정할 정도로 침착했다.

"불길에 휩싸인 시체는 정확한 신분 증명이 불가능하지. 조그만 어린애라면 더더욱."

"하지만……."

솔레다토르는 평소의 여유를 완전히 잃고 경악에 물들어 있는 아름다운 얼굴을 향해 가벼운 비웃음을 던져주었다.

"나는 선황제의 부탁으로 목숨의 위협을 받고 있던 어린 조카를 거두었다. 그리고 이날 이때까지 곁에 두고 돌보아왔지."

"하오나 그건, 그건……!"

"그럴듯한 이야기이지 않은가."

솔레다토르는 황태후를 향하고 있던 고개를 돌려 좌중을 향해 양손을 가볍게 들어 보였다.

"진정한 황위의 주인인 어린 조카의 성장을 기다리며 대신 황제의 자리를 지켜온 것이다. 그렇기에 나는 황후를 들이지 않으며 내 세력도 만들지 않았다. 이 자리는 나의 것이 아니었기에."

묵직한 울림을 지닌 음성이 홀 가득히 퍼져 나간다. 그 누구도 속에 담긴 거짓을 의심치 못할 만큼 위엄이 담긴 목소리였다.

짧은 침묵이 흐르고 뒤늦게 정신을 차린 비고레 대백작이 자리에서 벌떡 일어났다.

"폐하. 하오면 테네르 황자는……."

"내가 항시 곁에 두었던 청년이다."

황제의 말에 맞추어 이카르가 앞으로 나왔다. 그는 얼굴 위로 옅게 긴장의 빛을 띤 채 솔레다토르의 약간 뒤쪽 옆에 섰다. 모든 이의 시선이 죽은 줄로만 알았던 황자라는 청년을 향해 쏟아져 내렸다. 짙은 의심이 대부분인 결코 호의적이라곤 말할 수 없는 눈길들 속에서 이카르는 당당하게 보이려고 애를 썼다. 지금만 아니라 앞으로도 수없이 마주쳐야만 하는 시선들이다. 억지로라도 익숙해지지 않으면 안 되었다.

"평민 출신이라던 호위기사가, 고귀한 황가의 직계 혈손이라 이 말씀이십니까?"

비고레 대백작이 무례할 정도로 대놓고 어이없어하며 말했다.

"송구하오나 황제 폐하의 증언만을 믿고서 고개를 끄덕일 수는 없는 사안이라 생각합니다. 여기 모인 다른 모든 귀족들 또한 소신과 의견을 같이할 것입니다."

난데없이 등장한 황자라니! 심지어 황태자비를 선정한다는 말은 그 황자를 황태자로 삼겠다는 뜻이 아니던가. 황태후파와 반목하는 카얄룬 공작파는 물론이고 중립에 선 귀족들 또한 순순히 받아들일 리 없는 중대사였다. 그렇게 생각한 대백작은 기세등등하게 말을 이었다.

"우선 황제 폐하 이외의 신뢰성 있는 증인이 필요합니다. 그리고……."

"증인이라면 여기 있소만."

자신의 말을 끊는 목소리에 비고레 대백작의 얼굴이 순간 딱딱하게 굳어졌다. 오랜만에 듣지만 그로서는 잊으려야 잊을 수 없는 목소리였다. 황태후 또한 아랫입술을 무심코 잘근 깨물며 목소리의 주인을 바라보았다.

"소신은 과거 선황제 폐하로부터 한 가지 부탁을 받은 적이 있습니다."

자리에서 일어난 카얄룬 공작이 천천히 이야기를 늘어놓기 시작했다.

"그것은 다름 아닌 어린 황자를 도와달라는 청이었지요."

거짓은 아니었다. 실제로 카얄룬 공작은 선황제로부터 도움을 요청받은 적이 있었다. 다만 그것을 차갑게 거절했을 뿐이다.

"소신은 선황제 폐하의 간절하신 청을 받아들여 어린 황자 전하를 피신시키기로 결정했습니다. 그 당시 궁중은 너무나도 위험한 곳이었으니 말입니다."

공작은 그렇게 말하며 황태후와 비고레 백작을 차례로 바라보았다. 마치 과거 그들이 꾸몄던 짓거리들을 샅샅이 파악하고 있다는 것처럼.

"바로 그때 나타나신 것이 바로 현 황제 폐하셨습니다. 소신은 짙은 용혈을 지니신 황제(皇弟)께서라면 황자 전하를 그 누구보다 안전히 보호해주실 것이라 판단하여 그분께 어린 황자 전하를 건네드렸습니다."

"너무 쉽게 내어드린 것이 아닌가요?"

황태후의 냉랭한 목소리에 카얄룬 공작이 고개를 약간 숙여 보이며 대답했다.

"물론 선황제 폐하께 확인을 거쳤습니다. 또한 건네드렸다곤 하나 완전히 연락을 끊은 것은 아니었지요. 자금과 도피처를 마련해드렸습니다."

그 말에 황태후만이 아닌 황제 또한 못마땅한 기색을 드러내었다. 저 늙은 대귀족은 이카르를 옹호하는 척 자신의 공을 부풀리고 있었다. 지금 그의 말대로라면 황자를 구한 공의 상당수는 카얄룬 공작에게 돌아가게 되는 것이다.

제게 유리하도록 이야기를 바꾸는 행태가 무척이나 거슬렸으나 반박하고 나설 수도 없는 상황이었다.

"그렇다면 어찌하여 선황 폐하께서 살아 계실 적에 사실을 밝히지 않은 것인가요?"

"그 이유야⋯⋯."

공작은 의미심장한 미소를 머금으며 황태후와 눈을 똑바로 마주쳤다.

"굳이 소신의 입 밖으로 꺼내지 않더라도 잘 알고 계시리라 생각됩니다."

"⋯⋯무슨 의미입니까, 카얄룬 공작."

"당시에는 황자 전하께서 아직 어리셨던 탓이라고만 해두지요. 사실 좀 더 황제 폐하의 곁에서 정무를 익힌 후 밝힐 예정이었으나 황태후마마께서도 아시다시피 황후 간택이 진행되어버려서 말입니다. 황후까지 맞이하고 나면 황태자를 정하는 것에 있어 여러모로 소음이 더 커질 터이니까요."

자신의 말을 연신 능숙하게 받아치는 카얄룬 공작의 모습에 황태후가 잠시 입을 다물었다.

상대는 공작 한 명만이 아니다. 아니, 정확히 따지자면 진짜 상대는 황제이고 그 보조자가 카얄룬 공작인 것이었다. 그 두 세력이 손을 잡았다. 황태후의 긴 속눈썹이 초조한 속내를 다 감추지 못하고 가늘게 떨렸다.

"황자 전하의 사연에 대해서는 깊이 새겨들었습니다. 하지만 역시 이 자리에서 성급히 논할 일은 아니라고 생각되는군요."

황태후로서는 사실 시간을 끌어 좋을 것이 없었다. 현 궁정에서 중립파의 대부분은 황제의 움직임을 주시하고 있었다. 황제가 황태후와 카얄룬 공작, 이 두 세력 중 한쪽을 반드시 선택하리라 믿고서 때를 기다리는 것이었다. 그러니 황제가 카얄룬 공작을 끌어들인 이상 중립파 역시 그들의 손을 들어줄 가능성이 높았다. 즉, 시간이 경과할수록 황제 측의 세력은 강해지기만 할 뿐이라는 뜻이었다.

그 사실을 잘 알고 있음에도 일단은 황자에 대한 일을 뒤로 미루는 수밖에 없었다. 아무런 방비도 없이 갑자기 공격을 당한 지금의 사태는 황태후에게 있어 너무나도 불리했다. 차라리 시간을 끌어 어떻게든 반격의 방도를 찾는 편이 나을 터였다.

"하오니 황자 전하의 신분 증명에 대해 정식으로 청문회를 열 것을 제언드리는 바이옵니다."

"좋다."

황제는 망설임 없이 고개를 끄덕였다. 황태후가 저리 나올 것에 대해서는 이미 카얄룬 공작과 상의한 뒤였다. 이쪽으로서는 이길 가능성이 훨씬 높은 청문회이니 반대할 이유가 없었다. 정식으로 청문회를 열어 신분을 증명한다면, 황태자로서 인정받는 것 또한 훨씬 쉬워질 것이었다.

"그러나 그리 긴 시간은 줄 수 없다."

"빠른 시일 내에 준비를 마치겠습니다."

황태후는 표정을 감추려는 듯 깊숙이 머리를 숙였다. 허리는 꼿꼿이 편 채지만 도망치듯 자리를 떠나는 황태후를 보고, 비고레 대백작이 황제에게 양해를 구한 후 뒤쫓았다. 드넓은 홀은 혼란에 가득 찬 채 작은 속삭임들이 얕게 깔리고 있었다. 그 속에서 가장 많은 시선을 받고 있는 것은 당연히 이카르였지만, 황태자비로 선포된 아리에스에게 향하는 눈길 또한 적지는 않았다. 특히 황후 후보들의 눈빛은 여러 가지 감정이 뒤섞여 활활 불타오르고 있었다.

"우리도 돌아가지."

솔레다토르는 그렇게 말하며 남의 눈을 신경 쓰지 않고 생쥐를 달랑 안아 들었다. 이카르가 당황하며 그와 단상 아래의 아리에스를 번갈아 바라보았다.

"살타토르 양은……."

"데리고 와."

"네!"

이카르는 허락을 받기가 무섭게 단상 아래로 뛰어내렸다. 아직 긴장 어린 빛이 남아 있지만 그보다는 반가움이 더 큰 시선이 아리에스를 향했다. 그날 이후로 처음 만나는 것이다. 황제와 생쥐의 다정한 모습을 볼 때마다 그녀를 떠올린 탓인지, 눈앞에 선 적금발의 소녀가 평소보다 훨씬 아름답게 느껴졌다.

이카르는 약간 머뭇거리면서 오른손을 내밀었다.

"아리에스 살타토르 백작 영애, 에스코트해드리겠습니다."

"황송하옵니다, 전하."

아리에스는 예의를 갖춰 감사를 표한 뒤 내밀어진 손에 자신의 손끝을 얹었다. 그런 둘의 모습을 주위의 황후 후보들이 참견하고 싶어 못 견디겠다는 표정으로 바라보았다. 특히 두 사람이 황제의 혼례 전 연회에 파트너로 참석했었다는 사실을 아는 몇몇은 당장에라도 질문을 던지고 싶어 입술을 달싹거렸다. 대체 언제부터 사귀기 시작한 것일까, 황자라는 걸 알고 접근한 것일까 까맣게 몰랐던 것일까. 그 호기심 가득한 눈빛들 속에서 이카르와 아리에스는 다정한 태도로 황제의 뒤를 따라 홀을 벗어났다.

"아리에스 언니!"

흰 실베닌 홀에서 얼마 떨어지지 않은 객실에 도착하자마자 생쥐가 기쁨 어린 소리를 내며 아리에스에게 안겨들었다. 아리에스는 흰 드레스 자락이 크게 흔들리도록 와락 달라붙는 소녀를 마주 꼬옥 안아주었다.

"보고 싶었어요!"

"나도 보고 싶었어. 뺨은 비비지 말렴, 장식에 긁힐지도 몰라."

아리에스는 혹여 드레스에 달린 장신구에 생쥐가 다치기라도 할까 봐 주의를 주며 회색 머리카락을 다정하게 쓰다듬었다.

"그새 더 큰 거 같은데?"

"정말요?"

"물론이지. 전엔 생쥐 네 머리카락이 이쯤에 왔었는데 지금은 여기까지 닿잖아?"

아리에스의 품에서 빠져나온 생쥐가 손을 들어 올려 제 머리를 매만졌다. 정말 그사이에 또 자란 걸까. 생쥐는 고개를 갸웃했다가 아리에스를 바라보았다.

"아리에스 언니, 이카와 결혼하면 황궁에서 쭉 사시는 거 맞죠?"

"응, 그렇게 되었단다."

아리에스가 약간 쓸쓸한 목소리로 대답했다.

황태자비가, 그리고 황후가 될 것이라는 사실이 여전히 낯설게 느껴졌기 때문이다.

그런 그녀의 심정을 미처 헤아리지 못한 생쥐가 마냥 기뻐하며 활짝 미소 지었다.

"그럼 앞으로도 계속 함께 있을 수 있겠군요!"

"함께는 아니지."

아리에스의 손가락이 생쥐의 동그란 볼을 살짝 찔렀다.

"전처럼 같은 궁이 아니라 따로 떨어진 궁에 머무르게 될 테니까 자주 보긴 힘들걸?"

"……그래요?"

"그렇단다. 게다가 결혼하고 나면 나도 꽤 바빠질 테니까. 오랜 기간 황후의 자리가 비어 있었기에 더더욱 말이야."

아리에스는 약간 떨어진 곳에 서 있는 황제를 힐끔 노려보며 말했다. 그간 황태후가 황후 역할까지 맡아왔으니 그 권리와 의무를 되찾아오기란 쉬운 일이 아닐 터였다. 이카르도 이카르였지만 아리에스에게도 고생길이 훤히 열린 것이었다.

"아리에스."

황제의 옆에 서 있던 이카르가 아리에스에게 머뭇머뭇 다가갔다. 여기까지 오는 내내 함께 있었고 손까지 잡고 있긴 했지만 막상 제대로 대화를 나누려니까 어색해졌다. 헤어지기 직전의 상황이 평범했다곤 볼 수 없었기에 더더욱 그러했다.

"그러니까, 그……날 이후로 처음 만나는 건데……."

"예에, 전하. 그간 강녕하셨는지요."

"아, 저야 물론……."

"어머나, 그렇게 말씀하시면 아니 되신답니다."

아리에스가 미소 띤 채로, 그러나 눈은 웃지 않고서 딱 잘라 말했다.

"말씀을 낮추셔야지요."

"그야 그렇지만……."

이카르가 울적한 표정으로 한숨을 푹 내쉬었다. 알고는 있다. 그러나 이렇게 변해버린 처지들이 하나하나 직접적으로 다가올 때면 조금쯤 서글퍼지는 것도 어쩔 수 없었다.

오랜만에 만난 연인의 모습에 반갑고 설레던 마음 또한 힘이 쭉 빠져버렸다.

눈에 띄게 풀이 죽은 이카르의 모습에 아리에스가 그의 앞으로 성큼 다가가 두 팔을 뻗었다. 그러곤 그를 꼬옥 끌어안으며 작게 속삭였다.

"하지만 둘만 있을 때는 괜찮아요."

"……아리에스."

"나중에 밤에, 어리광 부리게 해드릴게요."

그녀의 속삭임에 마지막으로 만난 날의 일을 떠올린 이카르의 뺨이 살짝 붉어졌다. 그때 정중한 노크 소리가 들려왔다.

"들어와라."

황제의 허락이 떨어지자 문이 열리며 카얄룬 공작이 안으로 들어섰다. 노귀족의 시선이 아리에스와 생쥐에게 슬쩍 닿자, 아리에스가 눈치 빠르게 생쥐의 손을 잡아끌었다.

"우리는 저쪽 방에 가 있지요."

"네?"

"어서요, 나비 후궁마마."

생쥐와 아리에스가 이어져 있는 옆방으로 들어가고 나자 카얄른 공작이 입을 열었다.

"청문회 당일 황자 전하의 신분 증명과 동시에 황태자로서 인정받을 수 있도록 하겠습니다."

"동시에?"

"예. 폐하께서도 가능한 빨리 양위를 하시길 원하시지 않습니까. 황태자 즉위식을 따로 치르고, 또 황제 즉위식을 치르는 것은 시일이 오래 걸리오니 황자 전하가 애초에 황태자이신 것으로 몰아감이 좋을 듯싶습니다."

"으음."

황제는 이카르를 바라보며 애매하게 대답했다. 양위를 그렇게까지 서두르고 싶지 않은 마음이 슬금슬금 고개를 치켜들었기 때문이다. 카얄른 공작의 도움이 확실해진 이상 황태후의 위협은 현저히 줄어들었다. 그러니 이카르를 황태자로 둔 뒤 황제 자리의 양위는 천천히 해도 괜찮지 않을까 싶었다. 가장 급했던 아리에스의 안위 문제도 이미 해결되었지 않았는가.

그런 솔레다토르의 심경을 눈치챈 것인지 카얄른 공작이 재빨리 덧붙여 말했다.

"또한 양위가 빠를수록 황권을 안정시키는 것에 도움이 될 것입니다."

"천천히 준비하는 편이 낫지 않나?"

"아닙니다. 현재 폐하께서 소신을 선택하신 것 때문에 중립파가 움직이려 하고 있습니다. 만약 시간을 길게 끈다면 이 중립세력은 황자 전하가 아닌 황제 폐하께 흡수가 될 것입니다. 물론 황위를 양위함으로서 따라 옮겨는 가겠지만, 처음부터 받아들이는 것보다는 훨씬 못하겠지요."

"……그렇긴 하겠군."

솔레다토르는 고개를 끄덕이며 다시 이카르에게로 시선을 옮겼다.

"이카."

"예?"

"너는 어떻게 하고 싶으냐."

황제의 물음에 이카르는 망설임 없이 대답했다.

"저도 양위는 빠른 편이 좋다고 생각합니다."

황제 자리에 대한 부담감이야 당연히 컸지만 그보다도 하루라도 빨리 솔레다토르의 짐을 덜어주고 싶다는 마음이 더 강했다. 그것이 평생을 키워주고 보호해준 사람에게 할 수 있는 가장 큰 보답이기 때문이었다.

이카르의 대답에 솔레다토르는 조금 의외라는 표정을 지었다가 카얄룬 공작에게 말했다.

"그러면 최대한 빠르게 진행하도록 하지. 내가 도와줄 일은 없 겠는가."

"필요한 것은 소신이 모두 준비해두겠습니다. 황제 폐하와 황자 전하께서는 청문회 전날 입만 적당히 맞추면 되실 것입니다."

"……너무 공작에게 떠맡기는 것 같군."

"아닙니다. 소신이 기꺼워 맡는 일이오니 괘념치 마시옵소서."

노공작의 태도는 여전히 과도할 정도로 정중했다. 그러나 그것은 어디까지나 황제만을 향한 태도로, 이카르에게는 제대로 된 눈길 한 번 주질 않았다. 처음 만났을 때부터 지금까지 쭈욱, 단순한 무시를 넘어서 상대할 가치조차 없다는 듯한 태도를 유지해왔다.

카얄룬 공작이 자리를 떠나가고 이카르가 참았던 한숨을 길게 내쉬었다.

"저 사람을 볼 때마다 있던 자신감도 뚝뚝 떨어져 나가는 기분입니다. 제가 황제가 된다 해도 변함없이 무시당하겠죠."

그뿐일까, 카얄룬 공작의 것과 같은 냉대 외에도 온갖 호불호를 받아내야 하는 것이다. 궁정의 중심인 황제 위란 결코 만만한 자리가 아니다. 궁정인 모두가 관심을 둔 채 갖가지 기대를 해오는 위치인 것이다. 현재의 황제는 그 모두를 냉정히 잘라내는 것으로 대응했지만 이카르는 그럴 수 없었다. 신중히 살펴 받아들일 것은 받아들이고 쳐낼 것은 쳐내면서 적절한 조율을 해나가야만 하는 것이었다.

"저 늙은이에게 제대로 된 눈길을 받는 건 쉽지 않은 일일 거다."

솔레다토르는 축 처진 금색 머리통을 쓰다듬어주고 싶은 충동을 억누르며 말했다.

이카르가 홀로서기를 하겠다 결심한 이상 예전처럼 어린애 대하듯 해서는 안 된다.

"그러나 인정을 받아낼 수만 있다면, 그것이 네가 황제로서 자칭하기에 부족함이 없다는 증명이 되겠지."

"……솔직히 못 할 거 같은데요."

"……나도 네 성장보다는 공작이 노사하는 게 더 빠를 거라 생각은 한다만."

정직한 평에 이카르의 두 어깨가 힘없이 늘어졌다. 황위가 한 발짝씩 가까이 다가올수록 눈앞을 가로막은 벽이 더더욱 커져가는 기분이었다.

"노력은, 하겠습니다……."

"……으음."

두 남자가 마주 한숨을 내쉬고 있는 그때 안쪽 방과 이어지는 문이 벌컥 열리더니 두 여자가 걸어 나왔다.

"분위기가 왜 이렇게 우중충해요?"

아리에스가 사뿐사뿐 이카르의 곁으로 다가가고 이어 생쥐가 쪼르르 황제의 옆구리에 달라붙는다.

"공작이 무언가 과한 요구라도 한건가요?"

"아뇨, 그런 건 아닙니다. 그냥 조금…… 막막해져서요."

"이해해요. 결코 쉬운 길은 아니니까요."

아리에스가 이카르를 다독이는 사이 황제가 생쥐를 품에 안아

들며 말했다.

"돌아가자."

울적하게 고민에 빠져 있다고 해서 해결될 일은 하나 없다.

머잖아 뿔뿔이 흩어지게 되겠지만 지금은 모두 함께 돌아가는 것이다.

"화, 황태후마마. 이제는 어찌해야 좋을까요."

자신의 궁으로 돌아 온 황태후에게 뒤따라 온 비고레 대백작이 당혹감을 감추지 못한 채 여쭈었다. 소식을 듣고 곧장 달려온 샤르주 백작 부인 또한 근심 짙은 얼굴로 입을 열었다.

"일단 시간은 벌었으나…… 카얄룬 공작이 황제 폐하께 가세한 이상 여론을 뒤집기는 힘들 것이옵니다. 설사 황자가 가짜라 하더라도 두 세력의 힘이면 쉬이 진짜로 만들어버릴 수 있겠지요."

난데없이 나타난 황자의 진위는 사실 별로 중요하지 않았다. 중요한 것은 그의 신분을 증명하고 받쳐주는 배경의 힘이었다. 쉬이 다룰 수 없는 철벽같은 황제가 버거운 적수인 카얄룬 공작과 손을 잡았으니 대체 어떻게 이겨낼 수 있을까.

부딪쳐보기에는 막막한 현실에 대백작과 백작 부인은 자신들의 패배를 예감하고 있었다. 황태후는 시작도 전에 기세가 꺾여버린 두 사람을 차가운 눈초리로 바라보았다.

"상황이 극히 불리해졌다는 것은 잘 알고 있습니다. 그렇다고 하여 여기서 손을 놓을 수는 없는 일이 아닙니까. 지금 힘없이 꺾여버린다면 대세의 흐름은 결코 다시 돌아오지 않을 것이에요. 지금 와서 황자가 살아 있었다 인정받게 된다면 우리가 발을 들일 틈이 완전히 사라지고 맙니다."

황태후 소생의 황족은 황녀 한 명뿐이다. 지금까지는 직계 황족이 황녀 외엔 없었기에 황태후가 아무 문제없이 황실의 웃어른 노릇을 할 수 있었지만, 황자가 불쑥 나타난다면 이야기가 달라진다. 황자의 존재가 인정받게 되는 순간 황녀의 가치는 이전에 비할 바 없이 떨어지고 말기 때문이었다. 그뿐만 아니라 황자의 후견인인 황제와 그와 손을 잡은 카얄룬 공작이 황실에서의 황태후의 권한을 넘보게 될 것이었다.

"그러니 남은 시간 동안 어떻게든 대책을 강구해야만 합니다. 이대로 목이 잘려 나가길 손 놓고 기다릴 수만은 없는 노릇이 아닙니까."

강한 어조의 말에 비고레 대백작과 샤르주 백작 부인이 머리를 조아리며 긍정했다.

"예, 황태후마마. 최대한 반대파들을 끌어모으도록 하겠습니다."

"저도 황자의 출신이 거짓되었다는 증거를 최대한 찾아보도록 하겠습니다."

"두 분 모두 잘 부탁드리겠습니다."

두 사람이 자리를 떠나가고 실내에 무거운 침묵이 내려앉았다. 시중인들을 들이지도 않은 채 홀로 우두커니 서 있던 황태후의 두 눈이 일순 크게 일그러졌다. 속에 품고 있던 온갖 감정들이 폭발적으로 터져 나와 표정 없이 창백하던 얼굴을 진득하게 물들인다. 이어 날카로운 외침이 터져 나왔다.

"선황제의, 그 남자의 아들이라고? 어째서!"

황태후는 신경질적으로 자신의 납작한 아랫배를 끌어안았다. 하얀 이가 새빨간 입술을 까득까득 짓씹는다.

"용납 못 해. 절대로 용납 못 해. 그 남자의 핏줄이 황위를 차지하는 건 절대로, 무슨 일이 있어도 받아들일 수 없어."

그 자리는 내 아이의 것이다. 내 아이가 가졌어야 할 것을, 절대로 그 남자의 혈육에게 내줄 수 없다. 다른 누구라도 상관없다. 뒷골목 비렁뱅이가 가장 고귀한 자리에 오른다 해도 괜찮다. 그러나 그 남자의 핏줄에게만큼은 절대로, 절대로 황위를 빼앗길 수 없다.

황태후는 피를 토하는 심정으로 연신 중얼거렸다. 내 아이, 내 가여운 아이. 잔뜩 비틀려 얼룩졌던 그녀의 표정이 일순 더없이 부드럽게 녹아내린다.

"걱정 말렴. 이 어미가 반드시 네 자리를 지켜줄 터이니."

두 번 다시는 빼앗기지 않을 것이다. 무슨 짓을 해서라도. 황태후는 상처 입은 새끼를 품은 맹수의 얼굴로 사납게 미소 지었다.

어릴 적 사망했다 알려졌던 황자가 살아 있었다는 놀라운 소식은 궁정과 수도 전역으로 빠르게 퍼져 나갔다. 그 소식을 듣기가 무섭게 다수의 귀족들이, 특히 황태후과 귀족들이 들불처럼 들고 일어나 의심을 표했으나 곧 청문회가 열린다는 말에 이내 수그러들었다. 그렇다고 하여 완전히 잠잠해진 것은 아니었다. 황자를 두고서 온갖 억측과 헛소문들이 궁정을 조용히 떠돌아다니기 시작했다.

"세상에나, 폐하의 조카라는 사실이 밝혀졌는데도 이상한 소문이 오히려 더 기승을 부린다네요."

황후 후보였던 귀족 영애들 중 몇과 담소를 나누고 온 아리에스가 호들갑스럽게 말했다. 온갖 억설의 폭풍우에 휩싸인 이카르와 달리 그녀에 대한 여론은 대체로 호의적이었다. 평민 출신의 호위 기사와 사랑에 빠졌더니 사실은 황자였다, 라는 꿈같은 로맨스의 주인공으로 알려진 덕분이었다.

특히 젊은 아가씨들의 관심이 불같아 하루에도 수십 통씩 다과의 초대장이 날아들곤 했다. 아리에스는 그중에서 자신에게 도움이 될 만한 세력의 초대를 골라 드나들며 미래를 대비한 친분 쌓기에 열심이었다.

"소문이요?"

소파에 앉아 있던 이카르가 피곤한 기색이 역력한 얼굴로 그녀를 올려다보았다.

"네에, 있잖아요. 예전부터 떠돌던 폐하와 이카 사이를 억측한 소문 말이에요."

"제가 폐하의 숨겨진 아들이라는……."

"아뇨, 그거 말고요. 애인이라는 거요."

"아……."

이카르는 긴 한숨을 내뱉으며 손바닥으로 자신의 얼굴을 내리덮었다. 예전에는 무시하고 한쪽 귀로 흘려보내던 소문이지만 연인의 입에서 나오는 것을 들으니 새삼 뺨이 다 화끈해졌다.

"……아니 왜 이제 와서 또 그런 소문이 도는 거랍니까?"

"왜긴 왜겠어요? 전하의 평판을 조금이라도 깎아놓기 위한 황태후의 발버둥이죠."

아리에스가 빈정거리는 투로 말했다.

"아무리 권력이 탐이 난다지만 사람이 양심이 없다니까요. 어린 황자 전하를 해치려 한 것은 물론이고, 따지고 보면 전하의 모친께서 희생을 자처하신 것도 선황제 폐하께서 비교적 젊은 보령에 병사하신 것도 전부 황태후 탓이 아니던가요."

"그렇긴 하지만요."

이카르는 조금 난감한 표정을 지으며 분개하는 아리에스를 바라보았다. 사실 그는 황태후에게 별다른 악감정을 느끼지 않았다. 아리에스의 말대로 황태후가 아니었더라면 부모의 곁을 떠나 자신의 출신을 까맣게 모른 채 살아갈 일은 없었을 터였다. 그렇게 줄곧 황궁에서 자라난 자신은, 솔직히 상상조차 잘 가질 않았다. 아마도 지금의 자신과는 많이 다를 그 황자가…… 마치 얼굴도 이름도 모르는 타인으로 느껴지는 것이었다. 그뿐만 아니라 친부모에 대한 감정도 옅기만 했다. 얼굴도 기억나지 않는 모친은 그저 조금 아련하게만 생각되었고, 부친인 선황제는 몇 번 마주쳤음에도 오히려 더 서먹하게 다가왔다. 제대로 대화를 나눈 적도 없이 스쳐 지나간 게 전부라 무언가 감정이 쌓일 일도 없었거니와 솔레다토르가 아버지이길 원하는 그의 입장에서는 불필요한 장애물로까지 느껴지는 것이었다.

그렇기에 이카르로서는 황태후가 자신의 어린 시절과 부모를 앗아간 원수라는 실감이 들지 않았다. 아리에스에게 위협을 가하고 황제에게 귀찮게 구는 여자, 그냥 그 정도일 뿐이었다. 지금의 자신에게 아직 심각한 피해까지는 주지 않은 그녀였기에 호감은 물론 없지만 이를 갈 정도로 미운 감정 또한 들지 않았다.

'……폐하께서도 황태후가 멀쩡한 편이 낫다고 하셨고.'

황태후가 비록 정적이기는 하나 그렇다고 아예 꺾어버린다면 카얄룬 공작을 견제할 만한 세력이 없어지는 것이다. 공작이 언제까지 협조적으로 나올지 알 수 없는 일이니 만일을 대비해서라도 황태후의 세력을 어느 정도 남겨두는 편이 안정적이었다.

"무슨 생각을 그렇게 하세요, 전하?"

아리에스가 이카르의 옆에 바짝 붙어 앉으며 조금 전과는 완전히 다른, 나긋나긋한 목소리로 말했다. 그녀의 손끝이 이카르의 뺨을 살짝 매만진다. 이카르는 간질간질한 감촉에 반사적으로 어깨를 움찔하며 그녀를 돌아보았다. 시원하게 푸르른 눈동자가 바로 코앞에서 깜박거린다.

"무슨 생각을 하고 있었는지, 잊어버렸습니다."

"그 사이에요?"

"당신이 이렇게 가까이서…… 바라봐 오니까요."

아리에스는 눈을 살짝 크게 떴다가 이카르의 뺨에 입을 맞추었다.

"이제는 달콤한 거짓말도 하실 줄 아시네요."

"아뇨, 사실입니다만."

"믿어드릴게요."

이번에는 입술과 입술이 서로 맞닿았다. 짧은 키스 후 아리에스가 흘러내린 머리카락을 어깨 너머로 젖히며 말했다.

"카얄룬 공작이 무언가 언질을 해온 것이 있나요?"

그녀의 물음에 이카르가 무겁게 고개를 저었다.

"처음부터 그랬긴 하지만 공작은 여전히 폐하만을 상대하려고 하더군요. 저는 안중에도 없는 눈치입니다."

"어째서일까요."

아리에스가 목을 비스듬히 기울이며 말을 이었다.

"양위까지 서둘러 진행하기로 결정하였는데 전하를 신경 쓰지 않는다는 게 이상해요. 제가 카얄룬 공작이었다면 아직 젊고 미숙한 전하를 잘 꼬드겨 손안에 넣었을 텐데 말이죠."

"……그러게나 말입니다."

이카르는 약간 쓰게 미소 지으며 아리에스를 바라보았다. 속사정을 알게 된다면 그녀도 카얄룬 공작의 태도를 충분히 이해할 수 있을 터였다. 제국의 근원이라 할 수 있는 수호룡이 버티고 서 있거늘 고작 옅어질 대로 옅어진 혈통에 매달린 인간 황족이 눈에 찰 리가 없지 않은가. 심지어 카얄룬 공작은 황제를 갈아치울 수도 있을 정도의 권세를 지닌 남자다. 그런 공작의 눈에 자신은 수호룡에 딸려온 덤 같은 것일 터였다.

"그냥 얌전히 시키는 대로 따라만 오면 황태자로 인정도 받을 것이고 황위 양위도 받을 수 있을 것이고, 뭐 그런 거죠."

"……정말 마음에 안 드는 위치네요. 황권이 약화된 게 하루 이틀 일은 아니라지만 그래도 마음에 들지 않아요. 이래서야 전하께서 황위에 오르신다 하더라도 그놈의 공작이 제대로 된 황제 대우나

해줄지 모르겠어요."

"노력해야지요. 제가 많이 부족하다는 건 사실이니까요."

"……이카."

늘씬한 두 팔이 뻗어져 이카르의 머리를 가볍게 감싸 안았다. 아리에스는 결 고운 금발을 쓰다듬으며 나직하게 속삭였다.

"다 잘될 거라고 말할 수는 없지만, 괜찮을 거예요. 지금까지도 그렇게 나쁘진 않았잖아요? 카얄룬 공작의 행태가 얄밉긴 해도 일단은 강력한 아군이고, 황제 폐하께서도 계시고요. 선황제로 물러나신다 하더라도 든든할 거예요."

"……예."

이카르는 따스한 손길 아래서 짧은 한숨을 들이켰다. 솔레다토르가 곁에 머물러주는 한은 분명 괜찮을 터였다. 그러나 언젠가는 홀로 서야만 한다. 둥지를 벗어나는 것에서 이어 보호자 역시 떠나보내야만 하는 것이다.

"분명 괜찮을 겁니다."

솔레다토르가 떠나간 뒤에도 버텨낼 수 있을 것이라고, 이카르는 스스로에게 다짐하듯 힘을 주어 말했다.

갑자기 나타난 황자의 진위를 가리기 위한 청문회는 황후 간택일로부터 열흘 뒤에 여는 것으로 결정되었다. 그 짧은 시간 동안 황태후 측은 물론 카얄룬 공작 측 역시 자신의 주장을 뒷받침해줄 증거를 열심히 끌어모으고, 또 조작하여 만들어냈다.

"일데르 마마의 유모인 소트렐 부인입니다."

카얄룬 공작의 측근이자 이카르의 임시 교사인 페무르 후작이 나이 지긋한 노부인을 이카르에게 소개해주었다. 소트렐 부인이 이카르를 향해 머리 숙여 인사 올렸다.

"테네르 황자 전하를 뵈옵니다."

"고개를 드시오."

이카르는 교육받은 대로 인사를 받아주며 자신의 선생을 바라보았다.

"방금 내 어머니의 유모라 하였는가."

"예, 전하. 소트렐 부인은 이번 청문회의 증인으로 나설 예정입니다."

페무르 후작의 말에 노부인이 고개를 끄덕끄덕하며 입을 열었다.

"오래전 전하께서 어리실 적에 잠시 돌봐드린 적이 있습니다."

이카르의 모친인 일데르 후궁의 외가는 파스세르 백작가였다. 전 백작 부부는 노환으로 세상을 뜨고 그 아들이 가문을 물려받았으나 일데르 후궁의 동생인 현 백작은 이카르를 직접 만난 적이 한 번도 없었다.

어린 황자의 목숨이 위태로운 살벌한 공기 속에서는 가족이라 할지라도 후궁전을 드나들기 힘들었기 때문이다. 그러나 소트렐 부인은 일데르 후궁의 유모로서 출산한 그녀를 보살피기 위해 잠시간 후궁전에 머물러 있었다.

다른 후궁전의 궁인들은 화재로 변을 당했기에 그녀는 어린 테네르 황자를 보살핀 유일한 생존자였다.

"비록 시간은 많이 흘러 지나갔으나 전하의 외양은 물론이고 어디에 어떤 모양의 점이 있는지도 모두 똑똑히 기억하고 있답니다."

"그, 그런가."

점이라는 말에 이카르가 조금 당황하며 그녀를 바라보았다. 어릴 적의 자신을 알고 있는 궁정인과 마주치는 것은 이번이 처음이다. 선황제도 있긴 하지만, 그때는 자신이 황자라는 사실을 까맣게 모르는 채였으니까. 그는 쑥스러움을 느끼며 작게 헛기침했다.

"그럼…… 신체의 특징을 확인하여 증거로 내세우겠다는 것이겠군."

"예, 전하. 만약을 대비해 입을 맞추어놓기 위해 소트렐 부인을 미리 불러들인 것입니다. 그녀가 이곳을 방문하였다는 사실은 비밀리에 두셔야 합니다."

페무르 후작이 말했다. 설사 이카르가 테네르 황자의 신체 특징과 맞지 않는다 하여도 거짓 증언을 내세우겠다는 뜻이었다. 이카르의 눈가가 살짝 찌푸려지자 후작이 말을 덧붙였다.

"점 같은 것이야 성장하면서 위치가 바뀌거나 사라질 수도 있으니까요."

"……그렇긴 하지만."

"하오면 들어가시지요."

후작이 한 발 물러서며 침실 쪽을 힐끗 쳐다보았다.

"들어가라면……."

"이쪽으로 오십시오."

소트렐 부인이 침실로 걸음을 옮겨가며 말했다. 이카르는 난감해하며 두 사람을 번갈아 바라보았다. 그러니까, 지금 옷 벗기고 확인을 하겠다는 뜻인 것일까.

"……부인이 직접?"

"물론입니다."

직접 확인하는 게 가장 정확하니 당연한 소리였다. 두 사람의 아무렇지도 않은 태도에 이카르는 쭈뼛거리며 침실로 들어섰다. 궁에서 평범하게 자라난 황족, 특히 남자 황족은 타인 앞에서 나체를 드러내는 일에 별다른 거부감이 없다. 옷시중은 물론이요 목욕시중까지도 일상적으로 받기 때문이었다. 그러나 아직 그런 경험이 적은 이카르로서는 노부인 앞이라 해도 옷을 벗기가 민망스럽고 창피했다.

"전하, 탈의를 도와드리겠습니다."

소트렐 부인이 침실 문을 닫은 뒤 이카르에게 다가왔다.

그녀의 손이 뻗어오는 것에 이카르가 흠칫 놀라며 뒷걸음질 쳤다.

"저기, 부인. 나는 아직 이런 것에 익숙지가 않아서……."

"이제는 익숙해지셔야지요. 일개 호위기사가 아니시지 않습니까."

"하지만, 하루아침에 되는 일이 아니지 않나……."

"전하께서는 그저 가만히 서 계시기만 하면 되옵니다."

노부인의 목소리는 상냥했지만 그 표정과 태도는 단호하게 굳어 있었다. 이카르는 여전히 불안해하면서도 도망치는 것을 포기하고 두 어깨를 늘어뜨렸다.

"……어느 부분을 확인해야 하는 건가."

"우선은 날개뼈 부근의 점을 확인해보겠습니다."

날개뼈라면 등이다. 이카르는 벗어야 하는 부위가 상체라는 사실에 크게 안도했다. 웃옷이야 죄 벗어버린다 해도 부끄러울 것 하나 없기 때문이었다. 안심하는 그에게로 노부인의 손이 뻗어왔다. 일선에서 은퇴한 지 오래 되었음에도 소트렐 부인은 능숙하게 목깃의 잠금을 풀고 겉옷을 벗겨 나갔다. 몸에 걸친 옷을 벗기는 것인데도 상대의 피부에는 일절 손이 닿질 않는다. 그렇게 빠르게 이카르의 상의가 제 주인의 몸을 떠나갔다.

"하오면 잠시 실례하겠습니다, 전하."

소트렐 부인은 벗긴 옷을 침대 위에 가지런히 개어 놓은 뒤 이카르의 등 뒤쪽으로 돌아갔다. 이카르는 약간 두근거리는 심정으로 확인 결과를 기다렸다.

거울을 대고도 이리저리 돌려 확인해보아야 하는 부위이기에 점의 존재 유무는 그로서도 까맣게 모르고 있었기 때문이었다.

잠시 뒤, 소트렐 부인이 나직하게 입을 열었다.

"확인하였습니다, 전하. 기억 그대로의 자리에 틀림없이 자리 잡고 있으십니다."

"아, 그런가?"

"예."

노부인은 다시 앞쪽으로 돌아와 공손히 고개를 숙였다.

"설사 점을 찾지 못하였다 하더라도 의심의 여지는 없었을 것입니다. 전하께오선 어머님을 무척이나 많이 닮으셨어요."

"……그래?"

"예. 머리색과 눈은 선황제 폐하의 것이지만 외양은 일데르 후궁마마를 쏙 빼닮으셨습니다."

그녀의 말에 이카르는 무심코 손을 올려 자신의 뺨을 매만졌다. 막연하게만 생각했던 모친이었는데 닮았다는 소릴 들으니 조금 싱숭생숭해진다.

"음…… 어머니께서는 어떤 분이셨지?"

"상냥하고 아름다운 귀부인이셨습니다. 사교계 데뷔 때 선황제 폐하께서 첫눈에 반하실 정도로요."

"첫눈에?"

"예. 당시 외적에 시달리셨던 선황제 폐하께 많은 위로가 되어드렸지요. 덕분에 식도 빠르게 올리셨답니다."

"……그럼 두 분께서는 사이가 좋으셨겠군."

"물론이고말고요. 정략결혼이었던 황후와는 정반대였지요."

"황후와 선황제 폐하께서는 사이가 나빴던 건가? 그러니까, 정치적인 문제 외에도?"

"사실 황후는 약화된 황권을 보충하기 위해 집안만 보고 들이는 것이니까요. 시작부터 이런저런 간섭과 조건이 수없이 따라붙는 결혼이니만큼 순수한 호의로 서로를 대하는 것은 힘이 든다고 보아야 하겠지요. 반면에 전하께오선 황제 폐하와 카얄룬 공작의 뒷받침이 있을 것이니 그리 얽매이실 필요는 없으실 것입니다. 잘된 일이지요."

정략결혼. 이카르는 아리에스가 했던 말을 떠올렸다. 유력한 가문의 여식을 후궁으로 들일 것을 권유하던 목소리를.

'……역시 후궁은, 정략결혼은 싫어.'

그렇잖아도 내키지 않았던 일이 황태후의 이야기를 듣자 더더욱 꺼려졌다.

그냥 아리에스 그녀 한 명만이 곁에 있어주길 바랐다.

"그럼 이번에는 둔부를 확인해보겠습니다."

"……예?!"

무심코 습관적인 존댓말이 튀어나왔다. 이카르는 뛸 듯이 놀라며 소트렐 부인을 바라보았다.

"두, 둔부라니, 거기까진 좀……."

"반점이 있으셨으니 확인을 해보아야 합니다."

"반점 같은 건 없어요! 아니, 없다. 확실하게 없어!"

"직접 살펴보시기는 힘드셨을 텐데요."

"다른 사람이…… 봤다."

대답하는 이카르의 뺨이 조금 붉었다. 다른 사람이라는 건 물론 아리에스였다. 그녀가 점 하나 없는 새하얀 엉덩이……라고 말했으니 틀림없을 것이었다.

"그렇다면 성장하시면서 사라진 모양이로군요."

"……아마도."

"알겠습니다, 전하."

노부인이 부드러운 미소를 머금으며 말을 이었다.

"혹시 더 궁금한 것이 있으신지요."

"궁금한 것?"

"예. 이 늙은이가 드릴 수 있는 것이라고는 옛이야기밖에 없사오니 무엇이든 하문하여주십시오."

"나는 그다지……."

듣는다고 해도 어차피 기억은 조금도 나지 않는 남 일 같은 이야기일 뿐일 텐데. 그리 생각하면서도 무심코 입술이 달싹거렸다.

"……어머니께서 내가 태어난 것을, 싫어하시진 않으셨을까? 그러니까 내가 없었으면 황태후, 황후와 척지지도 않았을 거고……"

목숨을 잃을 일도 없었을 터였다. 이카르의 물음에 소트렐 부인이 말도 안 된다는 표정을 지었다.

"일데르 후궁마마께오선 황태후가 아닌 세상 전부를 적으로 돌리게 된다 하여도 전하를 선택하셨을 것입니다. 싫어하셨을 리가 없지요."

"……그럴까."

이카르는 작게 중얼거렸다. 모친은 자신과 비슷한 나이에 사망했다고 들었다.

어린 아들의 안위를 위해 화마를 피하지 않고 젊은 목숨을 바쳤다. 하지만 그런 이야기를 들어도 여전히 모친의 존재는 흐릿하게만 느껴졌다.

"……나는 별로 좋은 아들은 못 되는 거 같아."

"결코 아니에요. 전하, 전하께오서 이렇게 무사히 장성하신 것이야말로 후궁마마께는 가장 큰 기쁨이자 보답이랍니다."

그 말에 목 안쪽이 따끔 아파져 이카르는 대답 대신 느릿하게 고개를 끄덕였다.

아리에스가 머무는 나비궁의 별채 앞에 선 살타토르 백작의 눈가에는 거뭇게 그림자가 드리워져 있었다. 딸아이의 가출이 이렇게 큰 사건으로 돌아올 줄은 꿈에도 몰랐던 그였다. 아니, 시작은 뒷골목 소녀가 자신의 집으로 찾아왔을 때부터일까. 아리에스 대신 궁정으로 보낸 소녀가 이내 살해당하고 그것으로 끝날 것이라고 생각했건만, 마치 비탈을 구르는 눈덩이처럼 일은 한없이 커지고 커져 여기까지 다다르고야 말았다.

'……황자비라니.'

여기까지 와서도 여전히 실감이 나질 않았다. 살타토르 백작은 망연한 표정으로 별채를 올려다보았다. 심지어 며칠 후 청문회가 무사히 끝나게 되면 황태자비로 올라간다. 말하자면 예비 황후인 것이다. 아직 식은 올리지 않았으니 예비 황태자비요, 예비 황후라 할 수 있었지만 현 황제와 카얄룬 공작이 인정한 이상 취소될 일은 없는 것이다.

"이만 들어가시지요. 예비 황자비마마께서 기다리고 계십니다."

살타토르 백작이 꼼짝 않고 서 있자 그를 마중 나온 시녀가 나직이 재촉했다. 살타토르 백작은 길게 한숨을 내쉬면서 발걸음을 옮겼다.

'이게 무슨 날벼락인지…….'

괜찮은 데릴사위 들여서 딸아이에게 가문을 물려준 뒤 유유자적한 은퇴생활을 즐기려던 계획이 뿌리째 뽑혀버리고 말았다.

계획만 어긋난 것이 아니라 졸지에 가문의 후계자가 사라져버리게 된 것이다. 결국 방계 쪽에서 양자라도 들여야 하는 것일까. 내키지 않는 일이었지만 지금으로서는 어쩔 도리가 없었다.

'그보다 지참금 걱정부터 해야 하나…….'

부름을 받은 후궁의 경우엔 도리어 사례금품을 하사받기도 했지만 정비는 다르다.

격에 맞는 혼수를 준비해야만 하는 것이었다.

살타토르 백작가가 명문이기는 했지만 재력의 수준은 보편적인 수도 귀족에 지나지 않았다. 때문에 자칫하다가는 기둥뿌리 뽑을 판이었다.

그리 여러 가지로 고민하는 사이 앞서가던 시녀가 걸음을 멈추었다. 문 앞에 선 그녀가 살타토르 백작의 방문을 목소리 높여 알린 뒤 문을 열었다. 화사하게 꾸며진 너른 응접실의 소파에 앉아 있던 아리에스가 자신의 부친을 보곤 만면에 미소를 띠며 몸을 일으켰다.

"어서 오세요, 아버지. 먼 길 오시느라 수고가 많으셨습니다."

"……아닙니다, 마마."

살타토르 백작은 어색해하며 머리를 조아렸다. 눈앞에 보이는 소녀는 여전히 자신의 어린 딸이건만 전과 같이 대할 수 없게 된 현실이 너무나도 낯설게 느껴졌다. 아리에스는 시녀에게 다과를 내오라 명한 뒤 부친에게 자리를 권했다.

"그렇게 불리기에는 결혼도 아직이고 청문회도 끝나지 않았는 걸요. 소식을 듣고 많이 놀라셨지요?"

"그야…… 그러하였지요."

어지간한 강심장이라 해도 당황할 만한 소식이었다. 살타토르 백작은 맞은편 소파에 다소곳이 앉아 있는 외동딸을 자세히 살펴보았다.

못 본 사이 좀 더 어른스러워진 것도 같았다. 가출하기 전만 하더라도 떼를 쓰며 울던 어린아이였는데 이제는 그런 모습일랑 씻은 듯이 찾아볼 수가 없었다.

"저도 참으로 예상치 못한 일이었답니다."

아리에스가 약간 수줍게 미소 지었다. 호감을 가지고 접근했던 평민 출신 호위기사가 사실은 죽은 줄 알았던 선황제의 아들이었다니, 대체 그 누가 예상할 수 있었을까. 현실이 아닌 연애소설에서나 나올 법한 이야기였다.

그사이 시녀가 다과를 내왔다. 아리에스는 손짓해 그녀를 물린 뒤 다시 입을 열었다.

"처음에는 그냥, 괜찮은 데릴사윗감을 찾았구나 싶었거든요."

"……황자 전하 말입니까."

"네에. 평민 출신이라고 철석같이 믿고 있었으니까요."

아리에스가 먼저 차를 한 모금 마시고 이어 살타토르 백작도 찻잔을 손에 들었다. 짧은 침묵 사이로 은은한 차향이 스며든다.

"그런데 어머나 세상에, 실은 어릴 적 불상사를 당한 것으로 알려졌던 황자 전하시라네요? 그 사실을 알게 되었을 때는 이미 몸을 빼낼 수 없게 되었답니다."

물론 미리 알았다 해도 이카르를 포기할 생각은 없었지만, 아리에스는 자세한 속마음까지는 부친을 상대로도 내보이지 않았다.

아리에스의 말에 자신이, 살타토르 백작가가 처한 상황이 확실하게 실감이 난 백작이 무거운 한숨을 흘려냈다.

"그러면 일단…… 혼수 문제를 생각해봐야겠군요."

"그건 걱정 마세요. 폐하께서 준비해주시기로 하셨답니다."

"……황제 폐하께서요?"

"예. 사실 저는 일종의 피해자이니까요. 그 정도 일은 해주셔야지요."

살타토르 백작은 황제를 언급하며 자신 만만한 태도를 보이는 딸의 모습을 복잡한 심경으로 바라보았다. 대체 황궁에 머무르는 동안 어떠한 일들이 있었던 것인지 상상조차 되지 않았다.

"그럼…… 혼수에 관해서는 맡겨두겠습니다."

"네에."

"그리고 살타토르 백작가의 후계 문제 말입니다만……."

"양자를 들이실 필요는 없습니다. 제 딸을 보내드릴 테니까요."

"……예?"

백작의 눈이 흠칫 커졌다.

아리에스는 가볍게 말하고 있었지만 그 내용은 절대 그냥 넘길 만한 것이 아니었다. 아리에스의 딸이라면 다름 아닌 황녀이다. 황녀를 일개 백작가로 보내어 가문을 잇게 만들겠다는 뜻이 아닌가.

"그건 좀, 아니 많이 곤란한 일이 아닙니까."

"물론 쉽지는 않겠지만 이것 또한 폐하께 협조받기로 하였답니다. 혼수와 마찬가지로 대가라는 것이지요."

"그렇다고 해도 반대가 심할 터인데요. 게다가 황녀가 탄생할지 어떨지 아직 알 수 없는 일이 아닙니까."

태어날 아이의 성별을 마음대로 정하는 건 불가능한 일이니 어쩌면 줄줄이 아들만 낳게 될 수도 있다.

"그때엔 제 동생의 아이를 보낼 생각이랍니다."

"동생이요? 무슨……."

외동딸인 아리에스에게 갑자기 무슨 동생이란 말인가. 의아해하던 살타토르 백작의 머릿속에 비썩 마른 소녀의 모습이 퍼뜩 떠올랐다. 동시에 그 소녀를 자기 여동생이라 우기던 아리에스의 모습도.

"……설마 나비 후궁마마 말씀이십니까?"

"네. 저희 둘의 아이 중 한 명 정도는 여자아이가 태어나겠지요. 공식적인 제 여동생이니 가문을 계승하는 데 있어 문제 되는 점은 없다고 생각합니다."

현 후궁의 아이라 함은 결국 황제, 머잖아 선황제의 핏줄이라는 뜻이다. 결국 황실의 혈통이 살타토르 백작가에 밀어 넣어진다는 사실만큼은 변함이 없었다. 황녀가 바깥으로 시집가는 일이야 흔했지만 그 상대가 일개 백작가인 경우는 유례가 없었다. 심지어 단순 결혼이 아닌 황녀를 백작가의 양녀로 들여 가문을 잇게 만들겠다는 것이 아니던가. 살타토르 백작은 무심코 고개를 절레절레 내저었다.

"솔직히 말씀드려 말리고 싶습니다만…… 듣지 않으시겠지요."

"그야 물론이죠. 비록 가문을 떠나게 되었지만 살타토르 백작가를 손에서 놓을 생각은 조금도 없답니다."

아리에스에게 있어서 황후 위조차 대신할 수 없는 소중한 것이다. 만약 이카르에 대한 애정이 없었더라면 황후 자리 따위 미련도 없이 단번에 거절했을 터였다.

"그러니 다른 걱정은 하지 마시고 가문을 잘 보전해주세요. 아직 은퇴하시기에는 많이 이르지 않습니까."

"그건 그렇습니다만……."

"그리고, 아직은 수도로 돌아오지 않으시는 편이 좋을 듯합니다."

아리에스가 옅은 한숨을 내쉬며 말했다.

"황제 폐하와 카얄룬 공작이 손잡은 이상 청문회는 십중팔구 이쪽의 승리로 끝날 터인데, 황태후가 이대로 얌전히 물러날 것 같지는 않거든요. 그러니 만약을 대비해 어디 잠시 여행이라도 다녀오세요. 어차피 제 결혼식은 황위 양위 후에나 치러질 테니까요.

큰 행사를 연이어 치르기도 힘드니, 일러야 내년 봄쯤에나 식을 올릴 듯싶습니다."

"내년 봄입니까."

"봄의 신부라는 거죠."

차디찬 겨울보다는 봄이 좋다. 순조롭게 일이 진행된다면 그때쯤 이카르의 위치도 어느 정도 안정을 찾을 것이고 황태후와도 그럭저럭 결판을 지은 후일 터였다. 순수하게 결혼식에만 신경 쓸 수 있게 되는 것이다.

"하오면…… 마마의 안위는 보장받을 수 있는 것입니까?"

살타토르 백작이 걱정스럽게 물었다. 자신은 수도를 벗어나 피해 있으면 된다지만 아리에스는 어떻게 되는 것인가.

딸을 걱정하는 부친의 말에 아리에스가 일부러 자신 있게 미소지어 보였다.

"걱정하실 것 하나 없으세요. 황제 폐하께서 지켜주기로 약조하셨답니다."

"폐하께서요?"

"예."

적어도 이카르가 황위에 오르기 전까지는, 정확하게는 나비궁에 머무르고 있는 한은 안전을 보장받을 수 있을 것이었다. 이곳에는 용혈 짙은 황제뿐만 아니라 드레이크인 케이어스 또한 버티고 있으니까.

"그리고 청문회 전까지는 괜히 저를 건드려 약점을 만들고 싶진 않을 테니까요. 예비 황자비가 변을 당하게 된다면 황자가 진짜이기 때문에 손을 쓴 것이라는 의혹을 사게 되겠지요."

그렇기에 지금은 안전에 크게 신경 쓰지 않고 밖으로 돌아다닐 수가 있었다.

"청문회가 무사히 끝난 후에는, 예비 황족으로서 마땅한 보호를 받게 될 것입니다. 그러니 안심하시고 때를 기다려주세요."

그녀의 말에 살타토르 백작이 길게 한숨을 흘렸다.

딸아이의 일을 가만히 지켜만 본다는 것이 당연히 마음에 들진 않았으나, 무언가 손쓸 방도도 능력도 가지질 못했으니 어쩔 수 없는 상황이었다.

"……충고에는 따르겠으나 부디 몸조심하십시오."

"좋은 소식을 전해드리도록 노력하겠습니다."

아리에스는 미소를 띠며 몸을 일으켰다.

"여기까지 오셨으니 사윗감을 한번 만나는 보셔야지요?"

"그러실 것까지는…… 손님을 맞이하기에는 껄끄러운 시기가 아닙니까."

"어머, 다른 사람도 아니고 장인어른인걸요. 아니면 혹 만나보고 싶지 않으신 것인가요?"

딸의 물음에 살타토르 백작은 순순히 고개를 끄덕였다.

"솔직히 말씀드려 아직 마음의 준비가 되질 않았습니다."

황자고 황태자고 간에 그의 입장에서는 품 안에서 고이 키워낸 외동딸을 훔쳐간 도둑놈일 뿐이다. 그것도 마른하늘에 날벼락처럼 갑작스럽게 혼약 소식부터 떡하니 날아오지 않았는가. 그러니 도무지 좋은 감정으로 대할 자신이 없었다. 마음 내키는 대로 하자면, 얼굴을 보자마자 주먹부터 날아갈 게 분명했다.

"좋은 분이세요, 황자 전하께서는."

"……좋은 분이셔야지요."

"정말로 만나 뵙지 않으실 건가요?"

"무례가 되지 않는다면 말입니다. 물론 마마께 피해가 가게 된다면……."

"그런 걱정은 하지 않으셔도 되어요. 전하께서는 제게 무척이나 친절하시거든요."

정확히는 약하다, 라고 하는 편이 맞겠지만 그런 속이야기까지는 꺼내 들지 않았다. 이카르의 약한 부분에 대해서라면 아는 사람이 적을수록 좋은 것이다. 설사 상대가 친부라 할지라도 혀끝은 항시 조심해두어야만 한다.

"그래도 식사 정도는 하고 가실 거지요? 오랜만이잖아요."

"예, 물론입니다."

백작은 자리에서 일어나 외동딸을 에스코트해 방을 나섰다.

"실종되었다고?!"

날카롭게 높아진 목소리가 고개 숙인 시녀장의 뺨을 때린다. 황태후는 그녀답지 않게 흥분을 감추지 못한 채 주먹을 꽉 틀어쥐었다. 곱게 다듬은 손톱이 손바닥을 찔러들었지만 그 아픔도 제대로 느끼지 못했다.

그보다는 눈앞에 당면한 문젯거리가 심장을 바싹 죄어오는 것이 더 고통스러웠기 때문이다.

"십중팔구 카얄룬 공작의 짓임이 분명합니다."

비고레 대백작은 샤르주 백작 부인이 보내온 소식을 전한 시녀장을 밖으로 내보낸 뒤 입을 열었다. 그의 말에 황태후가 더더욱 분개하며 아랫입술을 깨물었다.

"말하지 않아도 압니다. 그 늙은이밖에 더 있겠어요? 황제 상대라면 이리 고전할 일 따위 없었을 겁니다."

현 황제에게는 개인적으로 다룰 수 있는 세력이 없다. 그 혼자힘으론 손쓸 방법이 없기에 증거를 찾고 조작하여 만들어 내세우는 다툼이라면 승산은 분명 이쪽에 있었다.

어린 후궁 때야 가볍게 보고 예상치 못한 난입으로 패했지만, 이번에는 철저히 준비하려 했다. 그러나 지금의 상대는 그때와 달리 황제가 아닌 카얄룬 공작이었다.

"……일데르의 유모는 이미 공작의 손에 떨어졌다고 하였지요."

호흡을 가다듬어 마음을 진정시킨 황태후가 말했다. 대백작이 송구스러워하며 고개를 조아렸다.

"예, 마마. 그래서 대신하여 찾은 것이 테네르 황자의 유모의 여동생이었는데……."

샤르주 백작 부인이 데리러 간 그 여자가 실종되었다는 것이 방금 전해진 비보였다.

"카얄룬 공작을 상대로 완전히 조작된 증인을 내밀 수는 없습니다. 약간이나마 관련이 있어야 통할 것이건만, 벌써 몇 번째인가요!"

저쪽에 가장 유력한 증인으로 황제가 있다면 이쪽에는 황태후, 자신이 있다.

황가의 안주인으로서 후궁 소생의 황자를 몇 번 만나본 적이 있었으니 외양이 다르다 우기는 것이 가능했다. 이카르의 신체적 특징에 대해서는 이미 동료 기사들이나 시녀, 시종들을 통해 알아놓았다. 은밀한 부위까지야 확인할 수 없었지만 평소 감추고 있는 팔다리 정도만 되어도 충분하다. 그러니 황제는 자신이 막아서고, 그다음으로 나아갈 말이 필요했는데.

"……이대로라면 가망이 없어요, 가망이. 어려울 것이라 예상은 하였지만 이렇게까지 단단히 틀어막힐 줄이야……."

황태후의 입술 사이에서 긴 한숨이 새어 나왔다. 카얄룬 공작의 수완은 만만치가 않았다. 하기야 여태껏 앞에 나서지도 않은 채 뒤에서 벌인 수작만으로 황태후 측과의 세력다툼을 우세하게 이끌어온 그다. 그런 거물이 직접 움직이기 시작했으니 그 여파가 만만찮으리라는 것은 예상하고 있었다. 하지만 이렇게까지 밀리리라고는 미처 생각지 못했다.

"본디 지니고 있었던 것 외엔 손에 들어온 패가 하나도 없어요! 소문을 흘려 여론을 조작하지도 못하였고 증인이나 증거도 하나 새로이 얻질 못하였습니다."

이카르의 평판을 떨어뜨리기 위해 좋지 못한 소문을 퍼뜨려도 보았으나 입소문의 주요 전달지인 귀부인들의 살롱은 살타토르 백작 영애의 로맨스에 더 관심을 보였다. 심지어 당사자인 아리에스가 카얄룬 공작의 후원 아래 열심히 발품을 팔며 그럴듯한 이야기를 입담 좋게 풀어내니 황태후가 흘린 소문은 상대적으로 묻힐 수밖에 없었던 것이다.

"……고작 귀족 계집애 하나가 이렇게나 방해가 될 줄이야."

황태후는 아리에스를 떠올리며 언짢은 얼굴로 중얼거렸다. 이걸로 벌써 두 번째가 아니던가. 심지어 황후 후보로 이용해먹으려다가 되레 발목을 물리고 만 꼴이 된 것이다.

아리에스가 황후 후보로 선택되지 않았더라면 그렇게 갑작스럽고도 자연스럽게 죽은 황자에 대해 밝히기는 힘들었을 터이니.

"지금이라도 살타토르 영애를 조용히 처리할까요?"

"바보 같은 소리 하지 마세요! 이 시점에서 그녀가 잘못된다면 의심은 우리에게 돌아오게 됩니다. 게다가 현 궁정에서 황자의 진위 다음으로 화제가 되는 대상이 바로 살타토르 영애라고요. 붙잡아다 협박이라도 할 수 있다면 모를까, 그렇지 않고서는 독이 되는 일입니다."

아리에스의 신변을 가지고 위협하는 방법에 대해 생각해보지 않은 것은 아니다. 그러나 이카르라면 모를까 그 뒤에 버티고 있는 황제와 카얄룬 공작에게는 절대 통하지 않을 짓이었다. 도무지 빠져나갈 구멍이 없는 상황에 비고레 대백작이 기운 없는 목소리로 말했다.

"바로 내일이 청문회이지 않습니까. 이대로는……."

포기하고 패배를 인정하는 길밖에 없다. 대백작이 삼킨 뒷말을 황태후 또한 뼈저리게 느끼고 있었다. 졌다. 지금 이대로라면 기적이라도 일어나지 않고서는 뾰족한 방법이 없었다.

"……이만 물러가 보세요."

"황태후마마……."

"내일은 패한다 하여도 당장 고개를 숙여야 할 필요는 없습니다."

이카르가 테네르 황자로 인정받는다 하더라도 당장 황위에 오를 수 있다는 것은 아니다. 뒤늦게 진실이 밝혀질 수도 있는 일이고, 불운한 사고를 당하게 될 수도 있는 일 아니던가. 황태후는 치솟는 울분을 내리누르며 차분한 목소리로 재차 말했다.

"지금으로서는 더 이상 할 수 있는 일이 없습니다. 그러니 오늘은 물러가서 쉬도록 하세요. 샤르주 백작 부인에게도 입궁할 필요 없다 전하고요."

"⋯⋯예, 마마."

비고레 대백작은 침통한 표정으로 방을 나섰다. 문이 여닫히고 홀로 남은 황태후의 머릿속에서는 극단적인 생각들이 떠올랐다 사라지기를 반복했다. 인정받은 황자가 제아무리 철저한 보호를 받는다 하더라도 살해할 방법이 없는 것은 아니다. 자신이 직접 칼을 든다면 가능하다. 그 누구도 황태후가 직접 나서서 황자를 살해하리라곤 상상치 못할 터였으니.

'⋯⋯그 남자의 아들만큼은, 안 돼.'

무슨 일이 있더라도. 설사 자신의 목숨을 내놓게 된다 하더라도 막고 말 것이다. 황태후는 습관적으로 배를 눌러 잡으며 수없이 반복해온 각오를 되새겼다.

대다수의 궁정인들이 황제의 승리를 점치는 가운데 청문회의 날이 밝았다. 아리에스는 직접 이카르의 의복을 챙겨주며 뿌듯한 표정을 지어 보였다.

"이제 오늘 저녁부터는 황가의 문장을 사용하실 수 있겠네요."

황제와 카얄룬 공작의 영향 아래 있는 나비궁에서는 이미 황자 취급을 받고 있는 이카르였지만 대외적으로는 아직 아니다. 그래서 의복이나 장신구에 황가의 표식을 넣을 수 없었다. 그러나 오늘 청문회가 성공적으로 끝난다면 확고한 황자로서, 황태자로서 대접받을 수 있게 될 것이다. 아리에스의 말에 이카르가 부담 반 걱정 반인 얼굴로 짧게 한숨을 내쉬었다.

"아직 결정된 것은 아니지 않습니까."

"카얄룬 공작이 버티고 서 있는데 무슨 걱정이세요? 이카. 당신이 걱정해야 하는 건 오늘 청문회가 아니에요. 지금은 공작이 우리 편이지만 황위에 오르고 나면 달라질 거랍니다. 상황에 따라 얼마든지 적이 될 수 있는 상대니까요."

"그, 그건 꽤 무서운 소리네요……."

농담이 아닌 진심이었다. 풀이 죽은 이카르의 모습에 아리에스가 눈썹을 살짝 모으며 그의 목깃을 여며주었다.

"안 된다니까요, 이런 태도는. 속으로는 벌벌 떨어도 겉으로만이라도 당당해야지요."

"……사석에서는 좀 봐주세요."

"공석에서는 잘하실 수 있다는 건가요?"

"제가 많이 모자라기는 하지만 편하게만 살아온 건 아닙니다. 궁정에 들어오기 전에는 험한 일도 여러 번 겪었다고요."

"폐하의 비호 아래에서 말이지요."

"그야…… 그렇지만요……."

과하게 든든한 보호자 때문에 긴장감이 떨어졌었다는 건 사실이다. 그래도 단련이라는 이름 아래 위험한 상황에 밀어 넣어진 적이 종종 있었다. 보호자가 반드시 구해줄 것이라는 믿음이 버티고 있었지만, 경험이 아예 없는 것보다야 나을 것이다.

"공석에서는 가능한 한 감정 표현 없이 무표정하게, 말수도 최대한 적게 하라고 교육도 받았고요. 또 옆에서 쭉 지켜봐온 본받을 만한 상대도 있지 않습니까."

"폐하를 섣불리 따라 하려 했다간 역효과가 날지도 몰라요?"

"그냥 살짝 참고만 해야죠. 저도 따라 할 자신 없습니다."

황제와는 애초에 타고난 기운부터가 다르다. 눈짓 한 번으로 상대를 위압할 수 있는 비인간적인 존재를 어찌 발끝이나마 쫓아갈 수 있을까.

"당장의 목표는 버티는 겁니다. 제게 주어진 시간은 얼마 없으니 이 악물고 버텨내 봐야죠. 이리저리 치이다 보면 요령 같은 것도 생기지 않을까요."

무언가 일을 벌이고 수습할 능력은 아직 없다.

몸으로 직접 겪으면서 배우는 수밖에. 아리에스는 안타까움을 가득 담아 이카르의 뺨을 살짝 쓰다듬었다.

"물가에 어린애 내놓는 기분이네요."

"……그 정도입니까?"

"가능만 하다면 제가 대신해주고 싶을 정도예요. 어쩌면 좋을까요, 내 사랑."

가장 큰 위협은 카얄룬 공작이지만 그 뒤로는 황태후도 버티고 서 있다. 그뿐이랴, 젊고 경험 없는 황제에게 못된 속셈으로 접근해오는 귀족들이 부지기수일 터였다. 말 한마디, 몸짓 하나만 잘못하여도 큰 고초를 치를 수 있는 자리다. 현 황제처럼 모두를 무시하고 멀리할 수도 없는 처지이니 항시 긴장하고 신중을 기해 움직여야 할 것인데, 그 무게감을 과연 언제까지 감당해낼 수 있을까. 그리 오래지 않아 지쳐 무너져버리는 것은 아닐까. 아리에스로서는 걱정을 하지 않을 수가 없었다.

"저와 약속해주세요."

아리에스는 이카르의 오른손을 두 손으로 감싸 쥐며 말했다.

"저에게만큼은 반드시, 무엇이든지 말해주세요. 힘들다면 힘들다고, 지쳤다면 지쳤다고. 도망치고 싶다 해도 괜찮아요, 포기하고 싶다 해도 괜찮아요. 아무것도 감추지 말아주세요. 혼자서 끙끙 앓는 일은, 절대로 안 됩니다."

"……예."

"약속이에요."

"예, 약속하겠습니다."

"그럼, 가실까요. 전하."

아리에스는 붙잡은 손의 손등에 정중하게 입 맞추었다.

죽은 것으로 알려졌던 테네르 황자의 진위 여부를 가릴 청문회는 황실의 중앙 법정에서 열렸다. 청문회의 절차는 간단했다. 황자가 진짜라 주장하는 측과 가짜로 주장하는 측에서 각기 50명씩의 투표자를 미리 뽑은 뒤, 그 100명의 투표자가 참석한 청문회에서 증거와 증인을 내세워 시시비비를 따진다. 그리고 마지막에 모인 100명에 더해 대법관, 재상, 신녀대리, 중립을 표한 귀족 대표 다섯 명이 투표를 하여 그 결과에 따르는 식이었다.

황제 일행보다 앞서 법정에 도착한 황태후는 착잡한 심정으로 자리를 채우고 있는 귀족들을 바라보았다. 반으로 나누어진 좌석의 한쪽은 50명의 귀족들이 빠짐없이 들어 차 있었으나 다른 쪽은 그 절반도 못 될 정도로 듬성듬성했다. 황태후 측 귀족들 중 다수가 이미 대세가 기울었음을 짐작하고 갖은 핑계를 대며 불참한 것이었다. 진짜에 표를 던지기에는 황태후의 눈치가 보이고, 그렇다고 가짜라 표를 던지기에는 카얄룬 공작과 미래의 황제가 두렵다. 익명투표라 해도 찬반 비율로 인해 찍힐 낙인을 피하고들 싶었을 터였다.

"……박쥐 같은 놈들이 저리도 많을 줄은 몰랐습니다."

비고레 대백작이 노기를 애써 감추며 작게 중얼거렸다. 최소 50표라도 가지고 가야 약간이나마 승산이 있을 터인데 그 절반에도 못 미치니 패배는 이미 확정된 것이나 다름없었다. 황태후는 대꾸 없이 입술을 굳게 다문 채 자리에 앉았다. 그녀의 맞은편 자리, 황제를 위한 좌석은 아직 비어 있었으나 그 옆쪽으로 카얄룬 공작이 앉아 있는 것이 보였다. 은제 지팡이를 짚고 있는 노인이 황태후와 시선을 마주한다. 의무적으로 고개를 약간 숙여 보이기는 했으나 그 이상의 존중은 나타내질 않는다. 오만하기 그지없는 태도에 황태후의 입술 끝이 미미하게 비틀어졌다.

"……공작은 여전하군요."

은거하기 전에도 저렇게 황실조차 낮추어 보는 안하무인이었다. 그런 자가 어째서 이제 와 황제의 손을 들어준 것일까. 들리는 소문에 의하면 심지어 성심성의를 다해 황제의 수족이 되어주고 있다질 않는가. 황태후는 의구심 어린 눈길로 감당키 버거운 노귀족을 바라보았다.

"오늘은 우리가 질 것입니다만 이대로 물러설 생각은 없습니다."

황태후의 나직한 중얼거림이 끝남과 동시에 황제가 법정에 당도했다. 항상 끼고 다니던 어린 후궁이 오늘은 보이지 않았다. 살타토르 영애의 모습 또한 없이 그의 곁을 따르는 것은 이카르 한 명뿐이었다. 황제가 먼저 준비된 자리에 가 앉고 그 바로 옆자리에 이카르가 앉았다.

　"테네르 황자 전하의 청문회를 시작하겠습니다."

　아직 비어 있는 자리는 여럿이었지만 대법관이 청문회의 개최를 알리고 법정의 문이 굳게 닫혔다. 황자의 진위를 결정짓는 중요한 자리였지만 의외로 분위기는 가벼웠다. 투표 참가자 수의 차이로 인해 이미 결과가 나온 것이나 다름없기 때문이었다. 황제 측 투표자들은 곧 황자로 인정받게 될 이카르를 흥미롭게 살펴보았고, 황태후 측 투표자들은 약간 그늘이 진 채 자기들끼리 속삭이고 있었다.

　"청문회 시작 전에 잠시 발언하겠습니다."

　대법관이 양측 증인과 증거를 준비해달라고 말하기 직전, 황태후가 자리에서 몸을 일으켰다. 그녀의 시선이 황제와 그 옆의 이카르를 차례로 향했다. 겉으로 보기에는 차분하게 가라앉은 눈길이었다.

　"후궁의 소생이기는 하였으나, 과거 어린 테네르 황자를 몇 번 본 적이 있습니다. 그리고 그 외양은 분명 저곳에 앉아 있는 청년과 닮았었지요. 머리색과 눈 색 모두 똑똑히 기억하고 있답니다."

여태까지의 태도와 달리 황자가 진짜임을 주장하는 듯한 황태후의 말에 장내가 살짝 소란스러워졌다. 황태후는 그 소요가 가라앉기를 잠시 기다렸다가 말을 이었다.

"그러나 황족의 혈통을 증명하는 것은 단순히 외양만으로 판단하여서는 아니 되는 중요한 사안이기에 오늘의 청문회를 요청하였습니다. 그리고 청문회가 준비되는 사이 따로 조사해본 결과……."

뜸을 들이는 황태후의 아랫입술이 보일 듯 말 듯 희미하게 떨렸다. 그녀의 표정은 침착함을 가장했지만 그 아래로는 복잡한 감정이 소용돌이치고 있었다. 지금은 한 발 물러선다, 하지만…….

"산크투스 제국의 황태후로서 전 호위기사 이카르 경이 사망한 것으로 알려졌던 테네르 황자임을 인정합니다."

황태후가 먼저 무릎을 꿇고 말았다! 패배를 인정하는 그녀의 말에 조금 전보다 더욱더 큰 술렁임이 퍼져 나갔다. 그중에는 단순하게 경악하는 자들도 보였지만 승패가 결정된 이상 빠르게 발 빼는 편이 현명한 처사라며 고개를 끄덕이는 이들 또한 있었다.

"하오면 황태후마마."

대법관이 조금 당황하며 그녀를 바라보았다.

"준비하신 증인과 증거는 내보이지 않으실 것입니까."

"그리할 필요가 없지 않나요. 양측 모두 주장하는 바가 같으니 한쪽만 나서도 충분할 것입니다. 빠르게 진행하여 표결에 붙이도록 하지요."

황태후는 그리 말하곤 다시 자리에 앉았다. 더는 이 일에 관여하지 않겠다는 속내를 나타내는 그녀의 태도에 대법관이 헛기침을 한 번 한 뒤 황제 쪽으로 시선을 돌렸다.

"그렇다면 카얄룬 공작이 준비한 증인과 증거를 확인한 후 곧장 표결에 들어가도록 하겠습니다."

황태후는 카얄룬 공작이 몸을 일으키는 것을 바라보다가, 조용히 눈을 감았다.

청문회는 오래지 않아 끝이 났다.

황태후가 패배를 인정하고 시작했기에 길게 끌고 갈 이유가 없었기 때문이었다. 증인의 증언에, 내밀어진 증거에 반박하고 나서는 이 하나 없이 투표가 이루어졌고, 열 명쯤을 제외하고는 모두 이카르가 테네르 황자임을 인정했다. 참으로 시시하다 할 수 있는 결말이었다.

"이렇게 모인 김에 테네르 황자 전하의 황위계승권에 대해서도 결론을 짓도록 하지요."

카얄룬 공작이 투표 결과가 발표된 직후 불쑥 나서서 말했다.

"테네르 알타리아 오드 산크투스 전하께오선 제1황자이자 황위 계승순위 1위로, 정당한 황태자라 할 수 있지 않겠습니까."

"갑자기 그게 무슨 소리십니까!"

내내 불편한 표정을 짓고 있던 비고레 대백작이 벌떡 일어나 소리쳤다.

"황자로서는 인정받으셨다 해도 황태자는 이야기가 다르지 않습니까!"

"다를 것 없지요. 테네르 전하께서 아무런 사고 없이 궁에서 쭉 머무르셨다면, 진즉 황태자로 책봉되지 않으셨겠습니까. 이제 와서 황태자 자리를 놓고 왈가왈부하는 것은 쓸데없는 헛수고라는 소리지요."

틀린 말은 아니었다. 이카르가 궁을 떠나지 않았더라면 선대황제의 유일한 아들로서 10대 중후반에 이미 황태자로 책봉되었을 터였다. 다른 경쟁자가, 형제가 없다면 늦어도 스물 이전에 황태자로 정해지는 것이 일반적인 일이었다.

"하지만, 그렇다고 해도 절차가……."

"내가 이미 말하였을 텐데."

비고레 대백작의 말을 끊으며 황제가 입을 열었다.

"나는 이카르, 테네르 황자가 성장할 때까지 황제 위를 잠시 맡아두는 것일 뿐이었다고. 이제 황자의 신분이 증명되었으니 지켜왔던 자리를 원래 주인에게 되돌려주겠다."

"폐, 폐하!"

황위의 양위를 언급하는 말에 대백작은 물론 대다수 사람들의 표정에 경악이 어렸다. 황후 간택 때 황제의 선언을 들은 사람도 더러 있었지만, 이렇게 빨리 진행하려 들 줄은 생각지 못한 까닭이었다.

"그러니 황태자 책봉식은 생략하고 황위 양위의 준비를 시작하도록."

"하, 하오나……."

비고레 대백작이 잔뜩 당황하여 도움을 요청하듯 황태후를 바라보았다. 그러나 황태후는 석상처럼 한 치 변화 없는 차가운 얼굴로 황제 쪽에 무심한 시선을 던지고 있었다.

지금의 소동은 자신과 아무런 관계가 없다는 듯한 표정이었다. 그런 황태후의 태도에 대백작은 맥이 빠져 비틀, 자리에 주저앉고 말았다.

이곳에 모인 자들의 3분의 2가 황제의, 카얄룬 공작의 편인 와중에 황태후까지 입을 다물었으니 홀로 목소리를 높인들 아무런 소용이 없을 것이기 때문이었다.

"황제 폐하의 명에 따르겠습니다."

카얄룬 공작이 솔레다토르를 향해 정중히 고개를 숙였다. 이어 사람 좋은 미소를 머금으며 좌중을 둘러본다.

"폐하의 명이 내려졌습니다만, 혹 이견 있으신 분 계십니까."

얼마든지 말해보라는 듯 상냥한 어조였지만 그 누구도 섣불리 입을 열지 못했다. 서로서로 눈치만 살필 뿐 작은 속삭임조차 없는 침묵이 내려앉는다. 이곳에 모인 귀족들은 황제의 명보다도 카얄룬 공작의 위세가 더 두려웠다. 그렇잖아도 제국 최고의 권력자라 자부할 수 있는 노귀족이, 이제는 황제와 손을 잡고 새로운 황제를 앉히려 하고 있다. 향후 더욱더 세를 불릴 것이 자명한 상황에 쉬이 반론을 꺼내 들 수 있는 자는 적어도 이 자리에는 존재치 않았다.

카얄룬 공작은 조용한 법정을 만족스럽게 내려다보았다.

"그러면 빠른 시일 내에 조회를 열어 즉위식 일정을 잡도록 하겠습니다."

그리 노귀족에게 마음껏 휘둘린 채로, 법정은 폐정되었다.

"황태후마마!"

청문회가 끝이 나고 자신의 궁으로 돌아가려는 황태후를 비고레 대백작이 붙잡았다. 그는 굳다 못해 창백해진 얼굴로 목소리를 낮추어 말을 이었다.

"정녕 이대로 물러나시는 것입니까? 황자로 인정받는 것까진 그렇다고 해도, 황태자에 양위라뇨. 카얄룬 공작이 완전히 날치기로 처리해버렸잖습니까."

다른 핑계로 사람을 모아놓고 예상치 못한 사안까지 멋대로 진행시켜버리다니, 폭정이라고 해도 좋을 짓이었다. 대백작의 하소연에 황태후가 희미하게 눈썹을 찌푸렸다.

"이 자리에서 나눌 이야기가 아닙니다."

"그, 그렇긴 합니다만……."

"나도 속이 편치는 않아요. 그러나 지금은 말을 아끼세요."

"……예, 마마."

황태후는 잠시 멈추었던 걸음을 다시 옮겨 마차가 기다리고 있는 곳으로 향했다. 비고레 대백작은 물론이고 황태후의 곁을 따르는 시중인들 또한 주인의 언짢음을 느끼는지라 어두운 표정들이었다. 혹여 불똥이라도 튈세라 숨소리도, 발소리도 낮추어 긴 복도가 마치 인기척 하나 없이 텅 빈 것처럼 고요했다. 얼마쯤 걸어갔을까, 침묵이 내려앉은 사이로 크게 저벅저벅 걸어오는 발걸음 소리 하나가 침입했다.

"황태후마마를 뵈옵니다."

중년의 귀족이 황태후 일행의 앞을 가로막고 서서 인사를 올렸다. 황태후는 걸음을 멈추고서 낯선 얼굴의 남자를 바라보았다.

"소신은 파렌스 그노시 남작이라고 합니다."

"……그노시 남작?"

가문 또한 처음 듣는 것이었다. 고작해야 남작이라면 애초에 궁정 출입이 잦을 리도 만무했다. 길게 상대할 가치가 없어 보이는 자이니 무시하고 지나쳐야 할까, 그리 생각하는 황태후에게 그노시 남작이 오른손에 들고 있던 것을 슬쩍 내보였다.

"그건……."

"황태후마마시라면 알아보시겠지요."

분명 알아보았다. 남작이 내밀어 보인 것은.

"……영문을 모르겠군."

카얄룬 공작가가 소유하고 있는 드래곤의 비늘 중 하나였다. 과거에도 드래곤의 신체 일부는 귀하기 그지없었으나 수호룡이 떠나간 지금에 이르러서는 소유한 자가 더더욱 드문 보물이었다. 그렇기에 납작한 흑적색 돌의 파편처럼 생긴 비늘을 알아볼 수 있는 사람 또한 몇 없었다. 황태후는 황가의 일원으로서 황실 소유는 물론, 하사된 용린의 개수와 형태까지 모두 파악하고 기억하고 있었기에 그노시 남작의 손에 들린 비늘이 카얄룬 공작 소유임을 이내 눈치챌 수 있었다.

"무슨 말을 전하고 싶은 것이지."

황태후는 경계의 빛을 옅게 띄운 채 물었다. 바로 조금 전 자신이 원하는 대로 청문회를 끝마친 카얄룬 공작이 이제 와 무슨 용건이란 말인가.

그녀의 물음에 그노시 남작이 안심하라는 듯 부드러운 미소를
머금었다.

"이곳에서 전해드릴 이야기는 아닙니다만, 한 번쯤 들어보셔서
나쁠 내용 또한 아니랍니다."

"……."

고민은 그리 길지 않았다. 황태후는 이내 고개를 작게 끄덕여
대답했다.

이미 벼랑 끝까지 몰린 상황이다. 자신이 살아 눈 뜨고 있는 한
선황제의 자식이 황위에 오르는 것을 절대 두고 볼 수만은 없다.
극단적인 결심까지 한 이상 바로 직전의 적의 제안이라 할지라도
이해만 부합한다면, 얼마든지 받아들일 수 있다.

"……따라오세요."

"감사합니다, 마마."

그노시 남작은 긴장감 하나 없이 싱글벙글한 얼굴로 황태후의
뒤를 따랐다.

"생각보다 일이 훨씬 쉽게 풀리네요."

이제는 성이 없는 평민 출신 기사가 아닌 알타리아 오드 산크투스라는 길고 긴 성을 지니게 된 이카르는 꺼림칙한 표정이었다. 청문회 이후 황태자로 인정받는 것까지야 그렇다 쳐도, 함께 발표된 황위 양도까지도 의외로 큰 반발이 없었던 탓이다. 그의 의문에 양위를 위해 처리해야 할 서류 더미를 책상 가득 쌓아놓고 무기력하게 펜을 끼적이고 있던 솔레다토르가 대답했다.

"나보다는 어리고 미숙한 황제가 다루기 편하니까, 다."

"……변명의 여지가 없습니다."

"알면 노력해. 카얄룬 공작의 비호가 있다 해도 궁정에는 네놈 살을 물어뜯을 기회만 노리고 있는 승냥이가 득시글하니."

"노력한다고 해서 일이 술술 풀릴 거면 걱정지도 않죠. 요즘은 잠을 설치지 않는 날이 없다고요."

이카르는 한숨을 푹 내쉬며 황제의 작업을 도왔다. 아직 황위를 양도받기 전이건만, 장마철 둑 터진 강에 물 불어나듯 온갖 의무들이 빠르게 쌓여가고 있었다. 그래도 지금은 황제에게 약한 소리라도 하지, 얼마 뒤면 그마저도 못 할 것이었다.

"솔직히 폐하만 아니었으면 황제 자리 거저 준다고 해도 사양하고 도망쳤을 겁니다. 바라는 사람이 많은 자리라 하지만 제게는 부담스럽기만 한걸요."

"욕심 없이 성실한 놈에게는 귀찮기만 한 자리이긴 하지. 네 녀석도 대충 해라. 쓸데없는 책임감을 짊어질 필요는 없어."

솔레다토르는 펜을 손에서 놓으며 여전히 어리게만 보이는 청년을 바라보았다.

"노력하라고 말은 했다만 도중에 견디지 못하고 달아난다고 해도 괜찮다. 내가 잠든 뒤라고 해도 케이어스는 남겨두겠다. 힘들면 그에게 부탁해서 아리에스와 함께 도망쳐."

"저는 그렇다 쳐도, 그녀가 쉽게 받아들이지 않을걸요."

이카르가 조금 멋쩍게 미소 지었다.

"벌써부터 도망칠 생각은 하지 말아야죠. 힘들어 주저앉아버려도 서너 번 정도는 아리에스가 멱살 잡고 일으켜줄 겁니다."

"……그 여자라면 그러고도 남겠지."

황제가 떨떠름하게 중얼거렸다. 아리에스의 그런 성격이 이카르에게 약이 될 것이라고 생각은 하나, 상황에 따라서는 독이 될 수도 있는 것이다. 똑 부러진다고 해도 아직은 어린 소녀가 과연 그런 조율까지 잘해낼 수 있을지는 의문스러웠다. 만약 아리에스가 황제의 이런 생각을 알게 된다면 손 놓은 주제에 신경 끄라면서 투덜거리겠지만.

"그러고 보니 며칠 전에 살타토르 백작이 방문했었다지."

"예. 아리에스만 만나고 돌아간 모양이더군요. 저도 찾아뵈었어야 했는데……."

"멍청한 소릴."

"……예에. 제가 아니라 그쪽에서 찾아왔어야 맞는 거죠. 압니다."

이카르가 불만스럽게 입술을 삐죽였다.

"그놈의 격에 맞는 행동, 행동, 행동……. 무슨 숨만 크게 쉬어도 황태자 전하께 어울리지 않는 행동이십니다 운운한다니까요. 아니 폐하께는 그렇게까지 까다롭게 굴지 않았잖아요?"

"부러우면 네놈도 주위 사람들을 겁먹게 만들든지."

"그게 되면 진작 했죠. 저는 평범한 인간입니다."

드래곤처럼 기세만으로 상대방을 억누르는 건 불가능하다. 연신 징징거리는 이카르의 태도에 황제가 짧게 한숨을 내뱉었다.

"벌써부터 이리 투덜거려서야 즉위하면 죽는 소리를 늘어놓겠군."

"그 반댑니다. 아직 즉위하지 않았으니까 투덜거릴 수가 있는 거죠. 제가 즉위하면 폐하께서는 선황제궁으로 옮겨 가실 게 아닙니까. 그리고 저는 앓는 소리나 하러 선황제궁에 갈 여유도 없어지겠지요. 게다가……."

이카르의 목소리가 눈에 띄게 시무룩해졌다.

"머잖아 그렇게 찾아뵙는 것조차 불가능하게 될 것이고요. 그러니 할 수 있을 때 약한 소리를 해두는 겁니다."

"……그리 빨리 잠들 생각은 없다. 준비만 제대로 되어 있다면 서두를 필요는 없으니. 네 녀석이 확실히 자리 잡은 뒤에 잠들어도 돼. ……자리 잡을 수 있다면 말이지만."

"그렇게 말씀하시니 부러 게으름 피우고 싶어지는데요?"

농담처럼 말했지만 진심이었다.

아무리 필요에 의해 자신을 키웠다 해도 이카르에게 있어 눈앞의 남자는 여전히 그의 부친이나 다름없는 존재였다.

"헛소리 말고 잉크나 보충해 와."

"예에."

바람이 있다면 지금과 같은 시간이 조금 더 오래 지속되길. 그러나 그것은 불가능한 소원이었다. 이카르는 씁쓸함을 감추며 거의 바닥을 드러낸 잉크병을 들어 올렸다. 그의 모습이 집무실 밖으로 사라지자, 무뚝뚝하던 솔레다토르의 얼굴 위로 그림자가 짙게 드리워졌다.

"……정말로 괜찮은 건가, 저 녀석."

자신이 황제가 되라고 떠밀긴 했으나 일이 차츰 진행될수록 신경이 쓰였다. 사람이라는 건 주어진 자리에 걸맞게 하루아침에 덜컥 변할 수 있는 게 아니다. 제 딴엔 노력한다고 말은 하지만 솔레다토르의 눈에 비치는 이카르는 예전 모습 그대로였다.

황제감은 절대 아니다. 유능한 황제가 될 수 없다고 말하는 것이 아니었다. 무능한 황제로조차 어울리지가 않았다. 정확히는 뭇사람의 위에 선다는 자리 자체가 문제였다.

'나 때문에 명령받는 것에 익숙해져 있으니…….'

자기 일을 스스로 판단하고 결정하는 것도 익숙지 못하건만 한 발 더 나아가 자신의 결정을 여러 사람에게 받들게 하는 일을, 이카르가 제대로 해낼 수 있을까.

솔직한 심정으로는 고개만 저어질 뿐이었다. 불안하다. 이제라도 다른 방법을 찾는 게 낫지 않을까. 황위 양위의 날이 가까워질수록 짙어지는 고민에 솔레다토르는 길고도 무거운 한숨을 내쉬었다.

카얄룬 공작의 장자인 마노로스 카얄룬은 약간 어두운 낯빛을 한 채 복도를 따라 걸어갔다. 다른 귀족가였다면 진즉 가문을 물려받고도 남을 나이가 될 때까지 부친의 수족으로 살아온 것에 대해 별다른 불만도 의문도 품고 있지 않은 그였다. 그러나 이번 일만큼은 부친인 카얄룬 공작의 의사를 입 다물고 묵묵히 따르기가 힘들었다.

'도대체 무얼 원하시는 것인지…….'

바로 곁에서 지켜보는 위치건만 부친의 속마음을 도무지 짐작할 수가 없었다. 갑자기 황제에게 적극적으로 협조하는 것도 의아스러웠지만 이번에는 반대편에 서 있는 황태후에게 손을 내밀어 주다니.

마노로스는 속으로 고개를 절레절레 저었다.

부친의 정치적 수완과 판단력은 단순히 뛰어나다는 말 이상의 것이었기에 여태껏 믿고 따라왔다. 그러나 최근 들어서는 너무도 이상했다. 마치 그가 알고 있던 카얄룬 공작이 아닌, 전혀 다른 사람이 되어버린 듯했다.

'……그렇다고 해도 내가 할 수 있는 일은 없지만.'

적장자인 공자라고 해도 마노로스에게 주어진 권한은 그의 위치에 비해 극히 적었다. 대부분의 일은 부친의 허락 없이는 처리하지 못하는, 말하자면 꼭두각시와 같았다. 그러니 이제 와 의구심을 품는다 하더라도 전과 다름없이 입 다물고 따르는 수밖에 없었다.

그는 복잡한 심경으로 카얄룬 공작이 기다리고 있는 서재로 들어섰다. 노귀족은 평소처럼 서재의 한쪽 벽을 차지한 태피스트리를 바라보고 있었다.

"여우가 먹이를 물었느냐."

공작이 태피스트리 속의 용에게 시선을 둔 채 물었다. 마노로스는 자신에게 눈길조차 주지 않는 부친을 향해 공손히 대답했다.

"예, 의심조차 하지 않고 덥석 받아들였습니다."

"가릴 여유가 없었던 것이겠지. 그대로 고이 풀어놓거라."

"하오나……."

마노로스는 머뭇거리며 드문 반박의 말을 입에 담았다.

"이대로라면 수도가 위험해지지 않겠습니까."

"걱정할 것 없다. 여우 무리가 뭉쳐 날뛰어보았자 여우일 뿐이니."

주름진 입가에 비웃음에 가까운 미소가 떠올랐다.

사자가 단 한 번 포효하는 것만으로도 꼬리를 말 미물들이다. 하물며 그 상대가 용이라면 송곳니나 제대로 드러내 보일 수 있을까. 수많은 사람이 학살당할 것이다. 어쩌면 갓 즉위한 황제조차 살해당할지도 모른다.

그러나 그까짓 것 카얄룬 공작에게 있어서는 미미한 출혈일 뿐이었다.

그 어떤 것보다 중요한 것은, 수호룡의 귀환이니.

그러나 부친의 속을 까맣게 모르는 마노로스로서는 무심코 인상을 찌푸리지 않을 수가 없었다. 무소불위 권력을 지닌 공작가가 그동안에도 곧잘 황가를 무시해오기는 했지만, 그래도 황제는 황제가 아니던가. 불안과 답답함에 입술이 몇 번 달싹거렸으나, 결국 그는 아무 말 못 한 채 한 걸음 물러섰다.

"……더 필요하신 것이 있으십니까?"

"아니, 없다. 당분간은 즉위식 준비에만 신경 쓰도록 하거라."

"예."

마노로스는 한숨을 삼키곤 자리에서 물러났다. 서재에 홀로 남은 카얄룬 공작은 빙그레 미소를 머금으며 태피스트리 속의 드래곤을 뚫어져라 바라보았다.

"이제 얼마 남지 않았구나."

아들 녀석이 자신의 행동에 의문을 품고 있다는 것쯤 잘 알고 있었다. 이상해 보일 만도 하겠지. 심지어 지금 자신이 하려는 일은, 공작가에 도움은커녕 해가 되는 짓이었다. 자칫하면 오랜 시간에 걸쳐 부와 권력을 쌓아온 거대한 가문이 일시에 무너져 내릴 수도 있었다. 하지만.

"내가 앞으로 살아봐야 얼마나 더 살 수 있을까."

젊은 나이라면, 하다못해 쉰 정도만 되었어도 망설였을는지 모른다. 그러나 이제는 모든 것을 잃는다고 해도 잠깐일 뿐이다. 길게 후회하기도 전에 수명이 다하겠지. 그러니 하고 싶은 일을 하겠다.

노귀족은 그리 중얼거리며 소리 없이 웃었다.

16
즉위식

이카르의 즉위식 준비는 이례적으로 빠르게 진행되었다. 본디 그의 자리이니 길게 시간 끌 이유가 없다는 황제의 주장과 의욕적으로 뒷받침해주는 카얄룬 공작의 지휘 덕분이었다. 급하다는 말도 부족한 그 상황에 불만을 표하는 자들도 더러 있었지만 속으로만 삼킬 뿐 감히 입 밖에 내어 투덜거리는 이는 없었다. 황태후 또한 어째서인지 얌전하기만 해, 새로운 황제가 탄생하는 그날은 순조롭게 다가왔다.

전후의 자잘한 행사를 제외하면 황제의 즉위 본식은 사흘에 걸쳐 이루어진다. 첫날에는 신전에서 정화의식을 한 뒤 초대황제를 비롯한 역대 황제들을 모신 궁으로 가 예를 올린다.

이어 둘째 날에는 지금은 없는 수호룡에게 보호를 부탁하며 공물을 바쳤다. 예전이라면 공물을 받은 수호룡으로부터 축복을 받았겠지만, 그것이 불가능해진 지금은 과거 드래곤이 머물던 궁에 황제가 홀로 하루를 머무는 것으로 대신하고 있었다. 마지막 셋째 날에는 대중 앞에서 관과 옥새를 물려받음으로써 즉위식을 끝맺는다.

대신전 앞에는 신녀를 제외한 모든 성직자들이 나와 가운데를 비워둔 채 두 줄의 열을 이루어 서 있었다. 과거 생쥐가 아리에스와 함께 찾아왔을 때와는 전혀 다른 극진한 대접이었다. 그들이 기다리고 있는 앞으로 화려한 마차가 다가와 멈추고, 이어 마차 문이 열리며 예비 황제인 이카르가 아래로 내려섰다. 본디 신녀가 머무르는 성소에는 남성이 들어갈 수 없으나 황제만은 예외였다. 즉위식 전, 여신의 축복을 받기 위한 출입이 허락되어 있었다.

"여신의 미숙한 종이 황제 폐하를 뵈옵니다."

신녀 바로 아래의 고위 무녀가 성직자들을 대표하여 머리를 조아렸다. 아직 완전한 양위는 이루어지지 않았지만 본식이 시작됨과 동시에 이카르 또한 제국의 황제로서 대우되는 것이었다. 이카르는 한쪽 무릎을 꿇은 채 자신에게 머리를 숙이는 무녀를 내려다보다가 입을 열었다.

"일어나도 좋다."

"감사합니다, 폐하."

굽힌 몸을 바로 하도록 허락하는 것만으로 형식적이나마 감사

인사를 받는다. 이카르는 속으로 쓴웃음을 머금었다. 이제는 익숙해져야 하건만 자신에게 과히 조아리는 사람들을 보면 여전히 꺼림칙함이 느껴졌다. 평민 고아였다가 호위기사였다가 이제는 황제라. 속 알맹이는 그대로인데 자리에 따라 너무도 많은 것이 바뀌어가고 있었다.

'황제이기 이전에 나는 나인데.'

그렇게 투덜거린다 한들 들어줄 사람은 몇 없다. 마음 놓고 불만을 표할 수도 없는 신세였다. 이카르는 씁쓸한 상념을 접고 고위 무녀의 안내에 따라 신전 안쪽으로 걸음을 옮겼다.

도중에 안내자와 헤어져 홀로 성소에 들어서자, 곡선을 그리며 흐르는 푸른 수로 너머로 성수의 샘 앞에 서 있는 신녀가 보였다. 이카르는 주위를 두리번거리며 그리 넓지 않은 수로를 건너 신녀에게로 다가갔다.

'그러고 보니 아리에스도 여기 왔었지.'

생쥐를 대신해서 신녀에게 점괘를 받았었다. 황후가 될 것이라는 점괘를. 그 일을 떠올리자 약간 긴장이 되었다. 혹시 자신에게 황제감이 아니라는 소리를 하면 어쩌나, 걱정하며 다가선 이카르에게 신녀가 정중히 머리 숙여 인사를 올렸다.

"여신의 어린 딸이 황제 폐하를 뵈옵니다."

"고개를 들어도 좋소."

신녀는 몸을 바로 세운 뒤 두 손을 앞으로 내밀었다. 이카르는 미리 들은 대로 한쪽 손을 들어 그녀의 두 손바닥 위에 내려놓았다. 잠깐의 침묵이 흐르고 신녀가 입을 열었다.

"용의 그림자가 보이는군요."

"……예?"

예상치 못한 말에 이카르의 두 눈이 동그랗게 커졌다.

"갑자기 그게 무슨 말씀, 아니 말인가."

"황제 폐하께 수호룡의 가호가 깃들어 있습니다."

"하지만 수호룡은……."

공식적으로는 존재하지 않는다. 이카르는 자신의 보호자를 떠올리며 난감한 표정을 지었다. 극소수 외에는 모르는 사실을 알아내다니, 용하기는 용한가 보다. 그러나 수호룡에 대한 사실이 퍼져 나가서는 곤란했다.

"떠나간 용의 가호가 깃들다니, 이상한 소리를 하는군."

"여신의 말씀을 전할 따름이옵니다."

신녀는 담담히 대답하며 이카르의 손을 놓았다.

"여신의 축복은 빌어드리겠으나 폐하께는 그다지 필요하지 않을 듯하군요."

"……그러니까 가호 같은 건."

없다. 이카르는 씁쓸한 얼굴로 입을 다물었다. 수호룡이 곁에 머물고 있다는 건 사실이나 그는 곧 자신을 두고 잠들어버릴 것이다.

그러니 가호 같은 건 받을 수 없었다.

"여신의 말씀이 밖으로 새어 나간다면 괜한 소란이 일 수 있으니 비밀로 해두었으면 싶은데."

"발표해야 하는 점괘가 아니오니 걱정 마십시오. 샘 안으로 들어서시지요, 폐하."

이카르는 고개를 끄덕이곤 푸른빛을 띤 성수가 잔잔히 흘러넘치는 샘 안으로 걸어 들어갔다.

이틀 뒤에 있을 즉위식을 위한 예식용 관이 솔레다토르 앞에 놓였다. 황금색 두 눈이 자신과 비슷한 빛을 띤 관을 복잡한 심경으로 내려다보았다. 즉위식 때는 어쩔 수 없이 쓰긴 했지만 그 이후론 쳐다본 적도 없는 물건이다. 황가와 관련된 것은 죄다 지긋지긋하기 때문이었다. 이것을 내일 이카르에게 씌워줘야만 한다.

'……내 손으로 목줄을 걸어주는 셈인가.'

꼴 보기도 싫은 황가의 상징을 이 손으로 직접 이카르에게 건네주는 것이다. 몸서리쳐지는 거부감과 함께 이제라도 취소하고 싶다는 충동이 불쑥 솟아올랐다. 전부터 계속 불안하기는 했었지만 이리 코앞에 직접적으로 다가온 현실은 끔찍하게까지 느껴졌다.

아직 어린애다. 어쩌면 영원히 어린애로 여겨질지도 모른다. 드래곤인 자신의 기준에서 인간은 나이가 적든 많든 한없이 여리고 약하게 느껴졌으니까. 문득 이카르를 황궁에서 처음 데리고 나왔을 때가 떠올랐다. 그때나 지금이나 약해빠진 어린애인 건 마찬가지인데. 아무것도 모른 채 잘 웃던 어린애.

'……후회할지도.'

아니, 후회라는 감정은 이미 가슴 안쪽으로 스멀스멀 배어들고 있었다. 자신의 자유를 위하여 손 안의 어린애를 제물로 바치는 격이 아닌가. 솔레다토르는 비단 위에 놓인 황제의 관을 향해 손을 뻗다가, 멈추어 도로 거두었다. 정당한 계약의 결과이다. 그리 생각하면서도 머릿속은 미혹으로 가득했다. 정확하게는 일종의…… 두려움이었다. 걱정을 넘어서서 겁이 난다. 자신이 선황제로서 머물고 있는 한 이카르에게 목숨의 위협이 가해질 일은 거의 없을 것이다.

정 안 되면 카얄룬 공작을 협박해서라도 지켜줄 수 있다. 그러나 육체가 아닌 정신적인 면은 어떠할까. 힘들면 포기해도 된다고 말했다. 도망쳐도 괜찮다고 말해주었다. 하지만 그것이 뜻대로 될까. 다루기 쉬운 미숙한 황제를 향해 수렁 같은 손길이 수없이 노리고 들 것인데, 도망칠 엄두도 못 낼 정도로 깊게 끌어당겨지고 말 가능성도 없지는 않았다. 괜찮을 것이라고 애써 외면해왔지만 솔직히 믿음직스럽지 못한 아이다. 심지어 자신의 영향을 받기라도 했는지 사교성도 별로 없지 않은가.

이전부터 궁정이, 궁정인이 싫다는 티를 곧잘 내기까지 했었는데. 그런데 자신은 이카르를 궁정 한가운데에 밀어 넣으려고 하고 있다.

'······역시 안 돼.'

조급함에 못 견뎌 멍청한 짓을 저지르려는 것이다. 자의도 아닌 계약을 운운하며 억지로, 갑작스럽게 밀어 넣어진 자리에서 이카르가 오래 버텨낼 수 있을 리 없다. 솔레다토르는 당장에라도 동강 내 부수고 싶다는 눈빛으로 황제의 관을 노려보았다. 미친 짓이지. 저런 독극물과 같은 것을 어린애 손에 떠맡기려 들다니. 그는 약간 떨어져 서 있는 시종장에게 명했다.

"치워라."

"······예?"

"치우라고 했다."

"하오나 폐하, 황관은 본식이 시작됨과 동시에 양위 날까지 선대황제께서 보관하는 것이······."

"당장 치워."

살기마저 감도는 나직한 목소리에 시종장이 허둥지둥 황관을 비단보로 덮어 받침대와 함께 품에 안듯이 들어 올렸다. 급히 자리를 떠나가는 그 뒷모습을 바라보던 솔레다토르가 긴 한숨을 흘려냈다.

"······진작 이리 결정 내렸어야 했을 것을."

이카르를 다시 데리고 올 것이라 생각하자 바윗덩이로 내리누르듯 무겁던 가슴이 한결 가벼워진다.

이제 와서 양위를 그만둔다 하면 한차례 소란이 일겠지만 상관 없다. 또한 수호룡에서 벗어나는 일이야 이카르가 황태자로 인정 받은 것만으로도 그럭저럭 마무리 짓는 것이 가능할 터였다. 정당한 후계자가 있으니 황후를 들이지 않겠다 선언하고 계속 황제 자리에 앉아 있으면 그만이다. 방관자에 가까웠던 전과 달리 적극적으로 움직여 직접 믿을 만한 사람을 구하여 은신처를 만들면 된다. 그리고 이카르의 아이가, 태어나서부터 쭉 황실에서 자라 궁정에 충분히 익숙한 황손으로 성장하면 양위한 후 잠들면 되는 것이다.

궁정인들과 섞여 자신의 세력을 만들고 다툼에 적당히 끼어드는 것은 내키지 않았지만, 사실 끔찍하게 지긋지긋한 노릇이었지만 못 할 일은 아니었다. 멋모르는 어린애를 내미는 것보다야 낫겠지. 그러니 자신만 참으면 된다.

100년도 채 못 되는 시간, 조금만 참으면 된다. 자신만 참으면 지킬 수 있는 것이다.

'……그거면 돼.'

들어 올린 손이 가슴의, 옷 아래로 감춰진 상처를 내리눌렀다.

황제 즉위 본식의 둘째 날, 이카르는 수호룡을 위한 제단에 공물을 바치고 해질 녘 모나르카궁으로 향했다. 과거 수호룡이 머무르던 모나르카궁은 저녁노을에 조용히 잠겨 있었다. 오랜 옛날 주인은 떠나가고 관리인의 손길만 받아왔기에 사람이 생활하면 자연히 스며드는 온기가 거의 느껴지지 않는 적막한 공간이었다. 그나마 황제를 위한 침실은 여러 사람이 미리 드나들었던 덕에 여느 주인 있는 궁과 별다를 바가 없었다.

"하오면 폐하, 내일 아침 일찍 돌아오겠습니다."

시종장이 공손히 머리를 숙인 후 침실을 빠져나갔다. 이카르는 닫힌 문 너머로 멀어져 가는 발소리에 귀를 기울이다가 방 안을 찬찬히 살펴보았다.

'수호룡이 지내던 곳이라면 폐하께서도 여기 계셨을까.'

황제가 하룻밤 머무는 침실은 수호룡의 것이라고 들었다. 그렇게 생각하자 낯선 공간이 어쩐지 친근감 있게 느껴졌다.

'폐하께선 여길 별로 좋아하지 않았을 거 같지만.'

황가로부터 벗어나고 싶어 하시니까. 그럼 이곳은 감옥과 다름이 없었을까. 그렇게 생각이 바뀌자 마음 또한 이내 씁쓸해졌다. 이카르는 준비된 잠옷으로 갈아입고 소파에 걸터앉았다. 누군가의 시중 없이 옷을 갈아입는 것도 오랜만이다.

'내일이면 본식도 끝이군.'

행사야 이것저것 남아 있지만 관과 옥새를 건네받으면 실질적인 양위는 끝나는 것이다. 그때부터 자신은 황제요, 솔레다토르는 선황제가 된다. 각자의 궁으로 갈라지게 되어 자주 만나볼 수도 없게 되는 것이었다. 그리 생각하자 조금쯤 외로워졌다. 이제는 확실하게 독립하게 되는 것이다, 라고 해야 할까.

'……평생 떨어질 일 없을 줄 알았는데.'

무의식중에 그렇게 믿고 있었다. 자신의 보호자는 강하니까. 늙지도 않고 먼저 죽을 일도 없다. 그렇기에 독립 같은 건 입으로만 투덜거렸지 진지하게 생각해본 적이 없었다. 정말이지, 스스로가 어리긴 많이도 어렸다 싶어 쓴웃음이 절로 배어 나왔다.

툭툭.

"어?"

그때 돌연, 커튼이 내려진 발코니 문에서 무언가 두드리는 소리가 들려왔다. 이카르는 몸을 일으켜 발코니 쪽으로 다가가 커튼을 걷었다. 닫힌 유리문 너머로 익숙한 얼굴이 비쳤다.

"……폐하?"

이곳에는 어쩐 일일까. 이카르는 허겁지겁 닫힌 문을 열었다. 밖은 그새 어두워져 안으로 들어서는 솔레다토르와 함께 밤의 냉기가 스며들었다.

"어…… 혹시 수호룡으로서 오신 겁니까?"

추위를 느낀 이카르가 다시 문을 닫으며 물었다. 원래라면 새로운 황제는 수호룡에게 가 축복을 받는다고 하니까, 그래서 방문한 것일까. 이카르의 물음에 솔레다토르가 무겁게 가라앉은 눈으로 그를 바라보았다.

"……이카."

"예, 폐……하."

이카르는 약간 더듬거리며 대답했다. 그러고 보니 이제는 뭐라고 불러야 하는 것일까. 선황제라고 해도 양위한 이후에는 황제의 지위가 더 높다. 그러니 내일이면 폐하 소리는 불가능하고 공식적으로는 황숙 정도가 될 것이었다. 그래도 대뜸 숙부라고 부르기에는…… 실제로는 아니지 않은가. 그럼 사적으로는 예전처럼 솔레다토르라고 부르는 게 나으려나. 이카르가 고민하는 사이 솔레다토르가 다시 입을 열었다.

"그만두고 싶다면 그만둬도 좋다."

"……예?"

이카르가 당황하며 자신 앞에 선 솔레다토르를 올려다보았다.

"그만두다니요, 어, 설마 양위 말씀하시는 겁니까?"

"그래."

짧은 대답에 이카르의 입이 뚝 다물렸다. 이제 와서 갑자기 무슨 엉뚱한 소리인 걸까. 이카르의 얼굴 위로 이해할 수 없다는 빛이 짙게 드리워졌다.

"……폐하께서 원하신 것이지 않습니까. 수호룡의 굴레를 벗어나기 위해서 말입니다. 그런데 갑자기, 이제 와서 갑자기 그만둬도 된다니요?"

"네가 황태자로 인정을 받았으니 굳이 황제까지 될 필요는 없다. 내가 계속 맡아도 돼. 후계자가 있으니 황후를 들이지 않아도 될 것이고, 내 잠자리도 내가 알아서 마련하면 된다."

괴롭게 고민하고 각오했던 일을 할 필요 없다 쉽게 내뱉는 솔레다토르를 이카르가 어이없는 눈으로 쳐다보았다. 결론은 혼자 알아서 다 할 수 있으니 빠지라는 뜻인가. 황당하다 못해 화가 날 정도의 소리였다.

"제멋대로시네요."

"……뭐?"

"제가 못 미덥다는 건 잘 압니다. 하지만 폐하, 아니 솔레다토르. 저는 당신을 돕고 싶습니다."

"하지만……."

"싫으시잖아요."

화가 스미었던 목소리가 다정하게 변했다. 이카르는 자신의 보호자에게, 아니, 보호자였던 남자에게 애정을 담아 말했다.

"황제 자리에 앉아 있는 거 싫어하시잖아요. 황가와 엮이는 것도, 궁정 사람들과 섞이는 것도 모두 싫어하시잖습니까. 이대로 쭉 황제 위를 유지하고 은신처까지 마련하려면 지금처럼 선을 그어놓을 수도 없으실 텐데, 그런 일, 싫으시잖아요."

이번에는 솔레다토르의 표정에 당혹감이 깃들었다. 싫은 것은

분명 사실이다. 하지만,

"하지만, 이카 너도……."

"괜찮습니다."

이카르는 조금 겸연쩍게 미소 지었다.

"아, 물론 황제가 되는 것 자체는 괜찮지 않지만, 싫은 것은 아니에요. 아니, 아주 싫지 않은 것도 아니지만…… 뭐라고 해야 할까, 제가 하고 싶다는 겁니다."

"……하고 싶다고."

"예. 겁도 나고 부담도 되고 싫기도 하지만, 그것들보다 하고 싶은 마음이 더 큽니다. 그러니까 제가 할게요."

언제까지고 보호만 받으며 편하게 살 수 있다는 유혹에 마음이 끌리지 않는 것은 아니다. 하지만 그보다도 소중한 사람을 돕고 싶다는 마음이 더 강했다. 자신이 편하자고 솔레다토르에게 싫어하는 일을 미루고 싶지 않았다. 그에게는 쉬어야 할 자격이 있고 자신에게는 그를 도와야 할 책임이 있다. 아무런 책임이 없었다 하더라도, 도와주고 싶었겠지만.

"괜찮아요. 속셈이야 어찌되었든 카얄룬 공작이 도와준다고 하였고 또 솔레다토르께서도 뒤에 계실 거잖습니까. 기댈 곳이 있으니 못 할 정도는 아니에요. 그러니까 그냥, 제가 정말로 힘들어서 못 버틸 거 같을 때, 그때 손만 살짝 내밀어 주세요. 그거면 됩니다."

"……."

솔레다토르는 미소 짓고 있는 이카르를 낯선 듯이 바라보았다. 이곳으로 오면서 거절당하리라곤 조금도 생각지 못했다. 당연히 받아들일 줄 알았다. 부담이 컸을 테니까 기뻐하며 곧장 자신의 품으로 돌아올 것이라 생각했는데. 그런데.

"······괜찮다고."

"네."

망설임 없는 대답에 솔레다토르는 길게 한숨을 흘려냈다. 그러곤 한쪽 무릎을 굽혀 바닥에 대었다.

"폐, 폐하?"

갑자기 자신에게 무릎 꿇는 솔레다토르의 모습에 이카르가 기겁하며 뒷걸음질을 쳤다. 솔레다토르가 누군가에게 아랫사람으로서의 예를 표하는 일은 그의 세상에서는 있을 수 없는 광경이기 때문이었다. 어쩔 줄 몰라 하는 이카르를 금안이 조금 짜증스럽게 노려보았다.

"앞에 와서 똑바로 서."

"······예?"

"당장."

이카르가 쭈뼛쭈뼛 다가와 서자 솔레다토르의 손이 그의 손을 붙잡아 손등에 키스했다.

"산크투스 제국의 유일한 주인에게 솔레다드 산맥의 지배자이자 제국의 수호룡으로서 영원한 축복과 보호를 맹세하겠다."

"……이게 그 수호룡의 축복이에요?"

"멍청한 놈. 황실 역사서 정도는 읽어라."

"그, 그럴 여유가 없었습니다……."

솔레다토르는 이카르의 손을 내팽개치듯 놓곤 몸을 일으켰다. 이카르를 타박하기는 했으나 실상 이런 식의 맹세는 초대 황제 이후로는 이루어지지 않았다. 전대 솔레다토르는 초대 황후였으며, 현 솔레다토르는 초대 황제의 아들이니 자신의 후손에게 굽힐 이유가 전혀 없었기 때문이다. 그저 축복의 맹세가 이루어진 척 적당히 넘어갔을 뿐이다.

"아무튼 기분 좀 묘하네요."

이카르는 키스 받은 손등을 내려다보며 중얼거렸다. 황제에겐 다 하는 형식적인 것이라고 해도 솔레다토르가 자신에게 무릎을 꿇다니, 정말로 기분이 이상했다.

"네 녀석이 원하여서 선택한 것이라면 더 이상 간섭은 하지 않겠다. 하지만 우는 소리 정도는 들어줄 테니 언제든지 찾아와라."

"예. 부탁드리겠습니다."

솔레다토르는 잠깐 머뭇하다가 이카르의 머리를 한 번 쓰다듬어준 뒤 발코니 문을 열고 밖으로 사라졌다. 다시 스며드는 찬바람에 이카르의 몸이 살짝 떨렸다. 그는 얼른 문을 닫곤 짧게 숨을 토해냈다.

"이젠 정말로 물러설 수 없겠는데."

자신이 원하는 일이라고, 그러니 걱정할 거 없다고 장담까지 해 버렸으니 말이다.

하지만 어째서인지 부담감이 더해지기는커녕 도리어 어깨가 한결 가벼워진 듯한 기분이 들었다.

"내일은 아침부터 바쁠 테니까……."

일찍 자야지. 이카르는 팔을 머리 위로 올려 기지개를 켜고는 안쪽의 침실로 걸음을 옮겼다.

"새하얀 여우가 눈 덮인 계……곡 사이로 폴짝폴짝 뛰어갔습니다."

생쥐는 안락의자에 앉아 아동용 동화책을 또박또박 소리 내어 읽었다. 낯선 단어가 나오면 조금 머뭇거리기는 했지만 아예 막혀 멈춰버리는 일은 없었다.

"눈송이가 코끝 위로 내려앉자, 여우는 에취, 작게 기침을 했습니다."

연녹색 눈동자가 책에서 떨어져 나와 맞은편 벽난로를 향했다. 불을 피우기에는 아직 조금 이른 계절이었지만 솔레다토르도 생쥐도 추위를 싫어했기에 얼마 전부터 밤이면 벽난로를 쓰기 시작했다.

덕분에 거실은 덥다 싶을 정도의 훈기로 가득 차 있었다.

"지금이라면 눈이 내려도 괜찮을 거 같아."

생쥐는 마른 장작을 살라 먹는 불길을 바라보며 중얼거렸다. 이렇게 벽난로 앞에 앉아서라면, 무릎까지 푹 빠질 정도로 눈이 내린다 해도 춥지 않을 터였다. 그녀는 무릎 위에 동화책을 내려놓은 채 두 발끝을 가볍게 동동 굴렀다.

"사지랑 라지가 커다란 여우를 잡아다 준다고도 했고."

솔레다드 산맥에 털이 무척이나 따뜻한 검은 여우가 살고 있다고 말했다. 그 여우를 잡아 목도리랑 장갑이랑 로브를 만들어 입으면 겨울날 밖에 나가도 하나도 안 추울 거라고 했었는데. 이번 겨울은 정말로 춥지 않게 보낼 수 있는 걸까.

'안 추운 겨울이라니, 이상해.'

이상하지만 좋다. 생쥐는 헤실헤실 소리 없이 웃으며 문 쪽을 힐끔거렸다. 요즘의 솔레다토르는 이카르의 즉위식 때문에 계속해서 바빴다. 그럭저럭 큰 귀족가 정도만 되어도 가주가 바뀐다하면 갖가지 권한과 의무의 양도는 물론이요, 엮여 있는 계약 관계의 대상도 조정해야 하고 공적 사적 문서 또한 전부 서명을 바꿔야 하는 등 할 일이 태산이었다. 하물며 황제가 바뀌는 상황이니 쌓인 일감에 치여 바쁘지 않을 수가 없었다. 덕분에 최근 들어서는 자기 전에나 잠깐 얼굴을 볼 수가 있어, 생쥐는 늦은 시간까지 잠들지 않고 황제를 기다리곤 했다.

'이제 슬슬 오실 때가 되었는데.'

불가에 앉아 있자니 스멀스멀 졸음이 밀려왔지만 꾹 참았다. 선황제의 후궁은 새로운 황제의 즉위식에 참석할 수 없기 때문에 지금 잠들면 내일도 내내 솔레다토르를 보지 못할 터였다. 하품을 작게 서너 번쯤 하고 나자, 드디어 닫혀 있던 문이 열렸다. 생쥐는 튕기듯 자리에서 벌떡 일어났다. 그 서슬에 무릎 위의 동화책이 바닥에 떨어져 나뒹굴었지만 눈길 한 번 주지 않은 채 쪼르르 반쯤 열린 문을 향해 달려갔다.

"솔!"

생쥐는 꼬리가 있다면 마구 쳐댈 기세로 방 안으로 들어서는 솔레다토르에게 달라붙었다.

"어서 오세요!"

그에 대답하듯 커다란 손이 연회색 머리칼을 부드럽게 쓰다듬었다. 이어 작은 몸을 가볍게 들어 품에 안는다. 솔레다토르는 생쥐를 안아 든 채 침실로 걸어갔다.

"기다리지 말고 자라고 말했을 텐데."

"하지만 솔이 보고 싶은걸요! 그리고 늦게 자도 괜찮습니다. 여기서는 일을 안 하니까요, 졸리면 낮잠을 자면 돼요."

옛날에는 낮이 아닌 밤에도 눈 붙일 새가 별로 없었지만 지금은 다르다. 잠이 모자라다 싶으면 언제든지 포근한 이불 속에 기어 들어가 잠들어도 괜찮으니까, 아무도 화내거나 야단치지 않으니까.

그러니 밤늦게까지만 아니라 아예 꼴딱 새우면서 솔레다토르를 기다린다 하여도 아무 문제 없었다.

솔레다토르는 잠 따윈 죄다 달아나버린 듯, 아침을 맞은 산새처럼 재잘거리는 소녀를 가만히 내려다보았다. 밤공기에 서늘해졌던 가슴팍이 품에 안은 온기 덩어리로 따스하게 물들고 있다.

"……꼬마."

"네?"

"이번 일이 끝나면 꽤 오랫동안…… 한가해질 거다."

원래라면 은신처가 마련되는 대로 잠들 계획이었지만 이제는 그럴 수 없게 되었다. 이카르에 대한 축복과 보호를 맹세했으니 그가 살아 있는 한은 곁에서 지켜보고 도와주어야 할 의무가 있었다. 다분히 충동적인 짓이었지만 후회는 들지 않았다. 솔레다토르는 조금 쓰게 웃었다.

"……인간이 항상 지긋지긋한 것은 아니었어."

치 떨리는 기억이 훨씬 많고 짙어 파묻히고 말았을 뿐, 좋았던 적이 아예 없었던 것은…… 아니다. 솔레다토르는 품 안의 작은 소녀를 더욱 힘주어, 하지만 조심스럽게 끌어안았다.

"그러니 남은 시간 동안, 네게는 평생일 긴 시간 동안, 내가 너를 계속 좋아할 수 있도록 해다오."

선황제로 물러나기까지 한 이상 생쥐 외의 인간을 곁에 둘 생각은 없다. 그러니 생쥐만, 이카르만 변치 않고 지금 이대로의 모습으로 있어준다면 오늘의 결정을 후회할 일은 없을 터였다. 솔레다토르의 말에 생쥐는 조금 꼼지락거리다가 손을 뻗어 황제의 뺨에 가져다 대었다.

"지금의 나는, 좋아하세요?"

"그래."

"앞으로 좀 더 커질지도 모르는데요? 키랑 가슴이랑."

"그런 건 상관없어."

"그럼요, 노력할게요. 지금 이대로 변하지 않도록. 하지만 솔, 저는 솔이 어떻게 변한다 해도 좋아할 테니까, 그러니까 솔은 신경 쓸 필요 없어요. 마음대로 해도 됩니다. 어, 내가 좋아하든 안 하든 상관없을지도 모르겠지만, 혹시나 싶어서요. 저는 계속 좋아할 거예요."

"……그래."

무조건 좋아해줄 거라는 말에 별다른 대답이 떠오르질 않아서, 그냥 그렇게 끄덕이고 말았다. 솔레다토르는 생쥐를 침대 위에 내려놓았다. 자신에게는 그녀가 어떻게 변한다 한들 계속 좋아해줄 수 있을 것이란 확신이 없었다. 어릴 적에는 귀엽던 아이가 커서는 못 알아보게 변해버리는 모습을 숱하게 보아왔다. 그로 인해 상처 입은 적도 여러 번이었다. 그러니 한껏 애정을 부딪쳐 오는 저 목소리에 마주 대답해줄 수가 없었다. 어쩌면 자신은, 생각보다 겁쟁이인지도 모른다.

"……미안하다."

"네? 아뇨, 전혀요! 피곤하실 텐데 어서 씻고 주무세요."

생쥐는 자신의 옆자리를 손바닥으로 팡팡 두드리며 말했다.

"내일도 바쁘실 거잖아요. 더 늦기 전에 주무셔야지요."

솔레다토르는 고개를 끄덕이곤 다시 한 번 생쥐의 머리를 다정스레 쓰다듬어주었다.

즉위식 당일 아침이 밝아왔다. 새로운 황제의 탄생에 차질을 빚지 않기 위해 궁정인 모두가 바삐 움직이는 사이, 그 주인공인 이카르는 식이 행해질 콘트라움궁으로 향했다.

"폐하, 목욕 준비가 다 되었습니다."

"뭐? 목욕?"

"예."

시종의 말에 이카르가 조금 머뭇거리며 자신의 오른쪽 손등을 내려다보았다.

"……오른손은 안 씻으면 안 될까."

"……예?"

"아니, 아무것도 아니다."

그럴 수는 없겠지. 게다가 오늘 씻지 않는다고 해도 내일, 모레, 그리고 쭉 이대로 놓아둘 수는 없는 일이었다. 그러니 아쉽지만 포기하는 수밖에. 그래도 미련은 진득이 남아서 이카르는 내키지 않는 발걸음으로 욕실로 향했다.

여러 사람의 시중 아래 머리부터 발끝까지 값비싼 향유를 아낌 없이, 그것도 여러 번 뒤집어 써가며 목욕을 마친 뒤 본격적인 몸단장이 시작되었다. 그간 남의 손에 치장 받는 일은 익숙해졌지만 이번만큼 본격적인 것은 처음이었다.

얼굴과 손발의 잔털을 정리하는 것부터 시작해서 피부는 물론 손발톱까지 전부 매끄럽게 다듬어졌다. 이어 준비된 다섯 벌의 예복 중 어울리는 것을 신중히 골라 입고 그에 걸맞은 장신구를 정하는 것에 또 한참의 시간이 소비되었다. 그쯤 되자 즉위식에 대한 긴장감 따위 훨훨 날아가 버리고 지루함과 피곤함이 빈자리 위로 겹겹이 쌓여갔다.

"……아직 먼 건가."

"거의 다 끝나갑니다, 폐하."

그 말 한 시간 전에도 들은 것 같은데. 이카르가 지친 한숨을 내쉬자 화장을 담당하는 시녀가 정중한 잔소리를 해왔다.

"입술을 자꾸 움직이시면 화장을 마무리하기가 힘드옵니다. 가능하면 표정도 좀 더 펴주십시오, 폐하."

이카르는 재차 새어 나오려는 한숨을 억눌러 삼키곤 입을 꾹 다물었다. 정말이지 두 번은 못 할 짓이다 싶었지만 불행히도 이렇게 꾸며대야 하는 중요한 예식은 해마다 두세 차례는 있어왔다. 솔레다토르야 대충 차려입고 대충 끝내곤 했지만 흠을 잡혀서는 안 되는 자신은 불가능할 것이었다.

'……익숙해져야지 뭐.'

피할 수 없다면 적응하는 수밖에. 왜, 귀족 아가씨들은 연회 때마다 공들여 치장을 한다지 않는가. 그러니 자신도 못 할 일은 아닐 터였다. 익숙해지면 된다, 익숙해지면. 그나마 긴장이 덜어진 건 좋다고 생각하며 이카르는 자신의 주위를 맴도는 부지런한 손놀림들이 끝나기를 멍하니 기다렸다.

솔레다토르는 황관이 놓인 받침대 옆에 옥새를 내려놓았다. 황제의 권위를 품은 이 두 물건의 주인이 오늘로 바뀌게 된다. 결정은 내려졌지만 그렇다 해도 마음의 흔들림은 쉬이 멈추질 않았다. 다만 전에 비해 불안감은 확실히 덜해졌다. 이카르는 목이 매여 끌려가는 것이 아닌, 스스로의 의지로 단상 위에 오르는 것이니.

"······황태후의 움직임은 어떤가."

"얌전합니다."

약간 떨어진 곳에 서 있던 카얄룬 공작이 그의 물음에 대답했다.

"병을 핑계로 즉위식에 참석치는 않고 축하의 말을 전해왔더군요."

"이대로 쉽게 포기할 여자가 아니야."

무려 20여 년 전부터 칼을 갈아온 여자다. 포기하느니 스스로를 위험에 빠뜨리는 무리한 시도라도 해보려 들 것이 분명했다. 공작이 솔레다토르의 말에 동의하며 고개를 끄덕였다.

"지금은 상황을 살피며 굽히고 있지만 머지않아 무언가 움직임을 보일 것이라 생각됩니다."

"즉위식 이후 섣부른 짓을 저지르려 든다면 내게 보고해라."

수호룡은 황족을 해할 수 없다. 해치기는커녕 지키고 보호해야만 한다. 그러나 황족의 칼이 겨누는 대상이 황제라면 이야기는 달랐다.

수호룡에게 있어 황제는 가장 우선적으로 보호해야 할 대상이다. 게다가 다른 황제들과는 달리 이카르에게는 보호의 맹세도 더해졌기에 더욱 적극적으로 움직이는 것이 가능했다.

보호의 맹세가 없었더라면 황태후가 직접 무기를 들고 황제를 공격하지 않는 이상 그녀를 살해하는 것까지는 불가능했지만, 지금이라면 이카르를 해치려는 의도를 뚜렷이 나타내기만 해도 손을 쓸 수가 있었다.

"예. 하오나 폐하께서 직접 움직이시는 것은 최대한 피해주십시오. 황태후가 의문의 불행을 당하게 된다면 십중팔구 새로운 황제 폐하께서 의심받게 될 것입니다."

"고려는 해두지."

그러나 정치적인 어려움을 겪는 것이 목숨을 위협당하는 것보다야 나을 터다.

"황태후는 내버려 둘 수 없어."

목숨이 다하는 그날까지 이카르의 적이 될 여자다. 카얄룬 공작이 솔레다토르를 향해 공손히 머리 숙였다.

"걱정 마십시오. 소신 또한 폐하와 같은 생각입니다. 여우 사냥은 철이 지나기 전에 끝내야지요."

"……여우 사냥이라."

여우의 목을 물어 죽인 늙은 승냥이가 그것으로 만족하고 송곳니를 감추려 들 것인가. 혹은, 또 다른 피를 원하게 될 것인가. 솔레다토르는 속내를 짐작키 힘든 노인을 묵묵히 내려다보다가 고개를 돌렸다.

콘트라움궁 용의 홀은 황제의 즉위식 때만 그 문이 열린다. 문과 기둥, 사방의 벽, 그리고 높다란 천장에까지 새겨진 용의 숫자는 마흔다섯으로 두 수호룡과 역대 황제들을 더한 수와 같았다. 즉위식이 무사히 치러지면 이곳에 또 한 마리의 드래곤이 새겨질 것이었다.

드래곤의 조각 외에는 아무런 장식이 없는 홀의 문이 활짝 열어젖혀지고 참석을 허락받은 귀족들이 텅 비어 있던 공간을 채워간다. 공기 중에는 새로운 황제에 대한 기대와 설렘, 환영보다는 걱정과 불안, 혼란이 더 짙게 떠돌았다. 젊고 미숙한 황제. 심지어 오랜 기간 궁을 떠나 평민으로 살아온 황족이다. 그런 애송이가 황제로서의 직무를 제대로 해낼 수 있을 것인가 의심하는 이들도 많았다.

상당수의 귀족들은 새로운 황제는 카얄룬 공작의 꼭두각시일 것이라 단정 짓기도 했다. 이카르의 즉위를 순수하게 반기는 사람은 거의 없었다.

홀의 가장 안쪽에는 계단식으로 된 둥근 단이 놓여 있었다. 단 위쪽의 천장은 높고 둥근 유리로, 오전의 자연광이 빙그르 맴돌며 내리비쳤다.

"폐하, 식의 순서는 기억하고 계신지요."

시종장의 물음에 이카르가 고개를 끄덕였다.

"물론이다. 몇 되지도 않으니까."

그렇게 대답은 했지만 너무 긴장하면 그 몇 안 되는 것조차 까 맣게 잊어버릴지도 모른다. 이카르는 길게 심호흡했다. 이것도 저 것도 전부 익숙해져야 하는 일이다. 주위는 빠르게 바뀌어가고, 뒤처지는 사람을 기다려주지 않는다. 이카르는 향유 냄새만이 남 아 있는 오른쪽 손등을 살짝 매만지곤 앉아 있던 자리에서 몸을 일으켰다. 시종이 다가와 그의 어깨에 붉은색의 긴 망토를 걸쳐주 었다.

준비가 끝났다. 주위의 시중인들이 한 걸음씩 물러나며 무릎을 꿇는다. 고요히 내려앉는 침묵. 황제의 즉위식은 침묵 속에서 이 루어진다. 결혼식 때와 같은 환성도 축포도 없었다. 오래되고 무 거운 의무를 받아들이는 것은 호들갑스럽게 축하할 일이 아니라 는 뜻에서였다. 대신 새로운 황제가 대중 앞에 공개적으로 나서는 날에는 요란한 축하 행사가 벌어진다.

용의 홀 또한 침묵에 잠겨 있기는 마찬가지였다. 시선만이 질척 하게 따라붙는 고요함 속에서 이카르는 걸음을 옮겼다. 그의 발걸 음을 따라 망토의 끝자락이 둥글게 돌며 이끌린다. 희미하게 소리 를 내며 흔들리는 금속 장식들과 간간이 들려오는 숨소리. 두꺼운 카펫 덕에 발소리는 거의 들리지 않았다.

허리와 어깨를 펴고 목을 세운 채 가능한 한 당당하게. 이카르 는 배운 것들을 머릿속으로 몇 번이고 되새기며 붉은 길을 따라 걸어갔다.

이제 곧 선대황제가 될 솔레다토르는 이미 홀의 가장 안쪽 단상에 도착해 있었다. 햇살이 내리비치는 그곳을 향해 이카르는 천천히 계단을 올라갔다. 한 걸음 한 걸음 계단을 오를수록 가슴 안쪽의 떨림이 차분히 가라앉았다. 아마도 그것은 단 위에 우뚝 서 있는 존재 때문일 터였다. 그 누구보다 든든하고 강력한 보호자의 곁이라면 전쟁터 한가운데라 할지라도 안심할 수 있다. 비록 이제는 그 곁을 떠나야 한다고 해도, 그래도 솔레다토르만 보면 습관적으로 마음이 놓였다. 무심코 살짝 미소를 머금을 정도로.

단상에 두 명의 황제가 마주 섰다. 본디 황제의 관과 옥새를 전해주는 역할은 수호룡의 것이었다. 수호룡이 사라진 후에는 인간이 그 역할을 대신할 수 없다 하여 용을 조각한 탁자에 관과 옥새를 올려놓고 황제 스스로가 받아 들었다. 다만 지금처럼 선황제가 살아 있는 상황에서의 양위는 선황제가 수호룡의 역할을 맡았다. 실상은 수백 년 만에 이루어지는 수호룡에 의한 즉위식이었지만, 지금 이곳에서 그 사실을 아는 자는 두 황제와 카알룬 공작뿐이었다.

"잔뜩 얼어붙어 있을 줄 알았더니."

솔레다토르가 단 아래 사람들에겐 들리지 않을 정도로 작은 목소리로 말했다.

"꽤 긴장하긴 했습니다."

이카르 역시 작게 목소리를 낮춰 대답했다.

"비실비실 웃고 있는 주제에."

"울 수는 없잖아요?"

"확실히 우는 것보다야 낫긴 하다만."

뭐 그리 즐거운 일이라고 싱글거리고 있단 말인가. 솔레다토르는 혀를 쯧 차곤 옥새를 먼저 들어 올렸다. 옥새에 달린 목에 걸수 있는 금사슬이 잘게 절그럭거린다. 이카르는 얼른 한쪽 무릎을 바닥에 대어 꿇었다.

"……이 짓도 꽤 오랜만이로군."

옥새를 이카르의 목에 걸어주며 솔레다토르가 속삭였다.

"대여섯 번쯤 하고 나서부터는 관을 황제 면상에 던져주고 싶었지."

"……안 그러실 거죠?"

"몰라서 묻는 거냐."

자신의 목에 채워질 족쇄를 제 손으로 만드는 것이나 다름없는 즉위식이 지긋지긋하긴 했지만, 이번만큼은 아니다. 비록 시작은 과거와 다름없는, 억지로 떠맡게 된 계약의 연장이었지만 지금의 황제를, 이카르를 계속 지키기로 한 것은 스스로 한 결정이었다. 솔레다토르는 황제의 관을 양손으로 가벼이 잡아서 들어 올렸다.

"금발에 금관은 별로 안 어울릴 것 같은데."

"그래도 씌워는 주셔야 합니다."

솔레다토르는 자신 앞에 무릎 꿇은 어린 청년을 잠시간 내려다보다가 햇살을 받아 빛나는 금발 위로 황관을 내려놓았다.

그와 동시에 짙은 허탈감이 가슴 안쪽을 채워갔다. 걸음마나 겨우 뗀 어린 것을 거두어 돌봐온 긴 세월이 이로써 완전히 끝이 났다. 그의 삶 중에서는 극히 일부일 뿐이었지만 결코 짧게 느껴지진 않은 시간이었다.

"……이제부턴 네 녀석이 황제다."

퉁명스러운 티가 팍팍 나는 목소리에 이카르가 소리 없이 웃었다. 그는 고개를 숙여 솔레다토르의 늘어진 망토 끝자락을 붙잡아 입 맞췄다. 자신을 황제로 인정해준 수호룡, 또는 그 대리인 선황제에게 보이는 극상의 예우였다. 그러곤 다시 고개를 들어 솔레다토르를 올려다보았지만.

"……?"

일어나라는 대답이 돌아오지 않았다. 허락을 받아야 몸을 일으킬 수 있다고 배웠는데. 이카르는 난감해하며 입술을 달싹였다.

"폐, 아니…… 음……."

식은 아직 끝나지 않았지만 관을 받은 이상 황제는 이카르다. 그러니 폐하 소리는 할 수 없고 숙부가 될 텐데, 입 밖으로 내밀기가 아직 어색했다.

"저기, 숙……부님……? 일어나라고 해주셔야지요."

"예전에 마음에 안 드는 황제를 이틀간 꿇어앉힌 적도 있었지."

"……예?"

무심코 목소리가 커질 뻔했다.

이카르는 설마 하는 표정으로 솔레다토르를 바라보았다.

"그, 그건 좀 심했습니다……."

이틀이면 별로 긴 것은 아니나, 무릎을 꿇은 채 먹지도 자지도 못하는 이틀이라면 괴로운 시간이다.

그뿐만 아니라 즉위식에 참가한 사람들까지 덩달아 꼼짝 못 하고 기다리고 있어야 했을 터였다.

"황족은 해치지 못한다면서요. 이틀이나 굶겨도 되는 겁니까?"

"그 정도는 괜찮아. 내가 네 녀석을 어떻게 다뤘는지 생각해보면 답이 나올 것이다만."

"……하긴 그러네요."

"그리고."

솔레다토르의 입술 사이에서 짧은 한숨이 새어 나왔다.

"나는 네 숙부가 아니다."

"그, 그렇지요……."

이카르는 당황해하며 고개를 끄덕였다. 대외적으로는 숙부와 조카라지만 실상 그와 솔레다토르 사이에 가족이라 칭할 만한 혈연은 단 한 줄도 없으니까. 기껏해야 멀고 먼 조상일 뿐이다.

"하지만 공식적으로는…… 숙부님이시니까요……."

이카르의 말에 솔레다토르가 눈가를 살짝 찌푸렸다.

"내가 키운 것이건만 숙부인가."

"……네?"

"친부는 어쩔 수 없다 해도, 적어도 양부 정도는 될 텐데."

"……예?"

"숙부보다는 양부가 맞지 않느냐는 소리다만. 왜 이상한 표정을 짓고 있는 거냐."

이카르는 멍하게 눈을 깜박였다. 방금 자신이 무슨 소리를 들은 거란 말인가.

머릿속이 새하얗게 물들어 얼른 이해가 가질 않았다.

"야, 양부요……?"

"그래. 내가 널 키운 것은 알려져 있으니 대외적으로도 양부로 인정받는 것이 가능할 텐데. 황제라는 자리가 걸리적거리려나."

다른 사람도 아닌 황제의 양부라는 자리는 쉽게 인정받을 수 있는 것이 아니다. 그러나 그 양부가 선황제라면 그리 어렵지 않을 듯도 했다. 솔레다토르가 생각에 잠긴 사이 이카르는 여전히 충격에서 헤어 나오질 못하고 있었다. 그는 지금이 즉위식 도중이라는 사실조차 까맣게 잊어버린 채 눈앞에 서 있는 남자를 넋 놓고 올려다보았다.

양부라고 말했다. 솔레다토르가 직접. 다른 누구도 아닌 자신의 양부라고.

"저를, 저를……."

마른침을 한 번 삼키고 떨리는 목소리로 말을 이었다.

"아들로…… 생각하시는 겁니까……?"

"갑자기 무슨 멍청한 소리냐."

"그게, 그러니까…… 계약 때문에 절, 키우셨잖아요……?"

스스로 원해서가 아닌 계약에 얽매여서. 이카르는 재차 마른침을 목구멍 너머로 넘겼다. 그렇기에 자신을 키워준 그일지라도 양부로 여겨서는 안 된다고 생각했는데. 그의 말에 솔레다토르가 어이없다는 눈빛을 했다.

"계약 때문에 데리고 온 건 사실이지만, 단순히 그것뿐이었다면 네 녀석을 귀찮게 달고 다니지는 않았겠지. 요정들에게 던져놓고 잊었을 거다."

요정족의 마을에 맡겨 놓으면 적어도 목숨이 위험할 일은 없다. 그러니 내버려 두었다가 적당히 자라면 제 아비에게 돌려주면 그만인 것이었다. 황태후가 노리든 말든 황제 자리에 앉혀놓기만 하면 계약을 완수하는 것이니 쓸데없는 고생을 길게 할 필요도 없었을 터였다.

"하지만 이카 너는 내가 키운 내 아들이다."

그리 어렵지 않았을 계약을, 정에 발이 묶여 먼 길을 돌고 돌아 여기까지 오게 되었다.

"내 자식이니까 친부에게도 내주지 않은 것이다. 돌려줘 봤자 제대로 지켜내지 못할 것이 분명했으니. 또한 계약만 끝내고자 하였으면 이것저것 머리 아프게 신경 쓸 것 없이 바로 황제 자리에 밀어 넣었겠지. 네놈이 힘에 부치다 못해 죽어 나간다 하더라도 말이다."

"그……러네요……?"

이카르가 멍하게 중얼거렸다. 솔레다토르의 말대로다.

"귀찮은 거…… 싫어하시는데……."

그럼에도 자신을 곁에 데리고 다니며 돌봐주었다. 글도 검술도 그 밖의 것들도 직접 가르쳐주었다. 틀림없이 귀찮았을 텐데. 아마 처음에는 그렇게까지 할 생각이 아니었을 터였다. 어릴 적 희미한 기억 속의 자신은 요정족의 마을에 있었다. 목령이 돌봐주고 요정들과 어울려 노는 그 사이사이 솔레다토르가 찾아와 주었다. 그리고 어느 순간부터 솔레다토르는 간간이 확인하듯 찾아오는 것이 아니라 쭉, 계속해서 곁에 머물러주기 시작했다.

"귀찮은 거, 싫어하시면서……."

목이 꽉 막히며 눈앞이 뿌옇게 흐려진다. 솔레다토르가 곁에 있는 것은 너무도 당연해 미처 깨닫지 못했다. 그간의 고민이 한심하게 느껴질 정도로 자신이 사랑받고 있었다는 것을. 더 말을 잇지 못하고 눈물만 뚝뚝 흘리는 이카르의 모습에 솔레다토르가 당황하며 주위를 두리번거렸다. 다행히 사람들이 보고 있는 방향에서 등을 돌리고 있는지라 지금 이 난감한 상황을 들킬 걱정은 없어 보였다.

"울지 말고 일어나라. 아니, 그대로 있어. 지금 일어나면 돌아서야 하니."

"……죄송합니다."

"죄송하면 눈물이나 멈춰."

"그게 제 마음대로 되는 게, 흑, 아니라서요."

"……일단 좀 닦기라도 해라. 얼굴이 엉망이다."

맨얼굴도 아닌 화장을 한 상태라 눈물 자국이 더욱 뚜렷이 드러나 있었다. 이카르가 반사적으로 자신의 옷자락을 붙잡자 솔레다토르가 말리며 대신 자신의 망토 끝을 내밀었다.

"너는 앞으로 식이 더 남아 있지만 나는 바로 돌아갈 테니 내 걸로 닦아."

"네, 아, 아……버지."

이카르는 빨개진 얼굴을 양부의 망토 자락에 파묻었다. 한참을 고개 들지 못하는 이카르를 내려다보던 솔레다토르가 머뭇머뭇 손을 뻗어 황관을 쓴 머리를 쓰다듬어주었다.

"조금 전에 말했지만 이틀 동안 이러고 있기도 했다. 그러니 천천히 일어나도 돼."

그렇게 말하며 좌중을 내려다보았다. 보이는 얼굴들마다 당혹스러움이 새겨져 있다.

침묵이 요구되지 않았더라면 술렁거림이 물결치며 홀을 가득 채웠을 분위기였지만, 이카르를 억지로 일으킬 생각은 조금도 없었다.

만일 이 일로 누군가 시비를 걸어온다면 직접 상대해주겠다. 살기마저 희미하게 섞인 위압감이 서서히 퍼져 나가고, 어리둥절한 채 단상을 올려다보던 이들이 무언의 경고를 느끼고서 하나둘씩 고개를 숙였다. 마치 새로운 황제에게 경의를 표하듯이.

즉위식 직후 이제는 선황제가 된 솔레다토르의 거처가 대대로 선황제의 궁으로 쓰이던 푸른 라브르궁으로 옮겨졌다. 후궁인 생쥐 역시 마찬가지였다.

나비궁은 황제의 후궁을 위한 궁 중 하나였기에 더는 그곳에 머무를 수 없었다. 보통은 선황제의 후궁으로서 새로운 궁을 하사받겠지만, 그러지 않고 솔레다토르와 함께 푸른 라브르궁으로 가기로 했다.

"저는 바로 옮겨 갈 수 없을 듯하네요."

마담 노체가 곤란한 표정을 지었다.

"옮겨 심은 지 얼마 지나지도 않았는데 또다시 공기 중에 뿌리가 드러나면 건강에 좋지 않거든요. 나이가 나이이니만큼 조심해야 한답니다."

"천천히 와도 상관없다. 아니, 산맥으로 돌아가는 것도 괜찮겠군."

얼마 안 되는 짐을 챙기는 생쥐를 바라보며 솔레다토르가 말했다.

"이젠 돌볼 어린애도 줄었고 안전에 크게 신경 쓰지 않아도 될 터이니."

목령인 노체와 드레이크인 케이어스를 곁에 둔 것은 어디까지나 이카르와 생쥐의 보호를 위해서였다. 그러나 이카르는 떠나갔고 생쥐의 곁에는 양위로 한가해진 솔레다토르가 항시 머물러 있을 것이었다. 그러니 전처럼 둘의 보호까지는 필요치 않았다.

"그러면 저도 여기 남아도 되겠습니까?"

케이어스가 한쪽 손을 살짝 들어 올려 보이며 말했다.

"인간이 너무 많은 곳은 불편합니다."

푸른 라브르궁은 나비궁이나 그전의 작은 후궁전에 비해 규모가 훨씬 큰 거처였다. 예전처럼 사람을 가려 뽑지도 않았기에 일하는 궁인들의 수 또한 100을 가볍게 넘어갔다. 케이어스의 말에 솔레다토르가 잠깐의 고민 끝에 고개를 끄덕였다.

"너까지 돌아가는 건 아직 이르지만 그 정도는 괜찮겠지. 생쥐 하나라면 요정들만으로도 별문제 없을 것이고."

수십 수백 명의 무장한 병사가 궁으로 공격해오는 변고가 벌어지기라도 하지 않는 이상, 어린 소녀 하나쯤 거뜬히 지켜낼 수 있을 것이었다.

"게다가 솔레다토르께서도 이제는 자리를 비우실 일이 별로 없으실 테니까요."

케이어스가 미소 지으며 말했다.

마경의 주인이 황제라는 짐에서 벗어나고 머지않아 수호룡의 굴레에서도 풀려날 수 있을 것이라는 사실은 그에게 있어서, 노체에게 있어서도 기꺼운 일이었다. 비록 완전한 자유를 되찾기 위해서는 긴 시간을 필요로 하겠지만 끝이 아예 보이지 않는 것보다는 훨씬 나았다. 기다림 끝에 황가가 자연스럽게 몰락한다면, 마경의 주인이 인간에게 얽매여 그 영지를 떠나는 일은 더 이상 없을 것이었다.

"솔! 짐 다 쌌습니다!"

제법 큼직한 가방을 손에 든 생쥐가 두 요정과 함께 솔레다토르 앞으로 뛰어왔다. 솔레다토르는 당연한 것처럼 그녀의 손에서 가방을 빼앗듯 받아 들었다.

"가자."

"네!"

생쥐는 냉큼 솔레다토르의 한쪽 팔을 끌어안으며 그의 옆구리에 바싹 붙었다. 익숙해진 보금자리를 떠나는 것은 조금 아쉬웠지만, 곁의 남자가 있는 곳이라면 어디든지 좋았다.

"아리에스 언니도 같이 가면 좋을 텐데요."

"예비 황후가 선황제의 궁에 머물게 되면 남의 눈에 좋지 않게 비칠 테니 어쩔 수 없지."

아직 건재한 황태후로 인해 걱정이 된 이카르가 아리에스에게 선황제의 곁에 머무를 것을 권했으나 단칼에 거절당하고 말았다.

위험하기로 치자면 이카르 또한 마찬가지가 아니냐는 이유에서였다. 결국 아리에스는 예비 황후로서 이카르와 같은 궁에서 지내게 되었다.

"보고 싶다면 부르거나 찾아가면 되는 일이다."

"마음대로 찾아가도 될까요?"

"시종을 먼저 보내어 알려야 하긴 하지만, 상관없겠지. 혼례를 치르고 황권이 안정되면 자주 볼 수 있을 거다."

"언니가 빨리 결혼했으면 좋겠어요."

생쥐는 기대 어린 미소를 머금으며 솔레다토르와 함께 마차에 올랐다. 문이 닫히고 덜컹이는 소음과 함께 마차가 출발한다.

"내년 봄이라고 했죠?"

"그래."

"너무 늦어지는 것 같습니다."

"연이어 큰 행사를 치르기는 힘드니까."

"저도 언니에게 결혼 선물을 해드리고 싶어요."

생쥐가 자신의 머리에 꽂혀 있는 나비 머리핀을 매만지며 말했다.

"해주면 되지."

"하지만 저는 가진 게 별로 없습니다. 음, 혹시 황궁 내에서도 일을 할 수 있을까요? 돈을 벌고 싶어요."

자신이 가진 물건들은 전부 받은 것들뿐이다.

스스로 얻어낸 건 없었다.

그녀의 말에 솔레다토르가 조그만 머리통을 누르듯 쓰다듬었다.

"그러고 보니 말해준 적이 없군. 후궁에게는 일정한 금액의 품위유지비가 주어진다."

"품위유지비요?"

"그래. 말하자면 급료, 즉 네가 번 돈이라는 거지."

생쥐가 이해할 수 없다는 표정으로 눈을 깜박였다.

"저는 일을 한 적이 없습니다."

"내 옆에 머무는 것이 일이다."

"솔의 옆에 있는 것이요? 어째서요?"

"정확히는 내 시중을 드는 것 말이다."

좀 더 자세히 말하자면 밤의 시중이다. 그러나 솔레다토르는 거기까지는 가르쳐주지 않았다. 시중이라는 말에 생쥐가 알겠다는 듯 고개를 끄덕였다.

"커피는 제가 끓이고 있습니다. 하지만 그것뿐인데요?"

"그거면 돼."

"으음, 그렇습니까."

하는 일이 적으니 돈도 적게 나오겠지. 그래도 작은 선물 정도는 살 수 있을 것이었다. 생쥐는 그렇게 생각하며 솔레다토르에게 몸을 바싹 붙였다.

푸른 라브르궁은 근처에 작은 호수와 숲이 자리 잡은 일종의 휴양처에 가까운 곳이었다. 궁의 모습 또한 이국적인 풍취의 낮은 건물들로 이루어져 있었다. 생쥐는 마차에서 내리자마자 희고 푸른 벽돌을 섞어 만든 건물 벽을 홀린 듯 바라보았다. 건물의 색채도 기둥의 조각도 주위 장식물들도 모두 낯설면서도 편안한 아름다움을 지니고 있었다.

　"이제 여기서 사는 거예요?"

　"그래."

　"계속요?"

　"그래, 계속. 이제는 옮길 일 없다."

　솔레다토르는 생쥐의 머리를 쓰다듬으며 대답했다. 이카르의 행보도 마음에 걸렸지만, 옆에 붙어 선 이 소녀 때문에라도 선황제로서 최대한 오래 머물 생각이었다.

　물론 결국은 잠들어야 하겠지만 가능하다면, 생쥐의 수명이 다할 때까지 곁에 있어주고 싶었다.

　"여기서 쭉 사는 거로군요……."

생쥐는 두 손을 가슴 앞으로 모은 채 주위를 두리번거렸다. 약간 떨어진 채 일렬로 서 있던 시녀들이 그녀의 시선이 닿아올 때마다 공손히 고개를 숙인다.

"우리 방은 어디예요?"

"네가 마음에 드는 곳으로 골라라."

"제가요?!"

"그래."

솔레다토르의 허락에 생쥐는 더더욱 들뜬 얼굴이 되어 발걸음을 내디뎠다. 긴 회랑을 따라 걸어가는 그녀를 솔레다토르가 느긋이 뒤따랐다. 생쥐는 지치는 기색도 없이 활기차게 궁 여기저기를 뒤지고 다니다가 작은 연못과 푸른 대리석 파고라가 있는 내원에 멈춰 섰다.

"여기요. 여기가 마음에 듭니다!"

"방은 보지도 않았다만."

"연못에 물고기도 있어요!"

연못 앞으로 뛰어간 생쥐가 금방이라도 물에 빠질 듯이 아슬아슬하게 몸을 숙이며 소리쳤다. 살타토르 백작가 별채에도 연못이 있었지만 가까이 가볼 기회가 없어 제대로 구경하진 못했다. 솔레다토르는 얼른 그녀의 뒤로 다가가 팔을 뻗어 가느다란 허리를 붙잡았다.

"조심해라."

"괜찮아요. 수영 해본 적 없지만 별로 안 깊습니다. 빠져도 걸어 나올 수 있어요. 처음 보는 물고기인데, 정말 예뻐요!"

붉고 푸른 몸체에 반투명한 꼬리지느러미가 드레스 자락처럼 부드럽게 하느작거린다. 그 헤엄치는 모습이 무척이나 우아해 쉽게 눈을 뗄 수가 없었다.

"너무 예뻐서, 먹기 아까울 거 같습니다."

"먹는 거 아니다."

"먹는 거 아니에요?"

생쥐가 잘 모르겠다는 듯 고개를 갸웃 기울였다. 그녀의 머릿속에는 관상어라는 단어가 없기 때문이었다.

"……아, 혹시 독이 있나요? 알록달록하게 예쁘면 독이 있는 경우가 많다고 들었습니다."

"아니. 먹을 수 없는 건 아니다. 안 먹는 거지."

"먹을 수 있는데…… 안 먹습니까? 어째서요?"

"식용이 아니라 구경하는 용이지. 꽃처럼."

"꽃……."

생쥐는 잠시간 말없이 헤엄치는 물고기들을 바라보았다.

"맞아요, 꽃처럼 예쁩니다. 그냥 꽃처럼 구경만 하는 물고기로군요. 그래도 조금 이상해요. 먹을 수 있는 건데 안 먹는다니. 꽃은 먹어도 배도 별로 안 부르고 맛도 없지만 물고기는 아닌걸요."

살타토르 백작가에 든 이후로 생쥐의 눈에는 쓸모없어 보이는 물건에 돈을 쓰는 일을 여러 번 보고 겪어왔다. 이제는 많이 익숙해지긴 했지만 그래도 완전히 이해가 가는 건 아니었다. 특히나 이렇게 음식을 낭비하는 것에는 여전히 거부감이 느껴졌다. 이런 싱싱한 물고기는 물론이요, 말라비틀어진 빵조각조차 귀했었는데.

"먹고 싶다면 먹어도 된다."

솔레다토르가 생쥐를 붙잡은 팔을 당겨 자신의 품 안으로 그녀를 끌어들이며 말했다.

"어차피 네 것이니."

"……제 거예요?"

"그래. 이곳에 있는 것은 전부 네 마음대로 해도 돼."

"전부요?"

연녹색 두 눈이 동그랗게 커졌다.

"하지만, 솔의 궁이잖아요?"

"꼬마 네 궁이기도 하지. 아니면 따로 궁을 내줄까."

그의 말에 생쥐가 얼른 고개를 저었다.

"아뇨, 솔이랑 같이 있을래요. 그러고 싶어요. 그래도 됩니까?"

"바보 같은 소리를 하는군. 네가 원하지 않아도 놓아줄 생각은 없다."

"그렇지만 궁을 따로 내주신다고 하셨잖아요."

"별궁이라는 거지. 네가 있을 곳은 내 옆이다."

그 누구에게도 내주지 않을 것이다.

빼앗아 갈 능력이 되는 사람 자체도 없겠지만. 솔레다토르는 품 안의 소녀를 안아 들었다. 연회색 머리카락이 흔들리며 그 사이로 흰 목덜미가 살짝 드러난다. 전과 다름없이 새하얗지만 핏기 없이 창백한 것이 아닌 곱게 살이 오른 우윳빛 살결에, 솔레다토르는 무심코 입술을 대었다. 군침을 돌게 만드는 깨끗한 살 내음. 가볍 게 이를 세우는 것에 생쥐가 움찔 몸을 떨었다.

"배고프세요?"

"⋯⋯뭐?"

"저 드시려는 거 아니세요?"

"아니, 이건⋯⋯."

솔레다토르는 스스로의 행동에 당황해하며 생쥐를 연못 옆에 내려놓았다. 초경을 끝냈다고 해도, 나이로 치면 그리 어리지 않 다고 해도 겉으로만은 아직 한참 덜 자란 어린애한테 무의식중에 욕정을 느꼈다는 사실이 무척이나 당혹스러웠다. 단순히 눈앞의 꼬마도 여자라고 의식하는 정도가 아니라 손까지 대어버렸다.

'⋯⋯긴장이 풀린 탓인가.'

이카르가 무사히 황제의 자리에 올랐으니 이제 남은 것은 때를 기다려 잠드는 일뿐이다. 즉 머잖아 계약에서 벗어나 자유의 몸이 될 수 있었기에 수호룡의 제약에 의해 억눌려 있던 마경의 주인으 로서의 본능이 강해진 것일지도 모른다. 다름 아닌 후계자를 가져 야 한다는 의무가.

‘언젠가는 해야 할 일이기는 하지만.’

아직은 아니다. 심지어 그 상대가 생쥐여서야 더더욱 안 될 일이었다. 어린 것도 어린 것이지만 드래곤의 알을 품게 된다면 지금처럼 황궁에서 지내는 건 불가능했다. 마경에 속한 자들은 마경 내에서만 무사히 태어날 수 있기 때문이었다. 임신 후 열흘 이내에 솔레다드 산맥으로 가지 않는다면 유산하게 된다. 마수들이 마경을 벗어나 멀리 떨어진 민가를 공격하는 일이 드문 것도 바로 이 때문이었다. 다시 말해 임신 후 출산까지 최소 1년에서 길게는 수년간 황궁을 떠나 솔레다드 산맥에서 지내야만 하는 것이다. 요정들은 딸려 보낼 수 있겠지만, 그토록 좋아하는 아리에스는 물론이고 수호룡으로 얽매인 자신 또한 이따금 방문이나 가능할 뿐 쭉 함께하지 못한다.

‘알게 되면 또 괜한 고집 피우려 들 테니 조심해야겠군.’

솔레다토르는 무슨 일인가 하고 고개를 갸웃거리는 생쥐의 머리를 쓰다듬어주며 속으로 중얼거렸다. 도움이 될 수 있다 싶으면 또 제 몸 아끼지 않고 달려들려 할 게 분명했다. 혼자 떠나는 것도 참을 수 있다면서 억지를 부리겠지.

“배 안 고프세요?”

“전혀.”

“하지만 방금…….”

“먹으려고 그런 게 아니다.”

"그럼⋯⋯ 맛만 보신 거예요?"

"⋯⋯그렇다고 해두지."

"그렇군요."

생쥐는 두 손을 가슴 앞으로 공손히 모은 채 기대 어린 눈빛으로 자신 앞에 선 남자를 올려다보았다.

"저 맛이 괜찮습니까?"

"그건⋯⋯."

"⋯⋯별로예요?"

질문하는 목소리의 끝이 긴장으로 살짝 떨렸다. 솔레다토르는 한숨을 삼키며 대답했다.

"⋯⋯아니, 괜찮다."

"다행이다! 좀 더 맛있어지도록 노력하겠습니다. ⋯⋯어떻게 해야 할지 잘 모르겠지만요. 사지나 라지에게 물어볼까요? 아니, 요리라면 케이어스 아저씨가⋯⋯."

"묻지 마."

솔레다토르는 생쥐를 다시 품에 안아 들며 이어 말했다.

"괜히 떠들고 다니면⋯⋯ 그래, 아리에스가 귀찮게 굴 거다."

"아⋯⋯ 맞아요. 언니라면 틀림없이 안 된다고 할 겁니다. 말 안 해야겠어요. 하지만 그럼 어떻게 더 맛있어지지요?"

"지금도 충분해."

"하지만 좀 더⋯⋯."

"욕심 부리다가는 오히려 맛없어질지도 모른다."

"그럴까요?"

"그래."

"그럼 이대로 유지하도록 노력하겠습니다."

"……으음."

도대체 무슨 노력을 어떻게 할지 걱정되었지만 이제 와서 말린다고 해도 얌전히 들을 그녀가 아니었다. 그렇다고 사실대로 말해줄 수도 없는 노릇이라 솔레다토르는 한숨을 삼키곤 건물 안쪽으로 걸음을 옮겼다.

생쥐는 흰여우의 털가죽으로 만든 큼직한 목도리를 꼭 끌어안고 뺨을 비볐다. 볼에 와 닿는 부드럽고도 따스한 감촉이 무척이나 기분 좋았다. 그 옆에서 사지예와 라지예가 갖가지 모피들을 들어 보였다.

"그건 너무 무겁지 않을까? 여기 담비도 있는데."

"이건 수달인가?"

"로브는 뭘로 하지? 토끼? 눈표범?"

"하멜론 산양은 어때? 이거 가벼워~."

"생쥐야, 넌 어떤 게 좋아?"

라지예의 물음에 생쥐가 흰여우 터럭 사이에 파묻고 있던 얼굴을 들어 올렸다.

"다 좋아요! 전부 다 따뜻합니다!"

두꺼운 털가죽은커녕 솜옷 한번 입어본 적이 없었는데. 생쥐는 감격 어린 눈빛으로 길게 늘어진 여우 꼬리를 바라보았다.

"이거 다 입고 나가면 한겨울에도 더울 거 같아요."

"꽁꽁 싸매면 별로 안 춥기는 할 거야~."

"귀랑 입도 감싸야지. 여기 털모자도 있다~."

"아직은 그렇게 춥진 않은걸요."

겨울의 초입이었지만 바람이 불면 볼이 살짝 시린 정도였다. 물이 얼거나 눈이 쌓일 시기는 아직 멀었다. 생쥐는 여우 목도리를 목에 휘익 감았다.

"이것만 가지고 가겠습니다."

"안 돼, 로브는 걸쳐야 한다고."

"그래, 인간 어린애는 약하잖아."

"저 어린애 아니에요. 겨울이 지나면 열일곱 살이 됩니다. 어리지 않아요. 제가 살던 곳에서 열일곱 살이면 아이도 한둘쯤 있다고요."

생쥐의 말에 두 요정이 눈을 휘둥그레 떴다.

"이렇게 작은데!"

"한 뼘은 더 커야지!"

"맞아, 한 뼘은 더 커야 아기를 가지지!"

"솔레다토르에게 후계자가 필요하긴 하지만 그래도 생쥐 넌 너무 작아!"

"3년은 더 키워야 하지 않을까?"

"잘 먹이면 1년 정도로도 클지도? 이카는 빨리 크던데."

"안 작아요!"

생쥐가 눈꼬리를 올리며 소리쳤다.

"아기 가질 수 있습니다. 초경 하면 가질 수 있댔잖아요."

"에이, 그래도 너무 작잖아."

"아직 팔다리도 가느다랗고."

"하지만……."

생쥐는 자신의 두 손을, 소매 아래로 드러난 손목을 내려다보았다. 두 요정의 말대로 확실히 가늘기는 했다. 양 손목을 모은다 하더라도 솔레다토르의 한쪽 손에 잡히고도 남을 정도다.

"……얼마나 더 커야 해요?"

더 커야 한다, 더 커야 한다 하는 소리만 몇 번이나 들었다. 전보단 살도 찌고 키도 더 컸는데 아직도 모자란 것일까. 약간 울먹이는 목소리에 사지예와 라지예가 곤란하다는 듯 어깨를 으쓱했다.

"아리에스 정도?"

"응, 아리에스 정도면 되겠다."

"……가슴은, 가슴은 언니만큼 안 될 거 같은걸요."

"아냐, 가슴은 괜찮아."

"그래, 가슴은 작아도 돼! 살만 더 붙여."

"네……."

생쥐는 힘없이 중얼거리듯 대답했다. 솔레다토르에게 도움이 되고 싶은 마음도 컸지만, 그게 아니더라도 아이를 가지고 싶었다. 이름만 후궁이 아닌 진짜가 되고 싶었다. 아리에스와 이카르처럼 좀 더 깊은 관계로 연결되고 싶은데, 얼마나 더 기다려야 하는 것일까. 그녀는 시무룩하게 어깨 아래로 늘어진 여우 꼬리를 만지작거렸다.

"얼마 안 걸릴 거야, 너무 걱정 마."

"아리에스랑 오랜만에 만나는 건데 얼굴 펴야지~."

두 요정이 침울해진 생쥐를 달래며 겉옷을 챙겨주었다. 이카르의 즉위식 이후 벌써 한 달 가까운 시간이 흘렀다. 그동안 몸이 두 개라도 모자랄 정도로 바쁜 이카르는 물론이고 아리에스 또한 만나질 못했다. 그래서 생쥐는 무척이나 기뻐하고 있었다, 조금 전까지는 말이다. 하지만 지금은 아리에스와 만난다는 말을 들어도 울적한 마음이 완전히 가시질 않았다. 생쥐는 한숨을 포옥 내쉬고는 요정들을 올려다보았다.

"……정말로 얼마 안 걸리겠지요?"

"물론이지!"

"게다가 솔레다토르는 시간 많아~. 조금 오래 걸린대도 걱정할 거 없어!"

"너무 신경 쓰지 말고 솔레다토르한테나 가보자. 아직 자고 있을지도 모른다고."

"잠이 늘어 날 시기이긴 한데 좀 과하다니까?"

"그러게 밤에 잠을 안 자나? 이러다 더 추워지면 종일 자는 거 아닐까 몰라~."

요정들이 호들갑을 떨며 생쥐를 데리고 드레스룸을 빠져나가 침실로 향했다. 요즘 들어 점심때가 지나도록 잠에 빠져 있기 일쑤인 솔레다토르였지만 오늘은 침대가 텅 비어 있었다.

침실에 딸린 거실에서 잠시 기다리고 있자 솔레다토르가 머리카락이 약간 젖은 채로 돌아왔다. 씻고 온 모양이었지만 황금색 두 눈에는 아직 잠기운이 옅게 남아 있었다. 생쥐는 그를 보자마자 언제 침울해했느냐는 듯 주인을 발견한 강아지처럼 폴짝폴짝 뛰어 다가갔다.

"솔! 제가 마저 닦아드릴게요! 제가요!"

솔레다토르는 두 팔을 휘젓는 소녀를 내려다보다가 들고 있던 수건을 건네주고 소파에 앉았다.

소파 뒤쪽으로 돌아간 생쥐가 물기 남은 적갈색 머리카락을 수건으로 조심조심 눌러 닦기 시작했다.

"……이카가 몇 시에 오기로 했었지."

"폐하와 언니와 호수에서 점심을 같이 먹기로 했습니다. 얼마 안 남았어요."

아직 한창 바쁠 때인 이카르가 틈을 내어 살짝 나오는 것이기에 보는 눈이 많은 선황제궁이 아닌 근처의 호수에서 만나기로 했다.

"이카 폐하가 바쁜 건데 왜 언니도 못 오는 건지 모르겠습니다."

생쥐가 조금 불만스럽게 말했다.

"아리에스도 바쁠 거다."

"언니도요?"

"그래. 예비 황후로서 입지를 다져야 하니까."

게다가 이카르의 즉위 후 황태후는 반칩거 중이었다. 황실의 안주인이던 그녀가 활동을 멈추고 로제시아 공주 또한 아직 근신 중인 탓에 아리에스가 그들의 역할을 대신하게 된 것이었다.

"후계자 교육을 받기는 했다지만 백작가와 황실은 천지 차이니 고생깨나 하고 있겠지."

"고생이라니, 제가……."

"못 도와주니 포기해라."

솔레다토르는 뒤쪽으로 손을 뻗어 생쥐의 뺨을 쓰다듬었다.

"능력도 모자랄뿐더러 선황제의 후궁은 사교계에 발을 들여서는 안 된다. 공식행사도 일부 외에는 참석할 수 없어."

선황제의 후궁이라 함은 보통은 남편을 잃은 미망인이기 때문에 자신의 궁 안에 머물며 바깥과의 교류를 끊는 것이 보통이었다. 게다가 선황제가 살아 있다 하더라도 황태후조차 황후가 책봉되면 일선에서 물러나게 마련이라 일개 후궁이 궁정을 헤집고 다닐 수는 없었다.

"봄에 결혼식을 올리면 좀 더 여유가 생기겠지. 그쯤 되면 이카르도 어느 정도 자리를 잡았을 테고."

"빨리 봄이 왔으면 좋겠어요! 참, 그전에 언니 결혼 선물 사야 하는데……."

"겨울이 지나면 궁 밖으로 한 번 나가도록 하지."

"네!"

생쥐는 기쁘게 대답하곤 머리카락 끝에 남은 물기를 마저 꾹꾹 눌러 닦아냈다.

금갈색 고운 털을 지닌 날씬한 암말이 귀를 까닥이며 생쥐에게 머리를 들이밀었다. 생쥐는 암말의 콧등을 쓰다듬어주고는 사지예의 도움을 받아 안장 위로 올라앉았다. 푸른 라브르궁으로 옮겨온 이후로 거의 매일같이 승마 연습을 해, 이제는 제법 능숙하게 말을 탈 수 있게 된 그녀였다. 고삐를 붙잡고 허리를 꼿꼿이 세우는 생쥐의 곁으로 흑마에 오른 솔레다토르가 다가왔다. 암말이 검둥이를 보고 불편한 기색을 내비쳤으나 마구간 옆자리에 두고 미리 길들여둔 덕에 피하거나 날뛰지는 않았다. 두 사람이 앞서 말을 몰아가고 요정들이 짐을 챙겨 그 뒤를 따라갔다. 사지예와 라지예 외의 다른 시중인은 없었다.

선황제궁 근처의 호수는 따로 이름 없이 궁과 같은 푸른 라브르 호수라고 불렸다. 크기는 작았지만 맑고 깨끗한 수면이 거울처럼 잔잔한 예쁜 호수였다.

주위에는 등나무가 줄지어 서 있어 늦봄이면 무수한 꽃줄기들이 바람결에 흔들리며 연보랏빛 꽃송이를 수면 위로 소복이 떨어뜨렸지만, 초겨울인 지금은 다소 삭막한 풍경이었다.

그래도 겨울 철새들이 무리지어 날아다니거나 헤엄치는 모습은 구경할 만했다.

"아리에스 언니예요!"

호숫가에 먼저 도착해 있는 사람들을 발견한 생쥐가 활짝 웃으며 소리쳤다. 보온을 위해 카펫을 깔고 장막을 친 곳에 검푸른색 로브를 걸친 아리에스가 서 있었다. 그 옆으로 이카르의 모습도 보였다. 아리에스가 다가오는 생쥐를 발견하고 한쪽 손을 들어 살짝 흔들어주었다.

"언니! 아, 참, 황제 폐하를 뵈옵니다."

말에서 내려선 생쥐가 곧장 아리에스에게 안기려다 말고 이카르를 향해 공손히 머리 숙였다. 이제는 호위기사가 아닌 황제이기에 전처럼 가벼이 대할 수 없었다. 그런 생쥐의 태도에 이카르가 작게 웃었다.

"여기서는 편하게 대해도 괜찮아. 어차피 쉬러 온 것인걸."

"네, 폐하. 아리에스 언니!"

괜찮다는 말이 떨어지기가 무섭게 생쥐가 아리에스를 향해 달려들었다. 아리에스는 반갑게 달라붙어오는 그녀를 마주 끌어안아 주며 미소 지었다.

"그동안 잘 지냈어?"

"네! 이젠 말도 잘 탈 수 있습니다. 언니는요? 바쁘다고 들었는데, 괜찮아요?"

"괜찮아, 아무 문제 없단다. 사실 아주 없는 건 아니지만, 내가 감당해내야 하는 것들이니까. 게다가 나름 재밌기도 해."

"재밌어요?"

"응. 일개 백작 영애가 식도 올리기 전부터 황후 역할을 하고 있으니 재미있는 일들이 꽤 있었지~. 하하. 재밌어, 재밌고말고."

생쥐는 고개를 갸웃 기울이며 딱딱한 웃음을 흘리는 아리에스를 올려다보았다. 말은 재미있다고 하는데 정말로 그런 것 같진 않은 기색이었다. 둘이 대화를 나누는 사이 솔레다토르 또한 말에서 내려섰다.

약간 졸린 표정의 그를 이카르가 반가움 반 쑥스러움 반이 뒤섞인 눈빛으로 바라보았다.

"오랜만에 뵙습니다, 아…… 음, 아버지…….''

뒤의 호칭은 쥐꼬리만 한 목소리라 거의 들리지도 않았다.

"음. 생각보다는 잘 지내고 있는 모양이지. 이렇게 쉬러 나오기도 하고. 최소 내년까지는 얼굴 보기 힘들지 싶었다만.''

솔레다토르의 말에 이카르가 뺨을 조금 붉혔다.

"바쁘긴 한데 카얄룬 공작이 시간을 낼 수 있도록 도와주었습니다.''

"그자에게 너무 의지하지는 마라.''

"알고 있습니다만 지금으로서는 의지할 수밖에 없으니까요. 아니, 도와줄 때 열심히 받아먹어야지요. 언제 마음이 변할지 알 수 없잖습니까.''

"제법 그럴듯한 소리를 하는군.''

솔레다토르는 손을 뻗어 약간 길어진 금발을 쓰다듬었다. 황제 상대로는 무례한 짓이었지만 두 사람 다 망설임이나 거부감은 조금도 없었다.

"감당하기 힘든 일이 생기거든 연락해라.''

"예. 하지만 가능한 제 선에서 해결할 수 있도록 노력할 겁니다. 언제까지고 도움만 받을 수는 없으니까요.''

게다가 눈앞의 옛 보호자는 머지않아 자신의 곁을 떠나게 될 것이었으니. 솔레다토르가 한 맹세를 의례적인 것으로 알고 있는 이카르는 그렇게 생각했다. 자신이 자리를 잡아 은신처를 마련하면 솔레다토르는 곧장 잠들게 될 것이라고.

"무리는 하지 마."

"걱정 마십시오. 아직은 충분히 버틸 만합니다."

최소한 카얄룬 공작의 지지가 있는 동안은 큰 문제가 없을 듯했다. 그러니 지금으로서는 그 도움이 끝난 후에도 버틸 수 있도록 기반을 닦아놓는 것이 가장 시급한 일이었다.

"황제 폐하, 선황 폐하, 식사하세요!"

아리에스와 함께 막사 안으로 들어갔던 생쥐가 고개를 빼꼼 내밀며 두 사람을 불렀다. 부자는 나란히 막사 안쪽으로 걸음을 옮겼다.

숯을 담은 화로 위에서 달콤한 향이 흘러넘친다. 식후 디저트인 따뜻하게 데운 초콜릿 음료와 갖가지 쿠키들이 테이블에 놓였다. 솔레다토르를 위한 커피를 따른 시녀가 공손히 허리 숙인 뒤 막사 밖으로 나갔다.

"결혼식을 늦추자는 사람이 한둘이 아니에요."

살이 찌면 안 된다며 과자에는 손끝 하나 대지 않고 옅은 차만 홀짝이던 아리에스가 투덜거렸다.

"아직은 후보니까 시간만 있으면 밀어낼 자신이 있다는 것이겠지요. 즉위식 축하 연회 때 얼마나 많은 계집애들이 몰려들었는지 아세요? 백작 영애 상대면 만만하다 싶어 별별 약소 가문들도 다 기웃거리고 있다니까요."

대부분의 황후는 일정 가문에서만 배출되었다. 각 귀족 무리의 수장이나 그 측근의 핏줄이 황후 자리를 차지하는 것이 보통이었는데, 이번에는 백작가라는 비교적 만만한 가문에서 나온 것이다. 심지어 단순한 연애의 결과이다 보니 황제의 마음만 얻을 수 있다면 황후 위 또한 빼앗을 수 있다고 생각하는 이들이 부지기수였다.

"선황 폐하와 카얄룬 공작이 인정했다는 꼬리표가 없었더라면 일찌감치 궁정에서 쫓겨났을지도요."

아리에스의 말에 생쥐가 두 눈을 잔뜩 부릅떴다.

"대체 누가 언니를 쫓아내요?!"

"말이 그렇다는 거야. 물론 아무런 지지가 없었더라면 쫓겨나기 이전에 암살당할 가능성이 더 높겠지."

"그런!"

충격 받고 울먹이는 생쥐를 그녀의 옆에 앉아 있던 솔레다토르가 다독거려주었다.

"그럴 일 없으니 걱정 마라. 나도 있지만 카얄룬 공작이 보호해
주기로 약속했으니 위험한 일은 없을 거다."

"정말요?"

"그래."

생쥐는 솔레다토르와 아리에스를 번갈아 바라보다가 의자에서
내려와 솔레다토르의 무릎 위로 올라앉았다. 솔레다토르가 자신
의 가슴에 등을 기대오는 소녀를 느슨히 감싸 안아주며 아리에스
에게 탓하는 시선을 보냈다.

"쓸데없이 겁주지 마라."

"사이가 좋으신 걸 보니 부럽네요. 저희는 요즘 손잡는 것도 눈
치 보이는데. 최근의 폐하께선 아마 제 손보다 다른 여자들 손을
더 많이 잡으셨을걸요?"

"그, 그건, 연회가 많으니까 어쩔 수 없이……."

아리에스의 말에 이카르가 당황하며 고개를 저었다.

"당신 외의 다른 여자와 춤추고 싶진 않았습니다. 정말로요. 하
지만 같은 상대와 두 번 이상 춤을 추면 안 되는 데다가 주연이
권유를 죄다 거절하고 멀뚱히 서 있을 수는 없으니까요."

이카르의 변명에 솔레다토르가 비웃음을 흘렸다.

"나는 전부 거절했었다만."

"……저도 그럴 수 있으면 좋겠습니다. 그때 귀찮다고 죄다 참
석 안 하셨잖아요."

"기억력이 안 좋군. 한 번은 나가줬어."

"수석 시종장이 그 이야기를 할 때마다 울 것 같은 표정을 짓더군요."

이카르가 길게 한숨을 내쉬며 아리에스를 향해 시선을 돌렸다.

"제가 무력한 탓입니다. 죄송합니다, 아리에스."

"어머, 아니에요. 이카가 무력한 게 아니라 선황 폐하께서 무도하신 것이죠. 거절할 힘이 있다 해도 당연히 참석해야 할 일정인걸요. 그냥 조금 질투가 났을 뿐이랍니다, 괜찮아요."

아리에스는 작게 헛기침을 하곤 화제를 돌렸다.

"선황 폐하께 정말정말 궁금한 것이 하나 있답니다."

꿍꿍이속이 있다고 주장하는 듯이 과장된 말과 표정에 솔레다토르가 눈살을 약간 찌푸렸다.

"……말해봐라."

"귀여워하시는 후궁 말입니다만, 이제는 진짜 후궁이라 할 수 있으신지요?"

"……뭐?"

"생쥐를 안으셨냐고요. 아닌 것 같지만, 혹시나 싶어서요."

안는다는 말이 단순한 포옹을 뜻하는 것은 아닐 터였다. 솔레다토르는 떨떠름하게 대답했다.

"그럴 생각 없다 말했었다만."

"그럴 생각이 없으시다니요? 어머나 세상에, 젊디젊은 여자를 평생 독수공방시키실 거라니, 매정하고도 잔인하세요!"

아리에스가 호들갑을 떨며 소매 끝으로 나오지 않는 눈물을 훔쳐낸다.

"가여운 우리 생쥐, 후궁이라 재가도 못 하는데…… 흑."

거짓 울음을 흑흑대는 그녀를 솔레다토르가 어이없다는 듯 쳐다보았다.

"……네가 신경 쓸 일이 아니다."

"신경 쓸 일이 아니라니요! 생쥐는 제 유일한 동생이랍니다. 귀엽고 사랑스러운 동생이 제대로 된 결혼생활을 하지 못하고 있는데 어찌 아니 걱정을 할 수 있을까요! 아아, 가슴이 미어져라~."

"……."

일일이 대꾸해봤자 더 말려들기만 할 뿐이라 솔레다토르는 그냥 입을 다물었다.

그런 그를 아리에스가 샐쭉하니 노려보았다. 그러고는 화살의 방향을 다른 곳으로 틀었다.

"우리 예쁜 생쥐야, 너도 그러고 싶지?"

"네?"

"진짜 후궁이 되는 거 말이야."

아리에스의 말에 생쥐가 크게 고개를 끄덕였다.

"섹스 말이죠? 네, 하고 싶습니다! 그래서 아기도 가지고 싶어요."

"그렇다잖아요!"

아리에스가 여봐란 듯 턱 끝을 치켜들며 다시 솔레다토르를 바라보았다.

"게다가 선황 폐하께서도 이제 아이가 생기는 것에 대해 걱정하실 필요가 없지 않습니까. 후궁을 들이려 하지 않으신 것은 혹여 후계자가 태어나 이카에게 황위를 양위하는 데 걸림돌이 되지 않을까 싶어서가 아니셨던가요. 하지만 이제는 아무 문제 없잖아요? 생쥐의 아이는 무척이나 귀여울 거예요. 저도 조카를 보고 싶고요. 이카 당신도 동생이 생겼으면 좋겠죠?"

엮여들고 싶지 않다는 듯 눈치만 살피며 침묵을 지키고 있던 이카르가 당황하며 고개를 저었다.

"아뇨, 저는……."

"동생이 생기면 좋잖아요."

"그, 그게……."

난데없이 동생이라니, 설사 생쥐가 솔레다토르의 아이를 가진다 하더라도 자신과는 별 관계 없을 것이라 가볍게 생각했었는데. 이카르는 마른침을 꿀꺽 삼키며 솔레다토르와 그 무릎 위에 앉아 있는 작은 소녀를 바라보았다.

"……동생이라고 하기에는 좀……."

동생까지는 그렇다 쳐도 그 동생이라는 존재가 생쥐를 향해 어머니라 부르는 것을 떠올리자 여러모로 심란해졌다. 자신보다 훨씬 어리고 조그만 소녀인데 모친뻘이 된다니.

이카르의 떨떠름한 반응에 아리에스의 미간이 살짝 구겨졌다.

"세상에! 이카, 설마 동생을 인정치 않으려는 거예요?"

"아니, 그게 아니라, 좀…… 낯설다는 겁니다. 이제 와서 동생이 생기리라고는 꿈에도 생각지 못했으니까요……."

"나이 차 많이 나는 형제가 생기는 것은 황실은 물론이고 귀족가에서도 흔한 일이니까 익숙해지세요. 그런 걸로 동생을 박대하면 안 됩니다."

마치 이카르에게 곧 동생이 생기기로 확정되었다는 듯이 단호한 어조였다.

"그, 그렇죠, 물론."

"네. 사이좋게 지내셔야 해요."

"……예."

이카르는 얼떨떨해하며 고개를 끄덕였다. 그 꼴을 바라보고 있던 솔레다토르가 못마땅하게 혀끝을 찼다.

"동생 같은 거 생길 일 없으니 헛바람 불어넣지 마라."

"없다니요, 정말 너무하시네요. 선황 폐하, 제가 농조로 말하기는 하였습니다만 생쥐의 위치에서는 아이가 반드시 필요합니다. 후궁에게 있어 아이란 안정된 미래입니다. 선황제의 후궁은 자신의 궁 밖으로 잘 나올 수도 없다는 사실은 알고 계시겠지요. 지금은 선황 폐하께서 곁에 계시기에 괜찮지만, 그렇지 아니한다면 떨어진 낙엽처럼 쓸쓸한 처지가 되고 만답니다. 하지만 아이가 있다면 이야기는 달라져요. 황실의 피를 받은 아이는 보통 유력 가문 상대로 혼처가 잡힐 것이고, 그것은 후궁에게 있어 바깥과 연결해주는 통로가 됩니다. 또한 대우도 달라지고 생활도 풍요로워지지요. 그렇기에 생쥐처럼 변변한 처가가 없는 경우에는 더더욱 아이가 절실한 법이에요. 만에 하나 선황 폐하께서 생쥐의 곁을 떠나신다 하더라도 버틸 수 있는 기둥이 되어주겠지요."

생쥐가 홀로 남게 될 가능성은 낮아 보였지만 그래도 세상일이란 어떻게 될지 알 수 없는 법이다.

아리에스로서는 그것이 걱정이었다. 자신이 무사히 황후 자리에 오른다 해도 입지가 약한 형편인지라 선황제의 후궁을 적극적으로 돌봐주기는 어려웠다. 심지어 생쥐가 살타토르가 출신이 아니라는 사실은 공공연한 비밀이나 다름없었기에 자매로서의 연을 내세우기도 어려운 입장이다.

"선황 폐하, 생쥐에게 홀로 설 수 있는 기틀을 마련해주세요. 만일의 사태가 벌어진다 하여도 안심할 수 있도록 총애를 보여주십시오."

아리에스의 청원에 솔레다토르가 생각에 잠겨들었다. 그녀의 말이 옳기는 옳았다. 생쥐의 곁을 떠날 생각은 없었지만, 혹시 모를 사태에 대비해두어서 나쁠 것은 없었다. 극단적인 예를 들자면 만일 전쟁이라도 일어나 제국이, 황실이 위험에 처하게 된다면 자신은 수호룡으로서 생쥐를 두고 전장에 나서야만 했다.

그 외에도 계약에 묶여 있는 한 예기치 못한 일이 벌어질 가능성은 분명 곳곳에 도사리고 있었다.

"……자식을 가질 생각은 없다. 그러나 다른 방법으로 대비를 해둘 수는 있겠지."

"다른 방법이요?"

"그래. 생쥐에게 정비의 자리를 주는 거다."

그의 말에 아리에스가 어머, 하고 눈을 동그랗게 떴다.

"확실히 지금이라면 가능하겠네요."

황제의 정비는 황후다. 출신이 불명확한 데다 후궁으로서 입궁한 생쥐는 오를 수 없는 자리였다. 그러나 선황제의 정비는 달랐다. 정실이라고 해도 황후가, 그리고 황태후가 되지 못하는 자리였기에 제약이 거의 없었다. 실제로 황태후를 잃은 선황제가 아끼던 평민 후궁을 정비로 앉힌 사례도 있었다.

"황태후에 비하면 권력도 권한도 없다시피 하지만, 그래도 직계 황족 대우를 받을 수 있으니까요. 후궁전에 발이 묶여 있을 필요도 없고 말이에요. 좋은 생각이세요."

아리에스가 한시름 덜었다는 듯이 방긋 미소 지었다.

"황제 폐하의 결혼식을 앞두고 정비를 들이는 것은 모양새가 좋지 않으니 내년 봄 이후에 하도록 하죠."

"그러지."

솔레다토르는 건성으로 고개를 끄덕여주었다.

이제 귀 따가운 참견질이 끝났구나 싶었는데,

"······솔."

그의 무릎 위에 앉아 있던 생쥐가 옆으로 몸을 틀며 울먹울먹한 눈으로 올려다봐 왔다.

"저는, 아기를 가질 수 없는 건가요? 지금보다 더 커도 안 돼요······?"

사지예와 라지예가 좀 더 자라고 살이 오르면 아이를 가질 수 있다고 했었는데. 하지만 솔레다토르가 싫다고 하여서야 아리에스보다 더 커진다고 해도 임신은 불가능한 일이었다.

"······안 되는 건, 아니고."

실망감 그득한 연녹색 두 눈동자에, 솔레다토르는 무심코 아니라고 대답해버렸다. 그 말을 듣자마자 울상이던 생쥐의 얼굴이 봄을 맞은 꽃처럼 활짝 피어났다.

"정말요? 더 자라면 되는 거죠?"

"······."

"솔?"

"······그래."

기대를 가득 품고서 바라봐 오는 초롱초롱한 시선을 차마 무시할 수가 없었다.

"······아직 한참 더 자라야 하겠지만."

"많이 먹고 많이 잘 거예요. 아, 운동도 하고요~."

"……그래."

조금 전과는 달리 안 된다는 단호한 대답을 입 밖으로 꺼낼 수가 없었다. 솔레다토르는 한숨을 속으로 삼키며 들떠하는 생쥐의 머리를 쓰다듬어주었다.

시녀가 잿물처럼 거무죽죽한 물약을 쟁반에 받쳐 들고 와 황태후 앞에 공손히 내밀었다.

황태후는 진통제 효과가 들어간 약을 단번에 들이켠 뒤 빈 잔을 내려놓았다. 시녀가 자리를 떠나고 황태후의 입술 사이에서 가느다란 신음성이 새어 나왔다. 깊게 골이 팬 미간은 그녀가 고통을 눌러 참고 있다는 사실을 드러내고 있었다. 새로운 황제가 즉위한 직후부터 지독한 두통과 복통이 엄습했다. 궁의는 몸에 별다른 이상이 없다며 마음을 편히 가지시라 말했지만, 황태후에게 그것이 가능할 리가 없었다.

그 남자의 아들이 황제가 되었다.

뱃속이 활활 불타고 정수리에 대못이 박힌 듯한 이 끔찍한 기분을 어찌 편히 다스리란 말인가.

황태후는 어금니를 사리물며 자리에서 몸을 일으켰다. 그래도 조금만 더 참으면 된다, 조금만 더. 그녀는 긴 한숨을 내뱉곤 응접실로 발길을 옮겼다. 그곳에는 비고레 대백작과 그 측근들이 황태후를 기다리고 있었다.

"황제를 끌어내릴 준비는 어찌 되어가고 있나요."

차갑게 날이 선 황태후의 질문에 대백작이 고개를 숙이며 입을 열었다.

"순조롭습니다. 카얄룬 공작이 편을 들어주는 이상 방해할 상대도 없으니 이상한 일도 아니지요."

"……공작을 너무 믿지는 마세요."

황태후가 눈썹을 살짝 찌푸리며 말했다. 카얄룬 공작은 로제시아 공주가 여황제가 될 수 있도록 도와주는 대신 자신의 어린 손자를 공주의 남편으로 삼으라 요구했다. 얼핏 보면 문제 될 것 없는 조건이었다. 그러나.

"현 황제는 이미 카얄룬 공작의 손안에 놓여 있습니다. 예비 황후 또한 그가 원한다면 얼마든지 갈아치울 수 있지요. 그럼에도 위험할 수 있는 도박을 하려 든다는 것은, 수상쩍은 일입니다."

새로운 황제를 만드는 것보다는 이미 있는 황제를 길들이는 편이 당연히 더 쉽고 빠른 길이다. 심지어 현 황제는 로제시아 공주와 달리 별다른 지지기반이 없으니 오히려 더 다루기 쉬울 수도 있는 것이다.

"소신의 생각으로는 손자를 황제로 만들 욕심이 아닌가 싶습니다. 손자가 아직 어리니 일단 공주와 결혼부터 시킨 뒤, 후에 여황제에게 양위를 받는 식으로 말입니다. 여자가 황제의 자리에 오른다면 반발이 심할 터이니 그 부군이 양위를 받기란 그리 어려운 일이 아니겠지요."

대백작의 말에 황태후가 작게 고개를 끄덕였다.

"그런 속셈이라면 오히려 다행입니다."

"예. 하오나 마마, 말씀하신 대로 공작을 완전히 믿어서는 아니 된다고도 생각하고 있습니다. 이번 일은 만일 그가 배신이라도 한다면…… 살아남기 힘들 도박이지 않습니까."

황제를 갈아치운다, 즉 반역이다. 만약 실패한다면 황족인 황태후 외에는 모두 형장의 이슬로 사라지고 말 것이었다. 비고레 대백작으로서는 망설임이 있을 수밖에 없었다.

"좀 더 확실하게, 천천히 일을 진행시키거나 아니면 다른 방법을……."

"다른 방법은 없습니다!"

황태후의 목소리가 날카롭게 높아졌다.

"현 황제는 반드시 폐위시켜야 합니다. 이 이상 기반을 다지기 전에 가능한 빨리 끌어내려야지요!"

그녀는 입술을 얇게 깨물곤 말을 이었다.

"그 남자의 만행을 되새기세요, 대백작. 당신 부친과 형제들을 기억하세요."

"……예, 마마."

대백작은 침통한 표정으로 머리를 조아렸다.

"황태후마마의 바람대로, 최대한 빠르게 준비를 끝마치겠습니다."

"당연히 그래야지요."

황태후는 차디찬 시선을 들어 황제의 중앙궁이 있는 방향을 노려보았다. 머잖아 그곳에서 황제의 목이 떨어져 나갈 것이다. 어떠한 희생을 치르더라도, 반드시.

17
선택할 수 없는 선택지

똑똑.

가벼운 노크 소리에 이카르가 책상 쪽으로 숙이고 있던 고개를 들어 올렸다. 쌓인 서류들과 한참을 씨름하고 있다 보니 뒷목이 뻐근하다. 종일 책상에 달라붙어 있어도 속도가 느려 일거리가 밀리지 않는 날이 없었다. 그래도 즉위 직후에 비해 정무를 보는 능력에 많은 발전이 있었다. 예전에는 대신들 중 한 명 이상이 곁에 붙어 보조를 해주어야 했지만, 이제는 어지간한 안건은 혼자서도 처리가 가능했다. 물론 문제점이 없나 확인하는 절차는 반드시 거쳐야 했지만.

"들어와라."

허락이 떨어지자 집무실 문이 열리며 아리에스가 사뿐사뿐 걸어 들어왔다. 그녀의 손에는 다과가 차려진 쟁반이 들려 있었다.

"쉬어가면서 하세요, 폐하."

걱정이 살짝 섞인 상냥한 목소리에 이카르가 허약한 미소를 머금었다.

"저도 그러고는 싶습니다만, 능력이 따라주질 않네요. 그러니 몸으로라도 때워야지요."

"어머, 그러시다간 몸 상하세요."

아리에스는 책상의 빈자리에 쟁반을 내려놓았다.

"그리고 하대를 하셔야죠. 사적인 시간도 아니고, 집무 중인데요."

"그래도 단둘뿐이지 않습니까. 익숙지 않은 말투를 하루 종일 쓰려니까 지칩니다."

즉위한 지 벌써 한 달여의 시간이 흘러 지나갔지만 그래도 몸에 맞지 않은 옷을 입은 듯한 어색함이 남아 있었다. 그러니 최소한 가까운 사람을 상대할 때만이라도 예전과 같은 태도를 유지하고 싶은 그였다. 이카르는 길게 한숨을 내쉬며 한쪽 손으로 턱을 괴었다.

"사실 아직도 이따금씩 꿈을 꾸고 있는 게 아닌가 하는 생각이 듭니다. 특히 매일 잠자리에 들 때면 이대로 눈을 감았다 뜨면 예전의 생활로 돌아가는 게 아닐까 싶어져요. 그냥 평민 출신 호위 기사로 말입니다."

황제라는 무거운 짐을 그럭저럭 짊어져 가고는 있었지만, 현실성 없게 느껴지는 것은 여전했다. 이카르의 말에 아리에스 또한 고개를 살짝 끄덕였다.

"예에, 이해해요. 저도 예비 황후라는 사실이 종종 실감이 나지 않으니까요. 너무 갑작스럽기도 했고 놀라운 일이기도 하였지요."

죽은 줄 알았던 황자가 살아 돌아와 황제가 되고, 그 연인이 황자의 정체를 까맣게 몰랐던 백작 영애라는 사실은 당사자들만이 아니라 다른 수많은 사람들의 입에서도 믿기 힘든 일로서 오르내리고 있었다. 심지어 노래나 연극으로 만들어져 공연되고 있기도 했다.

"호수에서 점심식사를 한 이후로 선황 폐하를 뵙지 못하셨지요?"

아리에스는 찻잔에 차를 따르며 말을 이었다.

"푸른 라브르궁으로 한번 걸음하시는 것이 어떠세요? 정식으로, 주기적으로 찾아뵙는 것도 괜찮을 거예요."

"그러고 싶긴 하지만……."

이카르가 미간을 살짝 찌푸리며 찻잔을 받아 들었다.

"그분께 어리광을 부리는 건 가능한 한 줄이고 싶습니다. 자주 찾아뵈면 너무 기대 버릇해버려요."

"뭐 어때요. 폐하께서는 아직 젊다 못해 어리신걸요."

단순한 나이로는 어리다고까진 할 수 없지만 황제라는 지위에서는 어린 편이었다.

역대 황제 중에서 서른 이전에 황위에 오른 자는 한 손에 꼽힐 정도였다. 그나마도 수호룡이 떠나 황권이 불안해진 시기의 황제가 대부분이었다.

"그러니 어리광 좀 부려도 괜찮습니다. 선황 폐하께 기대셔도 당연히 괜찮아요."

예전에는 선황제에게 의지하는 이카르의 모습을 못마땅해하던 아리에스였으나 지금은 생각이 바뀌었다. 백작의 작위가 아닌 황제 위란 이카르에겐 버거운 것이다. 그러니 마음 놓고 기댈 수 있는 사람이 많으면 많을수록 좋았다. 물론 이미 결혼이 확정되었다는 이유 또한 컸다. 눈앞의 청년은 이미 그녀의 것이었으니.

"……괜찮은 겁니까."

이카르는 아리에스의 말에 쓴웃음을 머금었다. 그녀는 아직 모른다. 선황제인 솔레다토르가 머잖아 영영 떠나버릴 것이라는 사실을. 아리에스의 말과 달리 자신은 혼자 남겨질 때를 대비하여야만 한다.

"그래도 저 혼자서 최대한 노력하고 싶습니다."

"혼자는 아니지요."

"예?"

"저도 있으니까요."

아리에스는 허리를 숙여 이카르의 뺨에 키스했다. 조금 쑥스러워하면서도 이카르 또한 아리에스에게 마주 키스해주었다.

바로 그때였다.

쾅!

"폐하!"

닫혀 있던 문이 거칠게 열어젖혀지면서 마노스가 안으로 뛰어 들어왔다. 이어 다른 호위기사들 또한 긴장 짙은 얼굴로 들어서며 열린 문을 단단히 걸어 잠갔다. 심상치 않은 분위기에 반사적으로 표정을 굳히는 젊은 황제를 향해 마노스가 소리쳤다.

"피하셔야 합니다!"

"뭐?!"

갑자기 무슨 날벼락 같은 소리란 말인가. 이카르는 당황하며 몸을 일으켰다. 그의 팔에 부딪친 찻잔이 연적색 찻물을 흩뿌리며 책상 아래로 떨어진다.

"중앙궁이 포위당했습니다!"

예상치 못한 소식에 이카르도 아리에스도 순간 말문이 막혔다. 잠깐의 침묵 뒤 아리에스가 떨리는 목소리로 입을 열었다.

"설마…… 황태후인가요?"

그녀의 물음에 마노스가 고개를 끄덕였다.

"예. 무슨 수를 쓴 것인지 황궁 안으로 군대를 끌어들였습니다. 지금 중앙궁을 포위한 병력은 비고레 대백작의 변경군입니다."

"그런…… 대체 어떻게……."

아리에스가 창백해진 얼굴로 긴 한숨을 내쉬었다.

이어 마음을 다잡으려는 듯 표정을 굳힌다.

"이미 포위당했다면, 피할 수 있는 길은 있나요?"

"……모르겠습니다. 주모자가 황태후인 만큼 황족만이 알 수 있는 비밀통로도 모두 꿰뚫고 있을 테니까요."

두 사람이 심각하게 대화를 나누는 동안 이카르는 자신의 안위가 아닌 솔레다토르를 떠올렸다. 수호룡은 황가를 지켜야만 한다. 수호룡으로서의 정체를 감추고 있는 그였지만, 황제의 신변이 위험해진 지금도 나서지 않을 수 있는 것일까.

'……그건 불가능하겠지.'

황제가 위험하다는 소식을 듣고서도 무시할 수 있다면 수호룡의 명에서 벗어나려 애쓸 필요 자체가 없었을 터였다. 그러니 그는 반드시 이곳으로 와야만 한다. 더는 그에게 폐를 끼치고 싶지 않았는데…….

이카르는 아랫입술을 잘근 깨물며 아리에스와 마노스를 바라보았다.

"빠져나갈 길을 찾기보다는 최대한 시간을 끌 수 있는 장소로 피하도록 하지."

지금 필요한 것은 시간이다. 궁에는 솔레다토르만이 아닌 드레이크인 케이어스도 있었다. 그뿐만 아니라 수도 상비군 또한 머잖아 도착할 터이니 그 정도 시간만 버텨낼 수만 있다면 위기는 황태후 일당을 완전히 뿌리 뽑을 기회로 뒤바뀔 것이었다.

이카르의 말에 케이어스의 존재를 알고 있는 아리에스는 곧장 고개를 끄덕였으나 마노스는 불안한 표정을 지었다.

"중앙궁의 정문과 후문을 봉쇄하여 막아서고 있기는 합니다만 그리 오래 버티지는 못할 것입니다."

중앙궁은 벽을 둘러 방어시설로서 기본적인 구조를 갖추고 있긴 했지만 군사적 요새라기엔 많이 부족했다. 문도 그리 두껍지 못했으며 해자나 궁수를 배치할 탑이나 보루도 없었다. 수적으로도 열세니 사다리나 줄을 벽에 걸쳐 넘어오는 적군을 다 막아내기란 불가능에 가까웠다. 길어야 한두 시간 정도 버텨낼 수 있을까, 반나절도 무리인 상황이었다.

"길게 버틸 필요는 없네. 선황제궁에 소식이 닿을 정도면 돼. 봉화는 이미 올렸겠지?"

"예. 깃발 또한 세워놓았으니 지금쯤이면 궁정 전체에 급보가 전해졌을 것입니다."

그렇다면 충분하다. 케이어스가 선황제궁이 아닌 나비궁에 머물러 있다는 사실이 마음에 걸리기는 했지만, 두 궁의 거리는 말을 달려 30분 정도다. 솔레다토르의 흑마는 그보다 더 빠를 터이고 드레이크의 날갯짓이라면 중앙궁까지 10분도 채 걸리지 않을 것이었다.

"딱 한 시간만 버티면 된다."

이카르는 아리에스에게 손을 내밀며 말했다.

한 시간 정도만 버틴다면 솔레다토르가 케이어스와 함께 이곳으로 와줄 것이다. 수호룡이 가세하지 않아도 드레이크라면 수백의 군사를 너끈히 상대할 수 있다. 다만 불안한 점이 하나 있다면, 혹여 케이어스와 동행할 여유 없이 솔레다토르 홀로 나타나지는 않을까 하는 것이었다.

'……아무리 드래곤이라도 인간의 모습으로 군대를 상대하기는 힘들어.'

그 혼자라면 모를까, 지켜야 하는 대상이 있는 상황이라면 인간의 모습으론 극히 불리하다. 드래곤일 때와 달리 한 번에 상대할 수 있는 숫자가 훨씬 적기 때문이었다. 그러니 솔레다토르 혼자 올 수밖에 없는 상황이라면 어쩔 수 없이 드래곤화 해야 할지도 모른다. 자신 때문에.

'제발 혼자 오시진 마십시오.'

이카르는 불안한 심정을 애써 다독이며 아리에스의 손을 잡고 보호하듯 자신의 곁으로 바싹 당겼다.

"아래층보다는 위층이 낫겠지. 5층에 석문으로 된 방이 있었던가?"

"예, 폐하. 중앙 종탑 쪽도 괜찮을 것입니다. 사다리를 치우면 올라오기 힘들 테니까요."

"일단 위로 올라가도록 하지."

그렇게 결론 내린 직후.

쾅!

문을 열기 위한 작은 끼익 소리에 이어 강하게 부딪쳐오는 소리가 들려오기 시작했다. 노크가 아닌, 문의 잠금을 부수고 들어오기 위한 폭력. 그 소리에 집무실 내 사람들의 움직임이 딱딱하게 굳었다.

"……폐하를 보호하라."

마노스의 나직한 명령에 호위기사들이 재빠르게 움직였다. 그 사이 문이 연신 강한 힘으로 두드려지고 얼마 지나지 않아,

으직!

잠금장치가 부서짐과 동시에 문이 활짝 열어젖혀졌다.

중앙궁이 포위당하기 한 시간쯤 전, 솔레다토르는 탑의 계단을 오르고 있었다. 카얄룬 공작이 조용히 만나 전해드려야 할 이야기가 있다며 초청했기 때문이었다. 그 장소가 어째서 중앙궁에서 약간 떨어진 탑의 꼭대기인 것인지는 알 수 없었지만 솔레다토르는 순순히 부름을 받아들였다. 공작의 연락이 달가운 것은 아니었지만 그는 이카르의 뒤를 봐주고 있는 주요 세력이다. 자식을 맡겨놓은 입장에서 어느 정도 숙이고 들어가 줄 필요가 있었다.

게다가 카얄룬 공작의 일처리는 꽤 만족스러웠다.

'여러모로 잘해주기는 하였지.'

이카르의 신분을 밝히는 것부터 이날 이때까지, 그는 든든한 아군으로서 원조해왔다. 실상 이카르가 큰 분란 없이 황위에 올라 황제 노릇을 그럭저럭 해내고 있는 것은 카얄룬 공작의 덕이 컸다. 그의 뒷받침이 없었더라면 처음부터 끝까지 혼란의 연속이었을 것이다. 다만.

'……너무 고분고분한 것이 거슬리기는 하지만.'

바라는 것 없이 도움의 손길만을 내밀어주고 있다. 바로 그 점이 신경 쓰였다. 카얄룬 공작은 어째서 대가를 바라질 않는 것인가. 그 노인이 단순한 선의로 봉사를 하는 것이라고는 생각되지 않았기에 더더욱 마음 한구석이 꺼림칙했다. 언젠가 크나큰 대가를 치르게 되지 않을까. 그런 고민을 하며 솔레다토르는 탑 꼭대기 방의 문을 열었다.

"어서 오십시오, 선황 폐하."

다른 가구나 장식은 하나 없이 이젤과 캔버스, 화구, 그리고 의자 하나만이 구석에 놓여 있는 휑한 방 가운데에 카얄룬 공작이 서 있었다. 솔레다토르를 향해 정중히 인사를 올린 그가 주름진 입가에 미소를 머금었다.

"소신이 어찌하여 폐하를 이곳까지 청하였는지 그 이유를 아시겠습니까?"

솔레다토르는 눈가를 조금 찌푸리며 문을 닫고 공작의 앞으로 다가갔다.

"모른다."

"그러하시겠지요."

카얄룬 공작은 몸을 돌려 창가로 다가갔다. 황제가 머무는 중앙 궁이 멀리서나마 훤히 내려다보이는 창문이었다. 그는 창틀에 한 쪽 손을 걸치며 말을 이었다.

"제게 궁금하신 것은 없으십니까."

"한 가지, 있긴 하다."

"무엇입니까."

솔직하게 말하여도 될까. 솔레다토르는 잠시 망설이다가 입을 열었다.

"미숙한 황제를 도움으로써 네게 주어지는 이득은 무엇이지."

아무것도 없을 리는 없다. 아니, 없어서는 안 된다. 솔레다토르 의 물음에 공작이 수염을 매끈하게 깎은 아래턱을 매만졌다.

"수호룡에 대한 호의로서 봉사하고 있다, 라고 대답한다면 믿으 시겠습니까?"

"호의라고?"

"예. 소신은 어릴 적부터 수호룡에게 관심이 많았습니다. 조부 는 어린 소신을 무릎 위에 앉히고는 사라진 수호룡에 대해 이야기 해주곤 하였지요."

"……그래서 나에 대해 눈치를 챘던 것인가."

수호룡의 외관 대해 아는 사람은 얼마 없었다. 솔레다토르가 단 한 점의 초상화도 남기지 못하게 했기 때문이다. 그뿐만 아니라 궁정 깊숙한 곳에 머물러 있었기에 그를 직접 만난 이 또한 극소수에 불과했다. 그렇기에 긴 시간이 지난 지금에서는 수호룡의 인간 모습에 대해 상세히 아는 자는 없다고 보아도 무방했다.

"그렇습니다."

공작은 고개를 작게 끄덕이며 대답했다.

"폐하의 외관은 물론이요 성정이나 습관, 취미, 기호 등도 모두 몇 번이고 귀담아 들었습니다. 소신의 조부는 젊은 시절 폐하를 잠시간 모신 적이 있었거든요."

"……그랬군."

정확히 누구인지는 기억이 나지 않는다. 그러나 황궁에 머무는 동안 대대로 고위 귀족의 자제 중에서 시중인을 뽑기는 했었다. 그중 한 명에게 자신에 대한 이야기를 상세히 들었다면, 정체를 들키는 것도 이상한 일이 아니었다.

솔레다토르는 혀끝을 짧게 찼다.

"알아보는 자는 없을 것이라 생각하였는데."

과거 자신을 직접 본 인간들은 물론이고 그 자식 대까지 노사했을 만큼 긴 시간이 흐른 후다. 그러니 당연히 외양 때문에 정체가 들키리라곤 예상치 못했다.

"소신 외에는 전무할 것입니다. 설사 비슷하다는 생각이 들었다 해도 황족이니 닮았다고 치부하였겠지요. 소신 또한 처음에는 그리 여겼습니다."

의심이 들기 시작한 것은 선선대황제의 태도 때문이었다. 배다른 동생을 대한다기에는 과히 공손하며 약간의 두려움마저 느껴지는 태도. 거기에 이카르의 존재가 더해지자 흩어져 있던 퍼즐 조각들이 하나씩 맞추어져 갔다. 그리고 황태후, 당시의 황후가 단련된 기사들조차 몸이 굳어져 버리는 황제(皇弟)의 살기에 태연히 맞서는 것을 본 순간 의심은 확신으로 변했다.

모든 정황이 갑자기 나타난 황제의 아우가 수호룡임을 가리키고 있었던 것이다.

공작은 말을 잠시 멈추며 창밖을 힐끗 쳐다보았다.

"조부로부터 너무나도 즐겁게 이야기를 경청한 소신은 어릴 적부터 수호룡이 제국으로 돌아올 날만을 손꼽아 기다렸습니다. 폐하에 대한 호의라는 말이 어이없게 들리실 수도 있겠으나, 그것은 노쇠한 공작이 아닌 어린아이의 꿈으로부터 비롯된 것입니다."

흘러간 세월을 감출 수는 없으나 그럼에도 힘 있는 눈동자가 솔레다토르를 똑바로 바라보았다.

"예, 철없는 어린아이이지요. 수십 년 동안 한결같은 꿈을 품은 고집 센 어린아이입니다."

"……어린아이의 꿈이라고?"

"물론 나이가 들면서 조금씩 뒤틀리기는 하였습니다. 수호룡을 직접 보고 싶다는 단순한 소망에 세속적인 욕심이 더해져 갔지요. 제국에 다시 수호룡이 돌아온다면 그 얼마나 든든한 일이겠습니까. 제국의 위상은 높아지고 황권은 강화되겠지요."

"황가를 낮추어 보고 있는 줄 알았는데."

"수호룡을 잃은 황가이기 때문입니다."

카얄룬 공작의 입꼬리가 슬쩍 비틀어졌다.

"스스로의 잘못으로 제국의 가장 귀한 보물을 잃어버린 황가를, 제국민 중 한 사람으로서 존중할 이유가 있겠습니까."

냉랭한 말에 솔레다토르는 불편한 심경으로 입을 다물었다. 눈앞의 노인처럼 수호룡에게 과도한 의미를 부여하는 자들은 종종 있어왔다. 그들은 황가보다 수호룡을 우선시하며 솔레다토르가 황제 위를 차지해야만 한다고 주장하기까지 했었다.

수호룡을 도구로 이용하려는 자들과는 다른 의미로 성가신 인간들. 그러나 전자보다는 일말이나마 낫다 할 수 있을까. 물론 제 욕심에 수호룡을 끌어들이려 하는 것은 다름이 없었지만.

"너는……."

솔레다토르는 긴 침묵 끝에 다시 말을 꺼내었다.

"내게 원하는 것이 있는가."

"없습니다."

카얄룬 공작은 상쾌하리만치 가볍게 대답했다.

"폐하께서 이렇게 존재하시는 것만으로도 소신은 만족합니다."

"……만족한다고."

"예. 다만 유일한 걱정거리라면, 폐하께서 또다시 황가를 버리고 사라지시는 것뿐입니다."

"내가 이대로 제국에 머물기만 한다면 계속해서 아무런 대가없이 황가를 위해 봉사할 것이라 이 말인가."

"물론입니다, 폐하. 물론이고말고요."

솔레다토르는 약한 한숨을 흘리며 호언장담하는 공작을 바라보았다. 꺼림칙한 면이 없잖아 있긴 하여도 반가운 소리였다. 결국 자신이 이카르의 뒤에 버티고만 있는 다면 카얄룬 공작이라는 거물이 황가를 충실히 보필해줄 것이라는 뜻이 아니던가. 물론 언젠가는 황가를 떠나 은신처에서 잠들겠지만, 적어도 이카르가 살아 있는 한은 머물러 있을 예정이다.

별다른 일이 없는 한 카얄룬 공작이 젊디젊은 황제보다 먼저 사망하게 될 것이다. 그전까지 최대한 공작을 이용한다면 이카르의 부담을 한층 덜어줄 수 있을 터였다.

"……그리 말해주니 고맙군."

"황송하옵니다."

카얄룬 공작은 공손히 머리를 숙여 보인 뒤 한쪽에 놓인 이젤을 향해 시선을 두었다.

"혹 한 가지 간단한 청을 드려도 되겠습니까?"

"말해봐라."

"폐하의 초상화를 그리고 싶습니다. 지금 이곳에서, 소신이 직접 말입니다."

"……초상화를?"

과한 것은 아니었지만 자신의 흔적을 남기고 싶지 않은 솔레다토르로서는 내키지 않는 청이었다. 그의 기색을 눈치챈 공작이 얼른 덧붙여 말했다.

"소신의 저택에 보관만 해두겠습니다. 어차피 폐하께서는 수호룡으로서 정체를 드러낼 생각도 없으시지 않습니까. 그러니 문제가 되지는 않을 것입니다."

"……그건 그렇지만."

솔레다토르가 망설이는 사이 공작이 노구를 움직여 이젤을 창 앞으로 옮겨 왔다. 적극적인 공작의 태도에 솔레다토르가 어쩔 수 없다는 듯이 고개를 끄덕였다.

"알겠다. 받아들이지."

이전에도 그러했고 이후로도 계속해서 도움을 받게 될 관계이니 이 정도 호의는 보여주는 것이 나을 터였다. 솔레다토르는 의자를 끌고 와 이젤에서 얼마간 떨어진 앞에 두고 앉았다. 주름진 손이 능숙하게 화구를 들어 올린다. 콩테를 쥐고 사각사각 거침없이 스케치를 시작하는 손놀림에 솔레다토르가 눈썹 끝을 약간 추켜올렸다.

"익숙해 보이는군."

"궁정 출입을 하지 않으니 시간이 남아돌아서 말입니다. 이것저 것 취미 삼아 배우게 되었지요."

공작은 간간이 고개를 돌려 창밖을 확인하며 스케치를 계속해 나갔다. 그렇게 제법 긴 시간이 흐르고 공작이 들고 있던 콩테를 이젤에 내려놓았다.

"끝난 건가."

약간 지루한 얼굴을 하고 있던 솔레다토르가 물었다. 카얄룬 공 작은 대답 대신 부드러운 미소를 머금으며 이젤을 옆으로 치워냈 다.

"폐하께 보여드리고 싶은 것이 있습니다."

"스케치 말인가."

"창밖의 풍경입니다."

"창밖?"

솔레다토르는 의아해하며 몸을 일으켰다. 여기서 창밖이라고 해봐야 중앙궁 외에는 없다. 새삼 구경할 것도 없는 늘 보던 풍경 인 것이다.

"예, 한번 확인해보시지요. 실망시켜드리지 않을 것입니다."

카얄룬 공작은 자신 있게 말하며 창문 옆으로 비켜섰다. 밖에 무 언가를 마련해놓기라도 한 것일까. 솔레다토르는 공작이 시키는 대 로 순순히 창문으로 다가갔다. 그리고 밖을, 중앙궁을 바라보았다.

"……!"

창 너머로 보이는 광경에 그는 순간 자신의 눈을 의심했다. 불가능한 일이다, 라는 생각이 뇌리에 퍼뜩 떠올랐으나 두 눈에 들이박히는 장면에는 변함이 없었다.

갑옷과 무기를 갖춘 군대가 중앙궁을 포위하고 있었다. 겉보기에는 근위병의 차림이었으나 궁정 근위병이 저렇게 많은 인원으로 중앙궁에 모여들 리가 만무했다. 솔레다토르는 목 뒤가 섬뜩해지는 것을 느끼며 반사적으로 옆에 서 있던 공작의 멱살을 붙잡아 끌어당겼다. 그가 주름진 얼굴 바싹 으르렁거리는 목소리를 토해낸다.

"무슨 짓이냐!"

"무슨 짓이냐고 물으셔도, 소신의 사병이 아닙니다. 저것은 황태후의, 변경백들의 변경군이지요."

"황태후라고?!"

"예, 폐하."

멱살을 잔뜩 끌어당겨진 상태이건만 공작은 여유로운 태도로 말을 이었다.

"황태후가 조용히 군사를 끌어모아 궁정에 잠입시킨 것이지요. 소신과는 아무런 관련이 없습니다."

"……네놈, 일부러 경계를 늦추고 황태후가 반역을 도모하도록 눈을 감은 것인가!"

"방심한 면은 없잖아 있습니다. 소신도 평범한 인간에 지나지 않으니 실수를 할 때도 있지 않겠습니까."

뻔뻔하기 그지없는 소리였다. 황태후가 얌전히 물러나지 않을 것이란 사실쯤은 아직 미숙한 이카르조차 예상할 수 있는 일이다. 그렇기에 감시를 게을리하여서는 안 되었는데, 황위 양위에 신경을 쓰느라 황태후에 대한 일을 카얄른 공작에게 모두 맡겨놓은 것이 문제였다. 뒷골이 아플 정도로 노기가 치솟았으나 솔레다토르는 도리어 잡고 있던 멱살을 풀어 놓아주었다. 지금 공작을 해쳐서는 안 된다.

"……원하는 게 뭐냐."

눈앞의 교활한 노인이 해결책 없이 일을 저질렀을 리는 없었다. 솔레다토르의 말에 공작이 어깨를 으쓱해 보였다.

"없다고 말씀드렸습니다만."

"네놈!"

공작 대신 창틀을 붙잡은 손아귀 아래서 으적 나무가 부서지는 소리가 울렸다.

"황태후가 이카르를, 황제를 살해하길 바라는 것인가!"

"어찌 되든 상관없습니다."

카얄른 공작의 목소리는 차갑고도 담담했다.

"수호룡의 가호를 받지 못하는 황제 따위, 아무런 가치도 없습니다. 그러니 황제의 목숨을 살리길 원하신다면, 솔레다토르께서 몸소 나서주시지요."

방관자의 태도를 취하는 그의 대답에 솔레다토르는 이를 으득 갈며 창밖으로 시선을 돌렸다. 아직 궁의 정문이 완전히 뚫리지는 않았다. 지금이라도 뛰어간다면 이카르를 구할 수 있을 것이다. 그리 생각하며 창밖으로 몸을 날리려는 바로 그때, 캬얄룬 공작의 목소리가 발목을 붙잡았다.

"참, 푸른 라브르궁에도 군사가 가 있습니다. 선황제를 사로잡 기 위함이죠."

"……."

푸른 라브르궁 또한 공격당하고 있다. 그 말이 품은 의도를 눈 치챈 솔레다토르의 입가가 사납게 비틀어졌다. 캬얄룬 공작이 자 신을 이곳으로 불러들이고 시간을 끈 이유가 바로 이것이었단 말 인가. 인간의 몸으로는 양쪽 모두를 제시간에 구하기란 불가능한 일이다. 아니, 드래곤으로 화한다 하여도 시간을 맞출 수 있을지 확신은 없었다.

둘 중 하나만 구해야 한다면…….

그렇게 생각하기가 무섭게 심장이 조여드는 것이 느껴졌다. 그 에게, 수호룡에게 선택권은 없었다. 황제를 구해야 한다. 황가를 지키고 보호해야만 한다. 자신의 품안에 들어온 소녀의 목숨이 벼 랑 끝에 매달렸다 하더라도 황가를 우선시해야만 하는 것이 수호 룡이다. 둘 모두를 지켜주겠노라 약조했지만, 단 하나만 손 내밀 어야 한다면 황가였다.

괴롭게 상체를 웅크리는 솔레다토르의 모습에 카얄룬 공작이 두 팔을 넓게 벌리며 외쳤다.

"자아, 솔레다토르시여! 어서 날개를 펼치고 날아오르십시오! 어쩌면 둘 모두를 구하실 수도 있을 것입니다."

솔레다토르는 마치 공작의 말에 따르듯 숙였던 고개를 들어 올렸다. 들릴 리 없는 철그렁거리는 쇠사슬 소리가 그의 귓가를 울린다.

황제를 구해야만 한다. 황제를 구하는 수밖에 없다. 생쥐가 군병의 창칼 아래 차가운 시체가 된다 해도, 그녀를 지키기 위해 발길을 돌리는 것은 불가능하다.

황제의 안전이 확인되기 전까지는 결코 소중한 소녀의 곁으로 향할 수 없다. 이카르가 소중하지 않다는 건 아니다. 다만, 갈등조차 할 수 없이 끌려가야만 하는 스스로의 처지가 오랜 상처를 후벼 파내는 것처럼 고통스러웠다. 자신의 의지를 완전히 무시하는 낡고 낡은, 벗어날 수 없는 강력한 억압.

아아.

짧은 비명과 같은 한탄 속에서, 흑발 사내의 모습이 무너지듯 사라져간다. 그리고 탑 밖에 나타난 것은 거대한 흑적색의 드래곤이었다. 드래곤은 평소와 달리 시뻘겋게 물든 눈으로 머리를 치들었다. 이어 날개를 펼치고 하늘 위로 날아오른다.

"하하하하!"

카얄룬 공작은 마치 40년은 젊어진 듯한 기세로 웃음을 터뜨렸다. 창밖으로 떨어질 듯이 상체를 내밀어 중앙궁을 향해 날아가는 수호룡의 모습을 뚫어져라 쳐다보았다.

"보아라! 저것이 바로 제국의 수호룡이다!"

듣는 사람 하나 없건만 그는 미친 사람처럼 흥분에 들떠 소리를 질렀다.

"수호룡이 돌아왔다! 진정으로 돌아온 것이다!"

그리고 두 번 다시는 떠나지 못하리라. 그렇게 만들고 말 것이다. 늙은 공작은 어린애 같은 표정으로 연이어 웃음을 터뜨렸다.

콩콩콩.

작은 나무절구 안에서 아몬드가 잘게 부서져 간다. 생쥐는 공이를 열심히 내리찍고 빙글빙글 돌려서 반 줌 정도 되는 아몬드를 모두 가루로 만들었다.

"다 됐어요!"

생쥐의 외침에 밀가루를 반죽하고 있던 사지예가 그녀의 곁으로 다가왔다.

"어디 보자, 잘했네~."

"그럼 이제 뭐 해요?"

"반죽부터 마저 해야지. 해볼래?"

"네!"

생쥐는 절구를 사지예에게 넘겨준 뒤 손을 씻고 돌아왔다. 벽에 걸린 깨끗한 수건으로 손의 물기를 닦고 둥글게 뭉쳐진 밀가루 반죽을 꾹 눌러 잡았다. 손바닥 안으로 말랑말랑하게 감겨드는 감촉에 기분이 좋았다.

"사지랑 라지가 요리도 할 수 있는 줄은 몰랐어요."

"잘 만든다고~ 과자류는 말이지. 케이어스 영감 솜씨가 더 좋으니까 맡겨놓고 있지만."

사지예가 아몬드 가루를 그릇에 옮겨 담으며 주방 문 쪽을 힐끔거렸다.

"달걀 가지러 가선 소식이 없네. 병아리를 암탉으로 키우고 있기라도 하나~."

바로 그때였다. 문이 쾅 소리 나게 열어젖혀지며 라지예가 뛰어들어왔다.

"큰일 났어!"

"뭐?"

"네?"

"이유는 모르겠는데 인간들이 쳐들어왔다고!"

그렇게 말하며 라지예가 들고 있던 두 개의 검 중 하나를 사지예에게 던졌다. 사지예는 검을 받아 들며 침착하게 되물었다.

"얼마나 많이 왔는데?"

"못해도 100 이상? 여길 포위하고 정문을 뚫고 있었어. 문 금방 부서지겠던데, 생쥐 어쩌냐!"

"그러게 생쥐가 문제겠어."

두 요정이 드물게 심각한 표정을 지으며 어리둥절해 있는 생쥐를 바라보았다. 생쥐는 주물거리고 있던 밀가루 반죽을 놓으며 치맛자락에 손을 닦았다.

"저어, 많이 큰일이에요?"

"응, 많이 큰일이야."

"우리는 괜찮은데 넌 위험해. 어쩌지?"

"검둥이 있잖아, 걔한테 태워서 도망치게 하자."

"맞다, 검둥이면 가능하겠다!"

"검둥이 어디 있지?"

"가장 뒤쪽 마구간일걸?"

"가자!"

평소에는 가볍다 못해 붕붕 떠다니는 성격이었지만 마경의 주인을 돕는 시종으로 뽑힐 정도면 세상 경험도 나이도 충분히 쌓인 요정이라는 뜻이었다. 그렇기에 두 요정은 위급한 사태에도 당황하지 않고 재빠르게 결론을 내린 후 곧장 움직이기 시작했다.

사지예가 먼저 주방을 나서고 라지예가 생쥐의 손목을 붙잡아 당겼다.

"어서, 생쥐야!"

"아, 네!"

생쥐는 아직 상황을 파악하지 못한 채 얼떨떨해하면서도 라지예가 이끄는 대로 따라갔다. 정문이 이미 뚫렸는지 밖에서 소란이 일고 있었다. 단말마의 비명이 곳곳에서 솟아오른다. 사지예와 라지예는 검을 뽑아 들고 생쥐를 둘 사이에 놓은 채 복도를 내달려갔다. 그러나 얼마 지나지 않아 무장한 병사가 그들의 앞을 가로막았다.

"멈춰라!"

병사는 시녀 복장을 한 두 요정을 깔보고서 위압적으로 소리쳤다. 사지예는 생쥐의 곁을 지키고 라지예가 그대로 병사에게로 뛰어들었다.

병사가 당황하며 창을 치켜들었으나 그보다 빨리 라지예의 검 끝이 반원을 그리며 투구와 갑옷 틈새의 목을 찔러들었다.

"커헉!"

피가 흩뿌려지며 병사의 몸뚱이가 바닥을 구른다. 검을 뽑아낸 라지예가 시체를 가볍게 뛰어넘었다. 그 뒤를 쫓아가던 생쥐가 병사의 시체를 보곤 주먹을 꽉 쥐었다. 시체에는 익숙했지만 지금의 이 상황은 낯설기 그지없었다.

인간들이 쳐들어왔다, 라는 말이 그제야 실감이 났다. 얼마나 많은 사람들이 공격해 온 것일까, 무사히 빠져나갈 수는 있는 것일까. 그리 생각함과 동시에 자리에 없는 솔레다토르가 떠올랐다. 혹시 여기서 도망치지 못한다면, 그래서…… 목숨을 잃게 된다면.

'……솔을 다시는 볼 수 없게 돼.'

죽으면 끝이다. 두 번 다시는 솔레다토르와 만날 수 없게 된다. 머리를 쓰다듬어주는 손길과도, 상냥하게 끌어안아 주는 두 팔과도 영원히 이별하게 되는 것이다. 순간 무시무시한 공포가 덮쳐들어와 생쥐는 우뚝 못 박힌 듯 멈춰 서고 말았다.

"……생쥐야?"

"왜 그래? 시간 끌면 위험해!"

"……네, 네!"

요정들의 재촉에 생쥐는 쿵쾅이는 가슴을 억누르며 다시금 달리기 시작했다. 겁에 질려 있을 여유 따윈 없었다. 살려면 최대한 빨리 움직여야만 했다. 복도의 끝에서 갈림길이 나타나고 라지예가 사지예를 돌아보며 물었다.

"이쪽이었던가?"

"응, 그쪽!"

라지예는 다시 앞장서서 경쾌하게 달려 나갔다. 사이사이 병사들과 마주쳤지만 그들이 길을 막아선 시간은 채 몇 분도 되질 못했다. 그렇게 막힘없이 나아간 끝에 셋은 마구간에 도착할 수 있었다.

"검둥아!"

라지예가 피와 살점으로 얼룩진 칼을 들고서 마구간의 문을 발로 차 열었다. 문이 활짝 열어젖혀진 마구간 안에서 거대한 덩치의 흑마가 어슬렁어슬렁 걸어 나온다. 그사이 마구를 챙겨 온 사지예가 검둥이에게 안장과 고삐를 매었다.

"생쥐를 태우고서 나비궁으로 가. 케이어스 영감이 있는 곳 말이야, 알겠어?"

라지예의 말에 흑마가 머리를 끄덕거렸다.

"무사히 도착 못 하면 솔레다토르가 널 잡아먹을지도 몰라!"

"그래, 그러니 죽어라 달려!"

크르르!

검둥이가 불만스럽게 푸릉거렸다. 그러거나 말거나 사지예가 생쥐를 들어 안장 위에 올렸다.

"자, 고삐 꽉 쥐고."

"사지와 라지는요?"

생쥐는 시키는 대로 고삐를 쥐면서 걱정스럽게 물었다.

"같이 갈 거죠?"

"응, 일단은."

"가능한은."

둘은 가볍게 대답한 뒤 자신들이 탈 말을 끌고 나왔다.

"하지만 위험하다 싶으면 생쥐 너 먼저 가는 거야."

"그래 우리는 괜찮거든."

"하지만⋯⋯."

"걱정하지 마, 진짜 괜찮아. 인간이랑은 달라서⋯⋯."

"빨리 가자!"

사지예가 앞서 말을 몰아가며 소리쳤다.

"병사들이 흩어져 있는 사이에 가야지!"

"알았어, 검둥아!"

생쥐를 태운 흑마가 투레질을 한 번 하곤 달려 나가기 시작했다. 그러나 정문도 후문도 이미 병사들이 진을 치고 있는 상태였다. 지휘관이 생쥐를 가리키며 소리쳤다.

"선황제의 후궁은 가능한 한 사로잡아야 한다! 그러나 놓칠 바에는 죽여라!"

놓칠 바에는 죽이라는 외침에 생쥐의 가슴이 또다시 두려움으로 옥죄어들었다. 죽고 싶지 않았다. 그 무엇보다도 솔레다토르를 다시 볼 수 없다는 것이 싫고도 무서웠다.

그녀는 눈을 꼭 감으며 고삐를 쥔 손에 더더욱 힘을 주었다. 그 앞으로 지휘관의 명령에 따라 병사들이 일렬로 늘어서며 창을 앞으로 세워 든다. 생쥐 일행을 말에서 떨어뜨리기 위함이었다. 동시에 궁수들이 활을 겨누어왔다. 그 모습에 생쥐를 가운데 두고 양옆으로 말을 달리고 있던 라지예와 사지예가 서로 눈빛을 교환했다.

"검둥이 넌 약간 뒤로 처져!"

그렇게 외치곤 두 요정이 부서진 궁문 앞에서 창을 세워 벽을 만든 병사들에게로 돌진해갔다. 창이 평범한 말이라면 뛰어넘을 수 없을 높이로 세워지고 활시위가 팽팽히 당겨진다. 앞선 말 두 마리가 병사들 앞까지 다다르자,

피잉! 핑!

공기를 가르며 화살이 쏟아지기 시작했다. 그와 동시에 사지예와 라지예가 곡예를 하듯 안장 옆으로 몸을 기울여 각자의 말을 방패막이 삼아 화살을 피했다. 물론 그 대가로 두 마리의 말은 몸뚱이 가득 빗발치는 화살을 받아내야만 했다.

히이힝!

푸르릉!

피투성이가 된 말들이 병사들 위로 고꾸라진다. 그 짧은 틈을 타 흑마가 강하게 땅을 박차 올랐다. 새카만 터럭의 거마가 믿을 수 없으리만치 높이 날아올라 문을 가로막고 있는 병사들을 뛰어넘었다. 생쥐는 몸이 크게 들썩이는 것을 느끼곤 화들짝 감았던 눈을 뜨고 주위를 두리번거렸다. 문을 통과한 것은 자신뿐으로, 두 요정의 모습은 곁에 없었다.

"라지! 사지!"

황급히 뒤를 돌아보자 말이 쓰러지기 전에 뛰어내린 두 요정이 병사들에게 포위된 것이 얼핏 보였다.

순간 가슴이 철렁 내려앉았으나 그녀가 할 수 있는 일은 아무것도 없었다. 검둥이의 고삐를 틀 능력도 없었거니와 돌아가 봤자 기다리고 있는 것은 죽음뿐이다. 죽기는 싫었다. 두 요정을 버리고서라도 살고 싶었다. 지금 이곳에 없는 솔레다토르에게, 그의 곁으로 돌아가고 싶었다. 가슴 가득 죄책감이 밀려들었지만 그보다도 살고 싶다는 마음이 훨씬 더 크고 강했다. 한때는 언제 죽어도 괜찮다고, 그렇게 생각한 적도 있었는데. 지금은 소중한 이들을 뒤에 버려두고서도 살고 싶어 하고 있다.

"흐윽."

생쥐는 눈물을 애써 삼키곤 있는 힘을 다해 고삐에 매달렸다. 작은 몸이 연신 크게 흔들렸지만 용케 떨어지지 않고 버텼다. 흑마의 뒤를 쫓지 못한 병사들이 활을 쏘기 시작했다. 몇 개의 화살이 스쳐 지나가고 몇 개의 화살이 검은 터럭을 파헤치며 들이박혔다. 뒷다리에만 두 개의 화살이 꽂혔으나 흑마는 움찔하지도 않고 달려 나갔다. 그때,

"……윽."

작게 신음성이 튀었다. 화살 하나가 생쥐의 가녀린 어깨를 꿰뚫은 것이었다. 금세 피가 넘쳐흐르고 팔에서 힘이 빠져나갔으나 그녀는 다른 한쪽 팔로 고삐를 잔뜩 감아 매달려 끝까지 버텼다. 화살이 박힌 어깨에서 불에 타는 듯한 통증이 전해지며 순간순간 눈앞이 흐려진다.

이 정도 아픔쯤 늘 겪던 것이었는데, 평생에 비하면 턱없이 짧은 평화에 어느새 몸이 익숙해져 버렸는지 힘겨울 정도로 고통스러웠다.

불행 중 다행히 활의 사정범위 내에서 벗어났는지 더는 화살이 날아들지 않았다. 말은 계속해서 달려 나비궁에 다다랐다. 말발굽이 정문 안을 디디기가 무섭게 케이어스와 노체가 다가왔다. 마담 노체가 놀란 표정으로 안장 위에 늘어진 소녀를 조심스럽게 안아 내렸다.

"작은 아가씨, 괜찮으세요?"

노부인의 따스한 품 안에서 생쥐는 가늘게 몸을 떨었다. 노체와 그 옆에 서 있는 케이어스의 얼굴이 눈에 들어오자 고통을 잊을 만큼 짙은 안도감이 밀려든다. 살았다. 그리 생각함과 동시에 버려두고 온 두 사람이 심장을 날카롭게 찔러들었다.

"저는, 괜찮아요. 하지만…… 사지와 라지가……."

"둘은 무사할 거랍니다. 그러니 걱정하지 마세요."

괜찮을 거라고 달래는 말에도 생쥐의 뺨은 눈물로 흠뻑 젖어 있었다. 그런 상황에서 무사할 리가 없다.

케이어스처럼 날아오를 수 있는 두 날개나 단단한 비늘이라도 지니고 있다면 모를까, 평범한 인간과 크게 다를 바 없는 요정들이 그 많은 병사들에게 포위당한 채 무사히 빠져나오기란 불가능한 일이었다.

불길한 상상만이 계속해서 떠올라 생쥐는 결국 끅끅대며 울음을 터뜨렸다. 노체는 눈물을 쏟아내는 생쥐의 상처를 살피다가 옆에 서 있는 케이어스를 바라보았다.

"가보지 않아도 괜찮겠어요?"

"황제에게는 솔레다토르께서 가보실 수밖에 없을 테니 걱정할 필요 없겠지. 그보다는……."

그의 시선이 열려 있는 정문 너머를 향했다.

"이쪽으로 다가오고 있는 벌레들을 처리하고 오겠다."

"문은 닫고 가세요."

"열어놔도 들어올 인간은 없을 거다."

단호하게 대답한 케이어스의 몸이 순간 일그러지며 거대한 파충류의 모습으로 변했다. 검은 드레이크는 가볍게 날갯짓해 공중으로 떠올랐다가 담 너머로 빠르게 사라져갔다.

"저런, 많이 놀라신 모양이네요."

상대를 걱정하듯, 상냥하게 건네는 목소리의 주인은 다름 아닌 황태후였다. 그녀의 옆에는 비고레 대백작이 서 있었다.

그는 수년간 장식품으로나 쓰이던 갑옷을 오랜만에 껴입어 어색한지 이따금 한쪽 어깨를 움찔거렸다. 그들의 주위로는 십여 명의 기사와 궁수들이 언제든지 상대를 향해 무기를 휘두를 수 있는 태세를 갖추고 있었다. 보이진 않았지만 집무실 밖에도 최소 열 이상의 병력이 대기하고 있을 터였다. 정문을 뚫기에는 턱없이 적은 숫자지만 내부에서 약점을 찔러들기에는 충분하다 할 수 있는 전력이다.

"친애하는 황제 폐하. 오늘의 방문에 대해 미리 연락드리는 것을 깜박 잊어버리고 말았답니다. 부디 관대히 용서해주시기를."

황태후가 태연스럽게 머리를 살짝 숙여 보였다. 이카르는 목 안이 바싹 타들어 가는 것을 느끼며 그녀를 바라보았다.

"……먼저 중앙궁에 들어와 있던 것인가."

"황태후라는 자리 덕에 어려운 일은 아니었지요. 무기는 시녀들의 치맛자락에 감추어서, 병력은 시종으로 분장시켜 조금씩 들여놓았지요. 중앙궁의 황족만이 아는 은신처를 누군가 확인해볼 일도 없으니 더더욱 쉬웠답니다."

"은신처를 유출했다고?"

"지금부터 하려는 일에 비한다면 별것 아닌걸요."

집무실로 밀고 들어온 이들 중 유일하게 무기를 들지 않은 손이 우아하게 흔들렸다. 그러나 그 손끝이 명령한다면 십여 개의 검 끝과 화살 끝은 곧장 젊은 황제를 향해 겨누어질 것이었다.

"······그래도 유언 정도는 남기게 해줄 모양이로군."

이카르는 빈정거림을 약간 섞어 말했다. 하고자 했다면 황태후는 이미 자신의 목을 쳐냈을 것이다. 그러니 아직은 시간을 끌 방법이 남아 있을 터였다. 그는 자신의 옆에 서 있는 아리에스를 등 뒤로 밀어내려 했으나 아리에스는 고집스럽게 버티고 서 있었다.

"유언이요, 예, 반드시 남겨주셔야지요."

"끝까지 입 다물겠다면?"

"입은 다무셔도 괜찮아요. 손만 움직여주시면 된답니다."

황태후는 복잡한 레이스로 치장된 소맷자락 안쪽에서 둥글게 말린 양피지를 꺼내 들었다. 그녀의 손에서 펼쳐진 양피지에는 황위를 로제시아 공주의 남편에게 넘기겠노라는 내용의 글이 쓰여 있었다.

"폐하, 이곳에 서명하신 뒤 자결하세요."

황태후가 온화한 목소리로 말을 이었다.

"폐하께서 황위를 양위하신 뒤 손수 목숨을 끊으시면 폐하의 소중한 사람들에게까지는 손대지 않겠습니다. 옆의 사랑스러운 아가씨도, 폐하를 키워주신 선황제도, 선황제의 귀여운 후궁 또한 털끝 하나 다치게 하지 않겠어요."

그녀의 말에 이카르는 자신의 옆에 선 아리에스를 돌아보았다. 솔레다토르와 생쥐의 신변은 걱정되지 않았다. 인간이 그들을 해할 수는 없었으니까. 그러나 아리에스는 다르다.

지금 이곳에서 전투가 벌어진다면 크게 다치거나 목숨을 잃고
말 것이었다. 아니, 그보다 더 끔찍한 일도 얼마든지 벌어질 수 있
었다. 황태후는 원하는 것을 얻기 위해 가녀린 소녀를 인질 삼아
얼마든지 잔혹한 짓도 할 수 있을 터이니.

　이카르가 아리에스를 바라보며 머뭇거리자 황태후가 재촉을 해
왔다.

　"오래 시간을 끌 수는 없답니다. 결정하세요, 폐하. 어차피 목숨
을 잃으시는 것을 피하실 수는 없으십니다."

　"……그렇다고 황태후, 당신의 수고를 덜어주는 짓은 하고 싶
진 않다."

　"서명하지 않으신다 해도 일이 번거로워질 뿐입니다. 지금쯤이
면 선황제 폐하의 궁 또한 점령되었을 것입니다. 결과는 같아요.
하오니 소중한 이들의 목숨만이라도 보전하시지요."

　이카르는 분노를 참지 못하고 어금니를 까득 깨물었다. 황태후
의 뜻에 따르는 것은 끔찍하게 싫었다. 하지만 섣불리 더 시간을
끌려 하다간 자신은 둘째 치고 아리에스가 위험했다. 그녀가 지금
이 위험한 자리에 서 있는 것도 결국 자신과 엮인 탓이 아니던가.
무슨 일이 있어도 그녀를 다치게 할 수는 없었다. 그리 길지 않은
고민 끝에, 아리에스의 손을 잡고 있던 이카르의 손이 스르륵 풀
려났다.

　"폐하!"

"……죄송합니다, 살타토르 영애."

이름이 아닌, 딱딱한 거리감을 담은 호칭에 이카르를 잡으려던 아리에스의 손이 흠칫 공중에서 멈추었다. 아리에스는 입술 끝을 파르르 떨며 뻗었던 손을 다시 거두었다. 그녀의 두 눈이 그렁그렁하게 젖어들었으나 눈물을 흘려내지는 않았다. 대신 황태후에게로 다가가는 이카르의 등을 똑바로 바라보았다.

"현명하신 결정입니다."

황태후는 미소를 머금으며 눈짓하자 비고레 대백작이 미리 준비해둔 잉크와 펜을 꺼내 들었다. 이카르는 아랫입술을 잘근 깨물며 펜을 받아 쥐었다.

"자아, 이곳에 서명하시면 된답니다."

황태후가 손수 양피지를 길게 펼치며 내밀었다. 이카르는 짧게 한숨을 토해낸 뒤 텅 빈 공간에 단숨에 서명을 하고 지니고 있던 국새를 꺼내어 그 옆에 눌러 찍었다. 그러곤 펜을 국새와 함께 비고레 대백작에게 건네주었다.

"……만족하는가."

"이제 폐하께서 자진해주신다면 완벽하겠지요."

황태후의 말에 비고레 대백작이 자신의 검을 뽑아 들어 이카르에게 내밀었다.

"활이 겨누어져 있으니 허튼 생각은 하지 마십시오."

"……알고 있다."

적자색 눈이 서늘하게 빛나는 칼날을 내려다보았다. 끓어오르던 노기가 가라앉자 그 빈 곳을 허탈함이 대신 채워간다. 이렇게 죽게 될 줄은 꿈에도 상상치 못했다.

바로 얼마 전까지만 하여도 선황제의 곁에서 단조로우면서도 평화로운 일생을 보내게 될 것이라 생각했었는데. 아니, 그보다 더 최근에는 아리에스와의 결혼을 생각하고 있었다. 그녀와 결혼하여 황제가 아닌 살타토르 백작이 되는…….

"……덧없군."

"짧은 생이오나 인간으로서 가장 높은 자리에 올라보셨으니 그것으로 만족하시지요."

황태후의 말에 이카르가 짧게 고개 저었다.

"바라지도 않았어."

원하는 자리라면, 부친이나 다름없는 남자의 곁뿐이었는데. 이카르는 쓴웃음을 지으며 눈을 감았다. 바로 그때였다.

크오오오!

심장을 얼어붙게 만드는 묵직한 굉음이 중앙궁 전체를 내리쳤다. 창이 쩌렁 떨리고 건물 안팎의 모든 이의 움직임이 일순 멈추었다.

아니, 단 두 명. 황가의 일원인 이카르와 황태후만은 드래곤이 퍼뜨리는 공포의 영향에서 벗어날 수 있었다.

"이게 무슨 소리죠?!"

당황하며 목소리를 높이는 황태후의 앞에서 이카르가 들고 있던 검을 강하게 틀어쥐었다. 케이어스이길 바랐지만, 이 포효는 틀림없는 솔레다토르의 것이다. 황족에게 별다른 영향을 주지 못하는 수호룡의 포효. 그 사실을 인식하는 순간 그의 가슴 속에서 자신의 목숨을 위협받던 때보다 더더욱 큰 분노가 고개를 치켜들었다.

결국, 솔레다토르가 움직이고 말았다. 그가 자신을 구하러 와주었다. 스스로의 정체를 드러내면서.

이카르의 머릿속에서 솔레다토르가 해준 이야기가 빠르게 떠올랐다. 황족은 수호룡에게 제 목숨을 인질로 협박을 가할 수가 있다. 황태후가 그 사실을 알게 된다면, 혹은 이미 알고 있다면 이용하지 않을 리 없다. 그녀라면 분명 지극히 교묘한 방법으로 솔레다토르를 이용하여 욕심을 채울 수 있을 것이었다. 심지어 황태후에게는 또 한 명의 황족, 로제시아 공주까지 있다.

그러니 여기서 처리해야 한다.

이카르는 검 끝을 추켜올렸다. 여기서 그녀를 처리하지 못한다면, 더는 기회가 없을 터였다. 반역자라고 하나 황족인 황태후는 사형까지는 언도받지 않을 것이기 때문이었다. 수호룡은 황족을 절대적으로 보호해야만 한다. 즉, 수호룡이 지켜보는 이상 공식적으로 사형을 집행하는 것 자체가 불가능했기에 제국의 법에서 황족은 어떠한 죄를 저지른다 하더라도 사형만큼은 면하도록 되어 있었다.

그러니 지금이 황태후를 죽일 수 있는 처음이자 마지막 기회였다.

그의 발이 황태후를 향해 내디뎌졌다. 스스로를 지키기 위해서가 아닌 인간을 살해할 목적으로 검을 쓰는 것은, 이번이 처음이다. 그럼에도 칼날은 망설임 없이 뻗어 나갔다. 가슴이 아닌 가느다란 목을 노렸다. 확실하게 상대의 숨통을 끊어놓을 수 있는 급소를.

콰직!

검날이 황태후의 목을 꿰뚫었다. 주름 하나 없이 새하얗던 얼굴이 경악으로 잔뜩 일그러진다. 붉은 입술이 크게 벌어지며 비명 대신 핏물을 울컥 토해놓는다. 목덜미도 그 아래 쇄골도 화려한 드레스도 새빨갛게 물들어간다. 이카르는 검을 놓고 뒤로 물러섰다. 황태후의 몸이 비틀거리며 바닥으로 무너져 내린다.

풀썩.

힘없는 소리와 함께 붉은 드레스가 넓게 흐트러졌다. 놀란 시선들이 황태후를 향하고 그와 동시에 시커먼 그림자가 창밖으로 드리워졌다. 커다란 발톱이 창문과 벽의 일부를 깨부수고 황금색 거대한 눈동자가 안을 확인한다. 이어 드래곤의 모습이 사라짐과 동시에 긴 흑발을 늘어뜨린 남자가 한쪽 벽이 무너진 방 안에 나타났다.

"서, 선황 폐하!"

비고레 대백작이 놀라 소리쳤다.

황태후의 죽음보다도 선황제의 등장이 방 안의 사람들의 온 신경을 사로잡았다. 누군가가 더듬거리는 목소리로 말했다.

"드, 드래곤⋯⋯."

이어 또 다른 누군가가 외쳤다.

"수호룡! 수호룡이다!"

"이, 이럴 수가⋯⋯ 수호룡이⋯⋯!"

떠나갔던 수호룡이 돌아왔다. 황제를 해하려 했던 이들이 모두 무기를 놓고 무릎을 꿇었다. 황제의 호위기사들 또한 마찬가지였다. 두려움과 기쁨과 경외로 가득 찬 공기 중에서 오직 이카르만이 안타까운 표정으로 솔레다토르를 바라보았다.

"⋯⋯솔레다토르, 저는⋯⋯."

죄책감이 너무도 짙어, 사죄의 말을 쉬이 입 밖으로 꺼낼 수가 없었다. 분노로 차갑게 불타오르는 금안이 이카르를 향했다. 그 시선에는 뚜렷한 살기마저 깃들어 있었다. 자신이 키운 양자가 아닌, 자신의 목을 옥죄이는 사슬을 바라보는 눈길. 그 서늘함에 이카르는 결국 아무 말도 못 하고 힘없이 고개를 숙였다. 솔레다토르를, 사랑해 마지않는 양부를 돕고 싶었건만, 그것을 위해 힘껏 노력했건만, 결국 이렇게 그의 발목을 붙잡고 말았다.

"⋯⋯더 이상의 위협은 없겠지."

황태후의 시신을 확인한 솔레다토르가 말했다. 이카르는 미약하게 끄덕이며 답했다.

"예, 솔레다토르. 가셔도 됩니다."

기운 없는 목소리에 노기 어린 금안이 일순 그 예기를 흐트러뜨렸다. 분노가 허물어지고 이카르에 대한 걱정이 고개를 치켜들었으나 길게 지체할 시간이 없었다. 짧은 망설임 끝에 솔레다토르는 다시 용의 모습으로 화하여 하늘 위로 날아올랐다. 드래곤의 존재감이 완전히 멀어져 가고 나서야 무릎을 꿇었던 사람들이 하나둘 몸을 일으키기 시작했다. 이카르는 어쩔 줄 몰라 하는 비고레 대백작을 차가운 시선으로 노려보았다.

"대백작."

"예, 예. 폐하."

대백작은 조금 전 이카르를 살해하려던 사람이라곤 생각할 수 없을 정도로 쩔쩔매며 머리를 조아렸다. 그도 그럴 것이 사라졌던 수호룡이 돌아와 황제를 지켜낸 데다 황태후마저 사망해버린 최악의 상황이다.

벼랑 끝에 내몰려서까지 자존심을 내세울 배짱이 그에게는 없었다. 심지어 드래곤의 위압감을 전신으로 겪고 난 직후인지라 더더욱 주눅이 들어 있었다.

"국새를 반납하게."

이카르의 냉랭한 말에 비고레 대백작은 크게 당황하며 조금 전 빼앗았던 국새를 두 손으로 공손히 받쳐 내밀었다. 그것을 받아든 이카르가 다시금 명령을 내렸다.

"황태후의 시신을 거두고 호위기사들과 함께 주위를 정리하도록."

"즉각 명에 따르겠습니다!"

비고레 대백작은 허둥지둥 부하들에게 명령을 내렸다. 반란은 완전히 실패했고 가담자는 엄벌을 면하기가 힘들다. 그러나 저리 황명을 내렸다는 것은 이번 일을 어느 정도 눈감아줄 의향이 있다는 뜻이었다.

대백작과 그 부하들에 이어 호위기사들까지 전부 밖을 정리하라며 내보낸 이카르가 땅이 꺼져라 한숨을 내쉬었다. 완전히 지친 표정의 그를 아리에스가 혼란스럽게 바라보았다.

'……알고 있었어.'

이카르는 수호룡이 나타났을 때 조금도 놀라지 않았다. 오히려 수호룡을 걱정하는 빛을 띠며 익숙하게 그의 이름을 불렀다. 대체 언제부터 선황제가 드래곤이라는 사실을 알고 있었던 것일까. 드레이크에 요정들을 거느린, 범상치 않은 사람이라고는 생각했지만 그 정체가 사라졌던 수호룡이었다니. 이게 도대체 어떻게 된 영문인지, 생쥐도 알고 있는 것인지 물어보고 싶은 것은 산더미였지만…… 아리에스는 질문을 목구멍 너머로 삼키고서 이카르에게 다가가 그의 어깨에 살며시 손을 얹었다.

"폐하, 아니 이카. 괜찮은 건가요?"

지금은 우선, 이유 모를 슬픔에 잠겨 있는 연인을 달래주고 싶었다. 다정한 속삭임에 이카르가 떨구었던 고개를 들어 올렸다.

그의 얼굴 가득히 짙은 그림자가 드리워져 있었다.

"……아리에스."

"네에."

"저는, 결국 실패했습니다."

아리에스는 고개를 갸웃 기울이며 말했다.

"실패라면…… 음, 비고레 대백작의 일이라면 올바르게 처신하신 것이 맞습니다. 카얄룬 공작을 완전히 신뢰할 수 없는 이상 반대되는 세력을 단번에 뿌리 뽑았다간 되레 곤란해지고 말테니까요."

황태후파가 이대로 완전히 몰락해버린다면 카얄룬 공작의 세력이 걷잡을 수 없이 커져버릴 터였다. 그러니 지금은 반역자라 하여도 주모자인 황태후를 처리한 것을 끝으로, 비고레 대백작과 그 외 세력은 눈감아 품어 안는 것이 훨씬 더 유리했다.

아리에스의 어림짐작에 이카르가 짧게 고개를 저었다.

"……그 일이 아닙니다."

"그러면요?"

"솔레다토르께서, 저 때문에……."

끝이 흐려진 목소리는 반쯤 젖어들어 있었다. 끊어진 뒷말이 궁금했지만 아리에스는 질문을 던지는 대신 두 팔을 뻗어 눈앞의 남자를 한껏 끌어안았다.

그녀의 어깨 위로 이카르의 머리가 기대어오고 곧 어깨를 감싼 천 자락이 축축해졌다.

"괜찮아요."

무엇이 사랑하는 연인을 이토록이나 괴롭히고 있는 것인지는 잘 몰랐지만, 아리에스는 이카르의 등을 쓸며 어떻게든 그를 달래려 노력했다.

"괜찮아요, 다 잘될 거예요."

"……아리에스."

"지금은 마음껏 슬퍼하세요. 그리고 나중에, 내키신다면 나중에, 천천히 이야기를 나누어요."

이카르는 느릿하게 고개를 끄덕이곤, 그녀를 마주 끌어안았다.

곧장 푸른 라브르궁으로 향하던 암적색 비늘의 드래곤이 공중에서 크게 선회했다. 그의 시야에 검게 그을린 대지와 타거나 으깨진 시체들이 들어왔기 때문이었다. 저것은 인간이 만들어낸 흔적이 아니다.

'……케이어스인가.'

드레이크의 전투, 아니 학살 흔적은 라브르궁과 나비궁 사이에 있었으나 나비궁에 훨씬 더 가까운 지점에 남겨져 있었다.

케이어스가 아무 이유 없이 본래의 모습으로 나비궁을 벗어나 인간들을 살해할 리는 없다. 또한 황태후의 군대가 고용인 둘만이 머물고 있는 나비궁으로 향했을 가능성 또한 낮았다. 아마도 군대가 누군가를 뒤쫓고 있었으며 케이어스는 쫓기는 자를 보호하기 위해 나선 것일 터였다.

그리 결론을 내린 솔레다토르는 가던 방향을 틀었다. 단 한 번의 날갯짓으로 단숨에 나비궁과의 거리를 좁히며 그는 드래곤으로서의 감각을 활짝 열었다. 드레이크와 목령, 그리고 그보다 훨씬 미약한 인간의 존재가 희미하게 느껴졌다. 흑마 또한 나비궁에 머물고 있다는 것은 확인 가능했지만 요정들은 아무런 기척이 느껴지질 않았다. 그러나 요정들에 대해서는 크게 걱정할 필요가 없었다.

솔레다토르는 안도하며 빠르게 나비궁으로 날아갔다. 그가 궁의 정원에 인간화하여 내려서자, 케이어스가 기다리고 있었다는 듯이 다가왔다.

"……일이 틀어지신 것입니까."

"귀찮게는 되겠지만 아직은 문제없다."

수호룡의 정체가 들통 났다고 해도 예정이 틀어지는 것은 아니다. 어차피 이카르가 살아 있는 한은 머물러야 하는 형편이기도 했다. 다만 또다시 수호룡을 잃게 될 황가의, 이카르의 후손의 안위가 걱정 되었지만…… 지금 당장 해결할 방도는 없었다.

솔레다토르는 짧게 한숨을 내쉬며 말했다.

"생쥐는."

"마담 노체가 데리고 들어갔습니다. 부상을 입기는 했으나……."

"다쳤다고?!"

"생명에 지장은 없습니다."

솔레다토르는 두 입술을 단단히 맞붙인 채 케이어스의 옆을 지나쳤다.

급히 건물 안으로 들어가 계단을 올라가자 침실 앞에 나와 있는 노체의 모습이 보였다. 그녀가 고개를 살짝 숙이며 말했다.

"작은 아가씨는 조금 전 잠이 들었습니다."

"……상처는."

"화살을 어깨에 맞았으나 중간에 걸리지 않고 관통하여 제거하기 어렵지 않았습니다. 한동안 다친 오른팔을 쓰지 않고 안정을 취하면 깨끗이 회복할 수 있을 겁니다."

"그런가."

무심코 틀어쥐었던 주먹에서 스르르 힘이 빠졌다. 솔레다토르는 재차 긴 한숨을 흘린 뒤 침실 안으로 들어섰다. 침대 가까이 다가서기 전부터 짙은 약 냄새가 코끝을 찔러왔다. 씁쓸하고 눅진한 공기가 무겁게 떠다니는 사이로, 솔레다토르는 잠시 멈추었던 발끝을 다시 앞으로 내디뎠다.

"……."

훵하리만치 너른 침대 가운데에 창백한 낯빛의 소녀가 누워 있었다. 그간 살이 오르고 키도 조금 자랐다곤 하나 여전히 조그만 몸집은 금방이라도 이불 속에 감추어져 사라질 것처럼 가녀리게 느껴졌다. 솔레다토르는 핏기 없는 뺨을 향해 손을 내밀다가 흠칫 멈추었다.

섣불리 손을 대면, 마치 새하얀 재처럼 파스스 흩어져 버릴 것만 같다는, 그런 비현실적인 불안감이 몰려들었기 때문이다. 솔레다토르는 뻗었던 손을 거두어 자신의 얼굴을 덮었다.

무력하다. 어린 소녀 하나 지키지 못하는 자신의 처지가 비참할 정도로 무력하게 느껴졌다. 전신을 옥죄는 쇠사슬의 갑갑함에 비명이라도 지르고 싶은 것을 어금니를 사리물며 눌러 참았다.

그렇게 우두커니, 생기 없는 석상처럼 한참을 서 있었다. 창 너머로 비쳐드는 햇살이 불그레하게 물들다 흐릿하게 사라지고 이어 여린 달빛이 그 자리를 대신할 때까지.

마치 영원히 이어질 것만 같은 침묵을 깨뜨린 것은, 이불 아래의 작은 몸짓이었다. 생쥐는 평소처럼 이불 밖으로 오른 팔을 꺼내 들려다가 꺄악 낮은 비명을 질렀다.

"움직이지 마라!"

"아, 아…… 솔……."

생쥐는 퉁퉁 부은 두 눈을 최대한 크게 뜨며 침대를 향해 상체를 굽히고 있는 남자를 올려다보았다.

"……어깨가 아픕니다."

"……다쳤으니까."

"다쳤어요? 어, 그러니까……."

약기운에 잠기운까지 더해져 머릿속이 멍했다. 생쥐는 흐린 기억을 더듬거리다가 몸을 일으키기 위해 꼼지락거렸다. 기운 없는 몸부림을 지켜보던 솔레다토르가 상처를 건드리지 않게 조심하며 그녀가 일어나 앉도록 도와주었다. 생쥐는 다시 멍하게 솔레다토르를 바라보다가 그를 향해 왼손을 내밀었다.

"다치셨어요?"

"아니, 내가 아니라 네가……."

"솔, 아파 보여요."

힘없는 손끝이 솔레다토르의 옷자락을 붙잡았다. 그 손을 커다란 손이 덮듯이 감싸 쥔다.

"나는 다친 곳도 아픈 곳도 없어."

"하지만…… 정말로 괜찮으세요?"

"괜찮다. 괜찮지 않은 건 꼬마 너겠지."

"아……."

생쥐는 곰곰이 생각에 잠겨 있다가 고개를 갸웃 기울였다.

"솔, 저, 그러니까…… 화살에 맞았습니다."

"……그래."

"그리고……."

커다랗게 뜨여진 두 눈이 촉촉하게 젖어들었다. 이내 창백한 뺨 위로 눈물이 선을 잇는다.

"사지와 라지가…… 저 때문에, 저 때문에……!"

"진정해라!"

비명에 가까운 생쥐의 외침에 솔레다토르가 얼른 그녀를 다독였다.

"그 둘은 괜찮아! 걱정할 거 없다."

"하지만…… 사람들이…… 칼이랑 활을, 잔뜩 들고…….."

생쥐는 차마 말을 잇지 못한 채 입만 벌리고서 색색 밭은 숨을 쉬어냈다. 그곳에서 도망친 자신조차 화살을 맞고 말았는데 뒤에 남은 두 요정이 무사할 수 있었을까. 아무리 생각해봐도 그럴 가능성은 없을 것 같았다.

"요정족은 인간과 달리 쉽게 죽지 않는다."

솔레다토르는 침대 위에 걸터앉아 가늘게 떨고 있는 생쥐를 조심스럽게 품에 감싸 안았다.

"요정은, 달라요……?"

"다르다. 그들에게 있어 목숨을 잃는다는 것은 육신을 버리고 요정 본디의 모습으로 돌아가는 것이다. 그러니 지금쯤이면 둘 다 요정족의 마을로 돌아갔을 거야."

"어…… 그러니까…… 살아 있다는 건가요? 요정족의 마을에서?"

"그래."

"다행이다……."

잠시 멈추었던 눈물이 밀어닥치는 안도감과 함께 다시금 왈칵 쏟아져 나왔다.

생쥐는 다치지 않은 쪽의 손으로 솔레다토르의 옷자락을 있는 힘껏 붙잡고는 펑펑 울었다.

"흑, 흐어엉! 저 정말 무서웠습니다! 흐윽, 솔을, 다시는 못 보면 어쩌나 해서, 그래서……."

이제껏 몇 번이나 죽음을 각오해왔다. 그러니 목숨을 거는 일에 익숙해질 법도 하건만, 전혀 아니었다.

오히려 이번이 예전보다 더 무섭고 끔찍했다. 죽으면 솔레다토르를 다시는 볼 수 없게 된다.

영영 그의 곁을 떠나야만 하는 것이다.

그게 싫었다.

너무도 싫고 무서웠다.

"……미안하다."

"솔은, 끄흡, 아무 잘못도 없는걸요, 흑."

"아니, 내가 제대로 지켜줬어야 했다."

다치지 않도록. 겁먹고 무서워 떨지 않도록. 지켜줬어야 했는데 그러질 못했다.

생쥐는 눈물로 엉망이 된 얼굴을 들어 자신을 안은 남자를 올려다보았다.

아직 울음을 그치기 힘들었지만, 그래도 있는 힘껏 미소를 지었다.

"괜찮, 훌쩍, 아요. 이제는 무섭지 않습니다. 솔이 있으니까, 괜찮
아요. 그러니까 그런 표정 짓지 말아주세요, 솔."

"……그래. 그러마."

네가 원한다면. 솔레다토르는 한쪽 손을 들어 젖은 뺨을 천천히
쓸어내렸다.

예쁜 얼굴이라고는 할 수 없었다. 두 눈은 퉁퉁 붓고 볼은 새빨
간 반면 입술은 창백하게 튼 데다가 눈물로 뒤범벅이 되어 있다.

그런 얼굴을 하고서도 자신을 안심시키기 위해 열심히 웃고 있
는 모습이, 이상하리만치 예뻐 보였다.

혹은, 사랑스러웠다.

솔레다토르는 치솟는 충동을 억누르지 못하고 메마른 입술에
조심스럽게, 닿기만 하는 키스를 남겼다.

다음 권에서 이어집니다.

외전 + 체네린

수호룡을 잃은 이후로 땅에 떨어진 황가의 권위를 되살리고자 했던 황제의 노력은 실패로 돌아갔다.

황제는 처형당한 드비시어 대백작의 딸을 황후로 맞아들이라는 요구를 받아들여 당장에라도 반란을 일으킬 기세의 변경백들을 진정시켰다.

그리하여 내전이 발발하는 것은 간신히 막을 수 있었으나 황제의 위신은 전보다 한층 격하되고 말았다.

흉흉한 분위기의 황궁에 여러 대의 마차가 무장한 병사들의 호위를 받으며 들어선다. 그중 가장 큰 마차가 멈추고 스물쯤 된 젊은 여인이 살짝 겁에 질린 표정으로 내려섰다.

화려한 금발을 길게 늘어뜨린 그 미모의 여자는 다름 아닌 드비시어 대백작의 딸이자 예비 황후인 체네린 드비시어였다. 길 잃은 어린아이처럼 주위를 두리번거리는 체네린의 곁으로 그녀의 젖자매인 모니카가 다가와 손을 붙잡아주었다.

"걱정 마세요, 예비 황후마마. 이제는 황궁을 두려워할 필요가 없으십니다."

"······하지만 모니카. 나는 역시 이곳이 무서워."

부친도 남동생도 황궁에서 억울하게 처형당했다. 어머니는 그 충격으로 앓아누워 이내 남편과 아들의 뒤를 따랐다. 사랑하는 가족을 모두 잃고 홀로 남게 만든 장소를, 좋아할 수 있을 리 없었다. 체네린은 가늘게 떨리는 눈동자로 웅장히 버티고 선 황궁을 올려다보았다. 두려웠지만, 자신은 황제와 결혼하여 남은 평생을 이곳에서 살아야만 한다.

"······결혼하기 싫어."

조그만 중얼거림에 모니카가 안타까운 표정을 지었다. 체네린에게 있어서 황제는 가족의 원수다. 그뿐만 아니라 그녀의 친척과 친구들 또한 황제와의 정쟁 도중 희생되고 말았다. 혈연을 맺어가며 돈독한 관계를 이어가는 변경무가들의 특성상 완전히 남인 가문은 거의 없었기에 이번 정쟁으로 인한 감정적인 고통은 더더욱 컸다.

황궁도 황제도 무섭다.

체네린은 곱게 칠한 입술을 꽉 깨물며 무거운 발걸음을 옮겼다.

"반갑다는 말은 할 수가 없겠군. 그대 또한 이곳에 온 것이 기쁘지는 않겠지."

스물 후반 정도 된 젊은 황제가 자신 앞에 공손히 인사를 올리는 체네린을 내려다보며 차갑게 말했다. 체네린은 그 냉랭한 반응에 더더욱 두려움을 느끼며 고개를 들었다. 도망치고 싶은 마음을 억누르며 올려다본 얼굴은, 생각보다 훨씬 미남이었다. 수년 전부터 황가와 변경무가 사이에 흘렀던 냉기 때문에 황제를 직접 만나보는 것은 이번이 처음이었다. 가족을 앗아간 무서운 괴물로 상상하고 있던 남자가 여태껏 본 사람들 중 가장 잘생긴 청년이라는 예상치 못한 사실에 그녀는 당황하여 시선을 아래로 떨어뜨렸다.

"상황이 상황이니만큼 식을 성대히 치르지는 않을 것이다. 궁을 내줄 터이니 준비하고 있거라."

황제는 용건만 짧게 말하고는 몸을 돌려 자리를 떠나가 버렸다. 그의 모습이 완전히 사라지고 나서야 숙였던 눈길을 올리는 체네린에게 모니카가 얼른 다가왔다.

"피곤하실 텐데 어서 가서 쉬셔요. 시녀들에게 목욕물을 준비하라 이를까요?"

"……응."

체네린은 간신히 대답하고서 혼이 없는 인형처럼 비틀비틀 알현실을 빠져나갔다.

황제와 체네린의 결혼식은 열흘 후 치러졌다. 내란 발발 직전까지 갔던 수년의 긴 정쟁이 끝난 직후, 반강제적으로 이루어진 것이었기에 결혼식은 마치 장례식처럼 어두운 분위기였다.

체네린은 얇은 잠옷 차림으로 첫날밤을 위해 준비된 침실의 침대 위에 웅크려 앉은 채 양옆으로 늘어진 캐노피를 멍하니 바라보았다.

'……이제 드비시어는 완전히 사라져버렸구나.'

드비시어가의 마지막 직계 후손인 자신마저도 황후가 되어 성을 잃고 말았다. 가문 자체는 방계 쪽에서 이어가겠지만 직계는 이제 없다. 그녀는 울적한 얼굴로 두 무릎을 모아 가슴 앞으로 당겨 안았다. 속이 희미하게 비칠 정도로 얇은 옷자락이 흘러내려

발끝을 덮는다.

잠시 후 침실 문이 벌컥 열어젖혀지며 황제가 안으로 들어왔다. 그는 냉랭한 시선으로 침대에서 몸을 일으키는 새 신부를 바라보았다.

"미리 말해두겠소. 황후와 잠자리를 가지는 일은 오늘이 처음이자 마지막이 될 것이오."

"……예?"

"어차피 그대도 가족을 살해한 원흉과 살을 섞고 싶지는 않겠지. 그러나 식을 치렀으니 오늘 하루는 참아주어야 하겠소."

"저, 저는……."

분명 황제의 말대로였지만 어째서인지 그렇게까지 싫다는 생각은 들지 않았다. 하지만 체네린은 아무 말 못 하고서 조용히 고개만 숙였다.

황후로서의 생활은 단조로웠다. 체네린은 황후궁 밖으로 나서지도, 사교모임을 열려 하지도 않았다. 그녀가 궁정에서 세력을 넓혀가길 기대했던 변경백들이 종종 실망 섞인 충고를 해왔지만,

체네린은 그저 조용하고 평화로운 일상을 즐겼다. 이미 많이 지쳐 있었기에 궁정인들을 향해 보이지 않는 칼을 휘두르는 짓 같은 건 조금도 하고 싶지 않았다.

그렇게 한 달의 시간이 지나고 또 한 달이 흘러갈 무렵이었다.

"모니카."

체네린은 자신의 친구이자 시녀로서 궁에 머무르고 있는 모니카를 불렀다. 시집가기 전의 귀족 아가씨가 여자 황족의 시녀가 되는 일은 흔한 것이었다.

"왜 그러세요, 황후마마?"

모니카의 물음에 체네린이 고개를 약간 기울이며 의아스럽다는 듯 대답했다.

"이번 달에도 아직 소식이 없어."

"소식이요? 아, 월경 말이신가요. 그러고 보니 저번 달에도 건너뛰었었죠. 그때는 갑작스럽게 환경이 바뀐 탓이라고 생각했는데……."

모니카가 미간을 찌푸리며 생각에 잠겼다가, 조심스럽게 입을 열었다.

"혹시…… 회임을 하신 게 아닐까요?"

"……뭐?"

"폐하께서 걸음을 하시지는 않으시지만, 그래도 혹 모르는 일입니다. 궁의를 불러 오겠습니다."

"아…… 그래."

체네린은 멍하게 고개를 끄덕였다. 그리고 잠시 뒤 찾아온 궁의는 그녀가 임신했다고 진단을 내렸다. 축하할 만한 일이었지만 체네린도 모니카도 기쁨보다는 당혹감이 앞선 채 한참을 말없이 서로 마주 보고만 있었다.

"폐하께서…… 화내실까……?"

체네린이 가느다란 목소리로 걱정했다. 분명 반기지는 않을 것이다. 세상물정을 아직 잘 모르는 그녀였지만 그 정도 눈치는 있었다. 모니카가 울적해하는 주인을 달래었다.

"그래도 폐하의 첫 혈육이시잖아요. 최소한 싫어하시지는 않으실 겁니다."

"그랬으면 좋겠는데……."

체네린은 두 손으로 아직 납작한 배를 감싸듯 매만졌다. 걱정이 앞서기는 했지만 자신에게 아이가 생겼다는 사실이 신기하고도 기뻤다. 가족을 모두 잃은 자신에게 새로이 주어진 혈육인 것이다. 그러니 반갑지 않을 리가 없었다.

"……여기에 아기가 있다지만, 아직 전혀 모르겠어."

"조금 더 지나면 배가 불러오고 태동도 느끼실 수 있을 거예요. 안에서 발로 차기도 한답니다."

"안에서 움직이기도 해?"

"네. 어머니가 막냇동생을 임신하였을 때 직접 만져봤답니다. 배 위에 손을 대면 느껴졌어요."

"그렇구나."

체네린은 고개를 숙여 자신의 배를 내려다보았다.

"빨리 움직였으면 좋겠어."

"금방일 거예요."

"응."

붉은 입술 위로 가녀린 미소가 맺힌다. 손끝이 배를 둥글게 매만짐과 함께 옅은 미소가 조금씩, 조금씩 더 커지다 이내 활짝 꽃을 피웠다. 체네린은 아주 오랜만에 환히 웃었다. 머잖아 태어날 자그마한 아기. 갈 곳 잃은 마음을 한껏 쏟아낼 수 있는 새로운 가족. 그녀는 영영 잃어버린 줄로만 알았던 행복이 서서히 다가오는 것을 느끼며 눈을 감았다.

궁의가 곧장 소식을 알렸기에 얼마 지나지 않아 황제가 황후궁을 찾아왔다. 결혼식 이후 첫 방문이었다. 그는 속내를 알기 힘든 딱딱한 표정으로 자신의 아내를 바라보았다.

"임신했다고 들었소."

"……네, 폐하."

체네린은 배를 보호하듯 두 손으로 감싼 채 작게 대답했다. 언제 호통이 떨어질까 두려웠지만 한참이 지나도록 황제는 아무런 말없이 침묵을 지켰다. 황후는 숙이고 있던 시선을 조심스럽게 들어 올려 남편을 올려다보았다. 그의 얼굴은 여전히 차갑게 얼어붙어 있었다. 체네린은 용기를 내어 입을 열었다.

"저어, 이 아이가 폐하의 첫아이……잖아요……."

그녀의 말에 황제가 눈살을 찌푸렸다.

"아들이면 황태자로 삼아달라는 소리라도 하려는 건가."

"네? 아뇨, 그…… 하지만……."

체네린은 깊게 숨을 삼키곤 최대한 또박또박하게 말했다.

"아들이라면 황태자가 되는 것은 당연한 수순이지 않습니까. 하지만 전 그보다……."

자신은 냉대하더라도 아이에게는 아버지 노릇을 해주시기를 바란다. 그렇게 말하려는 그녀의 목소리를 황제가 쌀쌀맞게 끊어냈다.

"황후 자리로 만족하시오."

"저, 저는……."

황제는 체네린의 말을 더 이상 듣지 않고 몸을 돌렸다. 체네린은 멀어져 가는 차디찬 등을 멍하니 바라보다가 이를 앙다물었다. 괜찮다. 자신이 더 많이 사랑해주면 된다. 부친의 몫까지, 있는 힘껏 사랑해줄 테니까. 그러니까.

"걱정 말고 무사히 태어나렴."

사랑하는 내 아가.

시간은 빠르게 흘러지나가 어느덧 해가 바뀌었다. 봄이 지나고 여름이 다가올 무렵, 체네린 황후는 그녀의 부친과 같은 금갈색 머리칼을 지닌 건강한 사내아이를 낳았다. 그녀를 지지하는 변경 무가들은 축하의 말과 선물을 산더미처럼 보내왔지만, 정작 남편인 황제는 계절이 바뀌도록 얼굴 한번 내비치지 않았다.

"정말이지 폐하께서도 너무하세요."

갓난쟁이를 품에 안고 앉아 있는 황후 옆에서 시녀인 모니카가 투덜거렸다.

"그래도 하나뿐인 황자인데 아직 이름조차 명명해주시질 않으셨잖아요."

고아나 편모슬하가 아니고서는 아들의 이름은 부친이 지어주는 것이 전통이었다. 그럼에도 황제는 아들의 이름을 지어주기는커녕 작은 관심 하나 표하질 않았다. 마치 그에게 있어 어린 황자는 존재하지 않는 사람인 것 같았다.

"다음 달까지 소식이 없으면 노모스 아저씨께 명명을 부탁드릴 거야."

체네린은 품 안의 아이를 어르며 말했다. 노모스 비고레 대백작은 그녀의 부친의 친우였다.

"내 아가에게 대부가 되어달라고 말씀드릴 거고."

"대백작은 황자 전하께 할아버지뻘 되시잖아요."

"하지만 포나지오는 든든하지가 않단 말이야. 서나지오 오라버니였다면…… 모를까."

비고레 대백작의 세 아들 중 두 명도 정쟁 속에 희생되었다. 영민하던 장남이 암살당함으로서 황가를 향해 무기를 겨누는 것을 마지막까지 망설였던 비고레 대백작마저 반란에 동의했고, 그로 인해 황제는 결국 항복을 선언할 수밖에 없었다. 그런 탓에 서나지오 비고레의 암살은 황제가 아닌 반란을 적극 지지하던 무가에서 저지른 것이 아닐까 하는 의혹도 있었다.

"아무튼 얼른 이름을 받으셨으면 좋겠어요. 이렇게나 예쁜 황자님이신데."

"어쩌면 폐하께서 지어주시지 않는 편이 나은 걸지도 몰라. 솔직히…… 좋은 이름을 주실 것 같지가 않거든."

"어머나, 황후마마께서 어쩐 일로 그런 말씀을 다 하시나요. 황자 전하께서 태어나신 후로 조금 변하신 것 같아요."

"……그런가?"

"네. 하지만 좋은 변화세요. 이제는 어머니이시니 황자 전하를 위해서라도 더욱 강해지셔야죠."

궁정은 그리 녹록하지 않다. 게다가 첫째 황자가, 유력한 황태자 후보가 지금의 황후처럼 사교활동을 하지 않고 제 궁 안에서만 숨어 지낼 수는 없었다. 인맥을 쌓고 활발한 대외활동을 하면서 입지를 다져놓아야 하는 것이다.

"폐하께서 저런 태도이시니 더더욱 모친이신 황후마마의 보호가 필요할 거랍니다."

"……응, 모니카."

체네린은 어린 아들의 동그랗고 부드러운 뺨을 조심스럽게 쓰다듬었다.

"더 이상 웅크리고 있지 않을 거야. 아저씨들의 도움을 받아 황궁에서 자리를 잡아야지."

아이를 위해서라도 강해져야만 한다. 어린 황자가 황태자로 인정받고 가장 높은 자리에 오를 때까지. 아직은 멀고 먼 그날을 떠올려보며 체네린은 행복한 미소를 머금었다.

귀족부인 정도만 되어도 아이는 유모에게 맡기는 것이 보통이지만 황후는 항상 황자 곁에 머물렀다. 사교활동을 시작한다면 불가능하겠지만, 그전까지는 최대한 직접 아이를 돌봐주고 싶었기 때문이다. 황후가 직접 젖을 물리는 것은 예법에 어긋난다며 주위에서 말렸지만 고집을 부려 수유까지 했다.

달콤한 젖 내음과 화병 가득한 꽃향기가 섞여들고 가을 햇살이 따갑지 않게 비쳐드는 가운데 체네린은 느릿하게 눈을 떴다. 황자에게 젖을 물리고 요람에 눕힌 후 잠시간 낮잠에 들었었다. 점심을 먹고 나니 이상하리만치 졸음이 밀려왔기 때문이었다. 희미하게 열린 시야로 요람과 그 옆에 서 있는 여자의 모습이 들어왔다. 처음에는 모니카인가 싶었지만 처음 보는 낯선 얼굴이었다. 체네린은 눈가를 비비며 몸을 일으켰다.

"거기 누구……."

채 말이 끝나기도 전에 시녀복 차림의 여자가 후다닥 도망치듯 침실을 빠져나간다. 황후는 의아해하며 침대에서 내려섰다. 그러곤 요람 쪽으로 시선을 돌렸다.

"……어?"

아이가 없다. 아니, 커다란 베개에 뒤덮여 그 작은 모습이 완전히 가려져 있었다. 눈앞의 광경을 머리로 이해하기도 전에 등골이 먼저 오싹 차가워졌다. 이어 그녀의 두 눈과 입이 크게 벌어졌다.

"꺄아아악!"

체네린은 비명을 지르며 요람에 달려들어 베개를 치워냈다. 어린 황자는 깊이 잠든 듯 조용했다. 움직임도, 숨소리도 없다. 그녀는 허겁지겁 아직 따스한 아이를 품에 안아 들었다.

"모니카! 모니카! 거기 누구 없느냐! 궁의를 불러와라!"

있는 힘껏 소리쳤음에도 돌아오는 대답은 없었다. 체네린은 울면서 침실 밖으로 달려 나갔다. 길게 뻗은 복도에는 사람의 그림자라곤 하나 보이지 않았다. 누군가 일부러 사람들을 치워버린 것처럼 고요하기만 했다.

그녀는 몇 번이고 소리치며 복도를 지나 계단을 뛰어 내려갔다. 1층에 다다라서야 겨우 시녀 하나가 깜짝 놀라며 체네린에게로 다가왔다.

"황후마마, 무슨 일이신가요?"

"황자가, 황자가 숨을 쉬지 않아! 궁의를 불러줘! 당장!"

"예, 예!"

시녀가 급히 달려가는 모습을 바라보며 체네린은 그 자리에 풀썩 쓰러지듯 주저앉았다. 잠시 후 불려온 궁의가 축 늘어진 작은 몸을 확인하곤 무겁게 고개를 저었다.

"황후마마. 애석하옵니다만 황자 전하께서는 이미……."

"왜……."

체네린이 멍하게 시녀와 궁의를 올려다보며 입을 열었다.

"왜, 아무도 없었던 거지."

"그게, 황후마마께오서 두통이 심하여 조용히 있고 싶으니 허락 없이 위층으로 올라오지 말라 하셨다고…… 들었습니다."

체네린의 젖은 두 눈에 광기와 비슷한 날카로움이 깃들었다. 자신은 그런 명령을 내린 적이 없다. 누군가가 황자를, 자신의 아이를 해치기 위해 꾸민 짓이다. 그녀는 죽은 아이를 품속으로 강하게 끌어안았다. 미쳐버릴 것 같은 슬픔과 분노에, 도리어 눈물이 멎었다. 찢어지는 마음과 달리 머릿속은 차갑게 가라앉는다.

황자를 살해하고 싶어 하는 자.

"……하하."

무정한 아비로구나. 제 아이에게 이름조차 지어주지 않은 그 남자로구나. 틀림없었다. 억지로 들인 황후에게 황태자의 어머니 자리를, 황제의 어머니 자리를 내주고 싶지 않았던 것이 분명했다. 체네린은 헛웃음을 흘리며 황자를 품에 안은 채 몸을 일으켰다.

"마마……."

"손대지 마라."

나직하고 차디찬 명령에 그녀를 말리려던 시녀가 흠칫 내민 손을 거두었다. 체네린은 다시 계단을 올라갔다. 자신과 아이의 방으로 돌아가기 위해.

"폐하…… 당신의 뜻대로는 되지 않을 것입니다."

이를 갈며 중얼거렸다.

"제 아이의 자리는, 절대로, 절대로 빼앗아 가실 수 없을 겁니다."

이 아이가 유일한 황태자요 유일한 황제다. 비정한 그 남자의 자식에게는, 그 핏줄에게는 결단코 내줄 수 없다.

황후는 어린 황자를 가슴에 묻었다. 여리고 마음 약하던 소녀 또한 그 옆에 함께 묻히고 말았다.

외전 마침.

지은이 후기

안녕하세요, 오랜만의 4권입니다.

그간의 일이 일단락된 4권이라고 할까요. 이카르도 자기 자리를 찾아갔고 황제 씨도 짐을 덜었습니다. 모든 게 잘 끝났다, 라고는 할 수 없는 끝부분이기는 했지만요. 불안요소가 남아 있긴 하지만 그래도 이카르의 일은 그럭저럭 정리가 되었습니다~.

3권 후기에서 쌍으로 땅을 파게 될 거라고 했었는데 정확히는 남자들만, 아빠와 아들만 허둥거린 거 같네요. 생쥐도 삽질을 조금쯤은 하긴 했으려나요.

이번 권의 승리자는 아리에스인 것 같습니다. 멍멍이가 달고 들어온 짐이 무겁기는 하겠지만 괜찮겠죠.

이제는 가장 큰 장애물도 사라졌으니 쓸데없이 인기 많은 멍멍이 단속만 잘하면 되는 겁니다.

다음 권에서는 이제 황제가 아니게 된 황제 씨와 생쥐도 슬금슬금 진도를 나가게 될 듯합니다. 아들 부부는 이미 갈 데까지 다 갔으니 아버님도 힘내셔야지요, 하하.

하지만 아들만큼 진도를 화악 빼는 것까지는…… 솔직히 무리일 것 같습니다.

물론 언젠가는 끝까지 가야겠지만요, 언젠가는요.

5권은 가능한 빨리 가지고 오도록 노력하겠습니다. 그때 다시 뵐 수 있기를 바라며 언제나 좋은 하루 보내세요~.

2016년 5월

메나리

일러스트 작가 후기

안녕하세요!

어느덧 완결이네요. 기분이 묘합니다. 몇 년간 작업해서 보내는 느낌이 시원섭섭하기도 하고 아쉽기도 해서 기억에 많이 남을 거 같아요.

이번 권도 읽어 주셔서 감사합니다. 그리고 재밌는 작품 써주신 메르비스 작가님께도 감사인사와 완결까지 수고 많으셨다는 말씀드리고 싶어요.

출판사 분들도 수고하셨습니다.

다음에 기회가 되면 또 뵐게요.

리리도, 이 책을 읽고 그림을 봐주시는 분들도 언제나 즐거운 날들이 되길 바랍니다!

2018년 3월 나래

용의 꼬리를 문 생쥐 4

초판 1쇄 발행 | 2016년 6월 1일

지은이 ⓒ 메나리 2016
일러스트 ⓒ Awin 2016

교정교열 | 문보람
편집 | 나비노블
총괄 디자인 | Awin
편집 디자인 | 서유미

펴낸이 | 김혜랑
펴낸곳 | 메르헨 미디어
등록일자 | 2012년 6월 27일
등록번호 | 제 2012-000141 호
ISBN 979-11-87199-44-1 04810
ISBN 978-89-98328-46-7 (세트)

※ 이 도서의 국립중앙도서관 출판시도서목록(CIP)은 서지정보유통지원시스템 홈페
이지(http://seoji.nl.go.kr)와 국가자료공동목록시스템(http://www.nl.go.kr/kolisnet)에서
이용하실 수 있습니다. (CIP제어번호 : CIP2016012486)

nabinovel@nabinovel.net
http://nabinovel.net